东北师范大学文库
DONGBEI SHIFAN DAXUE WENKU

德里达诗学
与西方文化传统

袁先来 著

东北师范大学出版社
长 春

图书在版编目（CIP）数据

德里达诗学与西方文化传统/袁先来著. —2版. —长春：东北师范大学出版社，2015.3（2024.8重印）
ISBN 978 - 7 - 5681 - 0320 - 6

Ⅰ.①德… Ⅱ.①袁… Ⅲ.①德里达，J.(1930—2004)—解构主义—诗歌研究 Ⅳ.①I565.072

中国版本图书馆 CIP 数据核字(2015)第 275903 号

□责任编辑：冀爱莉　□封面设计：李冰彬
□责任校对：刘　芳　□责任印制：张允豪

东北师范大学出版社出版发行
长春净月经济开发区金宝街 118 号（邮政编码：130117）
网址：http：//www.nenup.com
东北师范大学出版社激光照排中心制版
河北省廊坊市永清县晔盛亚胶印有限公司
河北省廊坊市永清县燃气工业园榕花路 3 号（065600）
2015 年 3 月第 2 版　　2024 年 8 月第 3 次印刷
幅面尺寸：148mm×210mm　印张：7.875　字数：230 千

定价：45.00 元

本书系东北师范大学
图书出版基金项目

绪　　论

从比较大的西方学术氛围来讲，欧美发达国家已经进入到一个后工业的抑或信息社会的、消费资本主义的理论假设阶段。这是一次重大的思想转型时期，不仅客观现实发生了重大变化——科技信息化、生活活动商业化、文化活动大众化，思想家们的认知模式也发生了变化。本研究不可能忽视这一特定的文化语境。后现代主义"破"除了各种各样的传统价值体系，也形成了一个庞大的话语谱系：对哈贝马斯来说，是"现代性——未被完成的计划"（《现代性的哲学话语》）；对哈桑来说，是现代主义的旧式规范（*The Postmodern Turn Essays in Postmodern Theory and Culture*）；对利奥塔来说，是进步和共识的"元叙事"（《后现代境况：关于知识的报告》）；对贝尔来说，是种内在矛盾（《资本主义文化矛盾》，*The Coming of Post-industrial Society*）。对詹克斯来说，是双重编码（《什么是后现代主义》，*Post-Modernism；the New Classicism in Art and Architecture*）；对杰姆逊来说，是"资本主义晚期文化"（《晚期资本主义的文化逻辑》）；对伊格尔顿来说，是"意识形态"（《后现代主义的幻象》），当然，其中彼此的身份又是混杂而难以辨识的，有的是推进者（德里达、利奥塔、福柯等），有的则是严肃批判和抵制（哈贝马斯、伊格尔顿、詹姆逊等），有的则是保持第三方的立场（罗蒂、赛义德等）。我们只有从这些严格的文化模型、概念性体系意义分析上，去阐明那些影响思想家文化生产的过程，以及它们之间的相互依赖关系，才能更好地对解构和后现代作出合适的认知和评价。不管怎么说，理论的模式和意指体系，与构筑我们未来的文化结构的实践之间存在着密切的关系，更对理解人们当代为何转向大众流行消费文化作出肯定或否定的评价具有重要理论意义，何况，这也可能反过来是理解后现代主义前期理论的关键。本研究着重于对德里达解构诗学以及关联理论进行溯源、描写、结构化和放置历史语境中比较、评价，对丰富的解构的主张和假设进行批判性的解读，澄清其中许多容易导致人误入歧途的部分，发现其中具有潜在价值的思想，试图为后现代文学观念的阐释提供批判性的导引。

　　对德里达诗学的研究，似乎应该避免两个常见的问题。首先，对解构的理论来源过于简约化，把解构简化为一些简单的哲学理念和思维方式。直到 20 世纪 90 年代，国内才将德里达对传统西方文化中的核心价值观念批判统一起来，与德里达对西方现实困境的伦理关怀联系起来。如对理论渊源的过度简约化，以及对很多重要方面研究的忽视，会给解构理论的价值带来很多误解，如《批评的危机》的作者威廉．E. 凯恩指责解构主义带来的最大危机在于文学阅读和批评实践失去依据，约翰．M. 埃里斯在《反对解构主义》中指出，解构主义的反理论性导致主体与客体、实质与非实质等对立范畴的界限在阅读活动中被取消，使读者的阅读成为漫无目的的游荡。我们会在具体研究中一一进行辨识和对比。其次，把"解构"放在一个什么立场上研究模糊不定。如果研究过于紧跟美国的"解构"研究的套路，就容易忽略一些最基本的问题，如欧陆思想体系与英美思想体系的差别，德里达思想体系本身发展阶段性问题等等。显然，德里达的解构不等同于美国的"解构主义"，也不等同于利奥塔等人的"后现代主义"。就目前研究现状看，国内一大批学者，如老一辈的盛宁先生、王宁先生、郑敏先生、尚杰先生、杨大春先生，和中青年的陈本益、陈晓明、方向红、胡继华、陆扬、周荣胜、朱刚、肖锦龙、杨乃乔、包亚明、丁尔苏、程锡麟等前辈都在德里达研究领域撰写了相当数量重要专著和论文，对本成果形成不无裨益，如有汲取之处，将在行文中一一注出。

　　就具体研究而言，笔者将从以下几个方面入手。

第一，对解构理论的形成机制重新进行研究，以达到正本清源的目的。笔者认为，需要结合欧洲语言批判的三条路线：普通语言学批判、文学语言批判和艺术哲学语言批判。

首先，就普通语言学批判而言，曾经对传统语言观念进行强烈批判的哲学家，如索绪尔、列维·斯特劳斯、胡塞尔、弗洛伊德与海德格尔等人，创造了现代符号学、现象学、结构主义、存在主义等等，德里达通过对他们进行总结和研究，挖掘出西方文化中的逻格斯中心主义思维模式的特点及其问题所在。国内在这一研究领域最为充分，有一大批结论性的研究成果。有鉴于此，本成果只就逻格斯中心主义最为核心的问题进行一般性归纳总结。

其次，逻格斯中心主义作为文化思维模式，对传统文学理论研究和西方文学精神传统两个方面的影响，未受充分重视，对其来龙去脉及理论本身有过多的误解。需要重点研究以下方面：德里达一方面批判了古典的诗学模式，另一方面与罗兰·巴特等人一道批判和继承了 20 世纪符号学、新批评、结构主义和存在主义等文艺理论流派的观点；德里达一方面对欧洲现代派文学进行了归纳和总结，接受了现代派文学对传统语言批判所取得的成果，另一方面又受到荒诞派、新小说等当代文学创作流派的影响。

再次，艺术论语言批判。在描述、重读德里达解构艺术论的基础上，总结解构理论的审美特征。德里达发现，传统文学艺术的审美判断沿用哲学认知判断中现成的理性范畴框架，借哲学的现成体系来说明审美判断的艺术本质，其要害在于，从认知的角度来考察审美判断，明知它无涉概念、目的，却又要以概念来界说，借助认知的结构来掩饰审美判断无法控制的感性性质。德里达的解构认知论恰恰是要解除界定文学艺术的内、外"框架"逻辑限制，强化艺术认知的的审美性质。

第二，需要对解构诗学的本体进行研究。从解构文学本质论、认识论和批评论三个方面入手，涉及重新界定文学本质，界定文学批评的立足点、具体策略、目标和效应等一系列基本问题。其中重点理清几个方面的关系，在认识论方面，解构批评与 20 世纪的阐释学变革的关系。胡塞尔现象学和狄尔泰阐释学以及海德格尔存在主义哲学，为二次大战后所出现的、发生根本性转折的新型阐释学作了充分准备，梳理这一变迁显得十分重要；研究德里达双重本体论认识观——对于生存和自由创作的双重本体论认识——是如何形成的，并研究这种认识论与人类自由文化运动相互推动的关系。

第三，需要对解构的价值论进行研究，这是国外20世纪90年代以来德里达研究的最新研究阶段。回溯德里达的早期解构理论，其从一开始就对伦理充满关注，注意研究传统意义和价值理解模式的封闭性与压制性。从三个方面考察解构理论关于价值观的问题：首先是主体问题。德里达批判读者或作者的"先验性主体"。结合回溯西方思想史发展中不断建构个体与社会秩序之关系模式的努力，就能够更好地理解德里达的主体观是如何揭示近代主体原则与自我指涉的矛盾的。最后一章"德里达的解构与西方现代宗教社会学重构"，试图从侧面间接回答解构之后的出路问题，也同后现代文学的人学观有互文的意义；其次是伦理关系问题。解构如果不是一种"虚无主义"，一种纯粹否定性的运动，就应该有自己的价值观预设。理解解构具有特定的价值内涵，必须与其对传统伦理观念特别是基督教伦理观念的批判联系起来，注意其"否定神学"的宗教性伦理关怀倾向。

在以上基础上，立足于研究德里达对西方文化中犹太—基督教思想的批判，有助于我们重建解构诗学理论的基础。

从西方文化精神传统来看，古希腊逻格斯思想，在基督教哲学中被赋予丰富的神学色彩，成为连接两希文明的一个关联点，也成为分析西方文化思维模式的关键性概念，也对西方文学精神传统产生重要影响。德里达的文字学目的不是恢复西方传统思维的内容，而是重新思考使得思维成为可能的那些条件，重新解读希伯莱精神和希腊精神的关系问题。

就解构批评的性质和目标而言，解构逻辑的最终指向是人类存在的终极性问题。个人对社会强加的各种属性应抱什么态度，实际上就是社会存在的基本规则和秩序以及个体理解、认同和行动的可能性、现实性的问题。尤其是在一个强调组织、规则和制度化的现代社会里，这个问题显得越发突出和关键。就解构的目标来说，德里达通过对前辈文本的解读，是要清理过去西方文化传统中被忽视的东西，德里达愈到晚年愈重视对古希腊、犹太教、基督教以及东方思想等所具有的他者特征，以此论证自己解构思想的价值和现实意义。

德里达所承诺的"弥赛亚性"与犹太教的弥赛亚主义既有关联又有本质的区别。德里达称，救世主不可能以肉身的形式到来，否则就是关闭了时间和历史的真实架构，封锁了希望、欲望、期待和许诺，封锁了未来的结构。弥赛亚迟早要来，这个理念是永恒的"未来"，是总在迫近，但永远不能此在的他者。德里达由此也重新认识了宗教的现代价值：当"他者"也非是其所是的时候，自我和他者的关系总是永远处于即将到来的达成，在经验和语言中尊重他者就是使与"存在者"之关系（变动中的伦理关系）不至于受制于某种与存在者之"存在"的关系（相对固定的认知关系）。通过一系列文学文本的分析，我们可以看到，德里达对宗教和社会的二分（把宗教视为一种既定的神圣秩序、与世俗秩序判然有别的东西），把"宗教性"作为一种个体内在的超越性而提出，看到在人际关系的互动中把超越的宗教性特征看做社会构成的基本要素，在开创现代理论方面有积极的意义。

就西方文学史的理解来看，我们又可以借助德里达的理论批判来重新解释西方文学史发展的内在的功能性思维体系。在第二章第三节对19世纪以前、第三章对19世纪末到20世纪上半期、第八章第三节对20世纪下半期文学依此作了基本的勾勒。从罗马帝国晚期至中世纪，基督教在强化逻格斯中心主义和灵肉分离的二元对立学说方面起到至关重要的作用；而到19世纪，原有的二元对立的逻格斯失衡以后，现代性的最大困境就在于如何面对这种新的处境。现代主义文学实践总是倾向于通过质疑作为中心的逻格斯以实现对传统意义观的解构的。现代派作家寻求的基督教的那种永恒无法达成——正是因为德里达所认识的语言与外在因素之间的关系总是处于断裂状态。基督教观念在宗教改革以后形成的无限发展的个人主义与上帝的至高无上地位之间的二元对立冲突，仍然是20世纪欧美文学的重要主题之一，德里达对基督教的重新解读与批判有利于我们从西方文化内部理解这一重大问题。

总之，第一，要重新描述德里达的诗学理论体系，第二，既然德里达的已经作了大量的文学批评实践，解构理论本身既是对现代文学运动的一个总结，又是对后现代文学文本的呼应，那么我们就要对这种批评进行批判和总结。第三，又要以之为起点，进一步探讨西方文学史发展的内在驱动力——内在的功能性结构体系，并对文学史进行重新理解和阐释。我们对德里达的理论考察，目的是通过各种交互性的理论体系以及20世纪各种文学现象的考察，来把握后现代文学的精神意识和情感联系运动，来揭示当时社会历史条件下西方人的思维特征和认识能力所达到的程度。哲学、文学、艺术及其他文化活动虽然各有其特点，也有其不同的性质和需要，但是德里达把各种书写、各种文化实践活动统统叠合在一起考察，对于新的综合性诗学建立有着积极的意义，当然也有一些消极的影响。解构理论所具有的独特性质和特殊品格使我们有理由相信，对德里达解构诗学的批判解读与重建，有利于对后现代文化之后的语境下文学理论的继续发展作出贡献。文学发展到今天，再反观哲学的发展，我们就可以得出一个重要观点：文学作为一种独特的人类文化现象，成为现代思想家的一个焦点——海德格尔的"诗"、伽达默尔的艺术观，德里达所提出的中心问题之一不仅仅是哲学话语与文学话语的关系，而是要消弭文学与哲学等一系列其他语言形式学科的对立状况，使人们注意到"语言学转向"给传统观念所带来的威胁——原因可能在于为未来的文化建构发展出新的途径。

Contents

目　　录

副　编

目　录

第一编　渊　源　论

第一章　德里达对逻格斯诗学
之哲学基础的批判

"尽管'逻格斯'对每个人来说都是普遍的法则，但多数人似乎却按照他们自己独特的法则生活。"

"上升的路和下降的路是同一条路。"

——赫拉克利特（转引自 T. S. 艾略特《四首四重奏》）

在探讨德里达的诗学思想之前，首先要回溯其哲学思辨的过程。从某种程度上说，西方文化对文学艺术的形而上规范都难以摆脱哲学的阴影。

一、逻格斯中心主义的基本形态

逻格斯中心主义（Logocentrism），是德里达对西方形而上学传统的总称。从词源学角度看，根据海德格尔的考察，最早是赫拉克利特（Heraclitus，约 530—470）提出"逻格斯"（Logos）这个哲学范畴，以取代神话中宙斯的地位。赫拉克利特断言，世界上一切都是遵照命运而来，命运就是必然性，他宣称命运的本质就是那贯穿宇宙实体的"逻格斯"，亦即世界本原运动变化规律，可以正确阐释每件事物到底是什么。在古希腊语中，逻格斯又被赋予说话、思想、逻辑、规律和理性等含义①，"这个词不仅仅表示说出话语的能力，而且表示潜在于说话的背后用全部形式传递口语信息的理性机能"②，对语言的解释直接涉及人对世界的本质的理解。懂得哲理的古希腊人相信，"逻格斯"，即理性认识真理的能力，把人类同其他动物区别开来。在其后章节我们将阐述，在古希腊时代逐步成熟的逻格斯的理性思想，如何在基督宗教中被赋予丰富的神学色彩，如在《圣经·约翰福音》中，逻格斯被看做与上帝同一，而上帝则是全部真理的最终来源，成为连接两希文明的一个关联点，也成为分析西方文化思维模式的关键性概念。

　　然而作为并不自明的逻格斯，如何"呈现"在我们面前？德里达认为西方思想史一直是依赖于"声音中心主义"（Phonocentrism）来解决逻格斯直接传递这一事实。德里达认为，西方思想从柏拉图、亚里士多德到近代的黑格尔，乃至现代的索绪尔、胡塞尔、列维·斯特劳斯，都有一个认识论前提，假定存在一种与文字无关的纯粹意识，这种意识通过声音表达，来实现对逻格斯的纯粹直观，亦即语音与逻格斯是绝对贴近的，真理的获得依赖于主体通过言语的能指进入自身，诉之于"倾听自身—言说的经验"③。口语因此已经作为真理的媒介被特权化，而文字因为不能直接表现在场、作为危及真理存在的东西被贬低。或者说，逻格斯是超出语言之外的事实，通过言语而不是语言这种最好的表达思想的方式，它可以直接呈现在说话者的面前，不会使真理或思想变得模糊不清。这样一来，与言语、语音、口语相比，语言、文字、书写是低一层次的，因为后者的不能呈现在场的局限及其自身的固定性，掩盖了那些逻格斯原始的意义。如德里达在讨论"书本的终结和文字的开始"时也曾追寻黑格尔对声音特权的论证，德里达清楚地展示了声音在意识、概念的产生和主体的自我在场中拥有的特权，并援引了黑格尔的原文：

---

　　① 海德格尔. 演讲与论文集 [C]. 孙周兴译. 北京：三联书店，2005. 219－222.

　　② R. Harris and T. J. Taylor. *Landmarks in Linguistic Thought I：the Western Tradition from Socrates to Saussure* [M]. London：Routledge，1989. xii.

　　③ （法）德里达. 论文字学 [M]. 汪堂家译. 上海：上海译文出版社，1999. 145－146.

　　单纯的主体性、物体的灵魂似乎是通过它的共鸣而在这种理想的运动中表现出来，耳朵以理论的方式领会这种运动，就像眼睛以理论的方式领会形状和颜色，并由此把对象的内在性变成内在性本身。……相反，耳朵感知物体的内在震动的结果，而不置身于与对象的实际关系中。通过这种震动而显示出来的不再是静止的物质形态而是灵魂的最初理想性。①

　　德里达将这种从古至今对语言文字的解释——文字乃是对言说的模仿——称之为声音中心主义。

　　逻格斯的自明还需依赖于"在场"（Presence）观念，这种观念认为现在这一时刻就是正在存在的东西。过去的存在和未来的存在只能借助与现在在场的关系，才能获得各自的实在：即未来是以后的现在，过去是以前的现在。逻格斯的意义，在我们相互交谈的过程中，是面向言说者意识在场的东西，它可以通过记号或信号表达出来：意义就是言说者在关键时刻"内心想要的"②。对于世界中的事物，以及对于许多不受特定时刻限制的事物来说，它们的性质或存在往往被认为是以某种在场为基础的。在这一在场前提下，活的声音、能指作为真理的媒介在二元对立中被特权化。

　　即使到了海德格尔，这一点也没有发生根本变化，海德格尔称"语言的生存论存在论基础是言谈"，"我们现在把在言谈的勾连中分成环节的东西本身称做含义整体。"③ 既然语言的本质就是"逻格斯"，那么可以理解逻格斯的基本意思就是言谈。海德格尔把"逻格斯"作为真理意义上的本真之言，把言语与逻格斯的在场关系发展到极致。总之，"言说"就是为了使超验的"思"作为观念对象——能指"在场"，在场的意义源于"逻格斯"——就构成在场的形而上学、逻格斯中心主义其在思想史上以不同形态不断地得到确认，德里达论道：

---

　　① （法）德里达. 论文字学 [M]. 汪堂家译. 上海：上海译文出版社，1999. 15.

　　② 约翰·斯特罗克编. 结构主义以来 [C]. 渠东等译. 辽宁出版社，牛津出版社，1998. 191.

　　③ （德）马丁·海德格尔. 存在与时间 [M]. 陈嘉映译. 北京：三联书店，1987. 196.

形而上学的历史就如西方历史一样，大概就是这些隐喻及换喻的历史。它的母式……也许就是将存在当做在场这个词的全部意义所作的那种规定。也许可以指出的是那种基础、原则或中心的所有名字指称的一直都是某种在场（艾多斯、元力、终极目的、能量、本质、实存、实体、主体、揭蔽、先验性、意识、上帝、人等等）的不变性。①

在此基础上，德里达把先行假定逻格斯（具体表现为真理、理性、逻辑、存在等）可以从语言外部、主观经验之外自我呈现、自行在场，并依此来理解语言的所有机制称之为逻格斯中心主义，并认为这是一切哲学思考的基础和出发点——诸如古希腊人的理性，柏拉图的理念，中世纪的上帝，启蒙运动中迪卡尔的"我"，经验主义的经验、胡塞尔的经验本身等等——这意味着逻格斯中心主义不仅假定一个静态的封闭结构或中心，而且有完整返回自身的渴望。哲学家的工作就是将自己内心中已经清晰的真理和思想表达出来——最为理想的表达方式当然是在场的言语交流，这样可以保证真理观念在传达过程中不受损害，不至于意义流失。语音及其表达方式是不必问"为什么"的东西，但在现实中这又是不可能的，必须借助于文字，将文字作为一种迫不得已的表达手段。那么要向传统形而上学的统一性和连贯性发出挑战，挑战把存在确定为在场的语言观念就成为德里达最为重要的手段。他要建立一种"文字学"（Grammatology），为"文字"正名，否认终极逻格斯及其在场。

二、德里达文字学的基本思路与目的

在阅读诸多思想家的文本中，德里达逐渐汇集形成了自己的"非概念"② 系列，德里达把它称之为文字学③。如 differance（延异），只是

---

① （法）德里达. 书写与差异 [C]. 张宁译. 北京：三联书店，2001. 504.

② Jacque Derrida. *Limited Inc*：*abc …* [M]. Ed. Gerald Graff. Evanston，IL：Northwestern University Press，1988. 50～54.

③ 德里达思想的哲学理论来源涉及到很多方面，像索绪尔、列维－斯特劳斯、罗兰·巴特、弗洛伊德、尼采等等，限于本论文作为文学研究的论文不能一一展开论述，只能在行文中必要涉及的地方穿插论述。

在拼写上与通常的 difference 稍稍不同，只改变一个字母，以此指示自身只改变了一个元音而发音仍然相同；有些词来自他论述的文本，pharmakon（药）来自柏拉图，supplement（补充）来自卢梭；有时它们是一个意义的不同侧面——《论文字学》中的 trace（印迹，或译痕迹）、differance（延异）、spacing（间隔）。德里达试图用一种去中心（Decentre）的非逻辑概念的手段和形式，在传统文化所建立和占据的"中心"之外，在没有边界、不断产生区分、不断"播撒"（dissemination）的"边缘"（margin）地区，解剖传统形而上学和逻格斯中心主义的弊端。

更具体地说，德里达认为，我们的传统哲学思想和语言都是基于一个完美的假定，这一假定和努力可用传统哲学传统中的三个中心原则①表述出来。古廷认为，首先，思想和语言的基本观念使用二元对立法，如：在场/缺席（absence），真理/谬误，身/心，因/果，神/人，相同/差异，一/多，阴性/阳性等，我们可把这一原则称之为二元对立的原则。其次，相互对立的一对被视为相互排斥的逻辑的替代物，受同一律（A＝A）和不矛盾律（任何事物都不可能既是 A 又不是 A）的制约。我们可把这一原则称为逻辑的排他性原则。最后，每一对基本的概念在这一意义上是不对称的，即在某种关键的意义上，一项先于另一项，这是优先性原则。放在前面的词是基础词，它的意义是正面性的，所以要给予优先权。这个词明确地阐释了要旨、原则和中心，同逻格斯站在一旁。放在后面的词必然残缺不全，堕落败坏，甚至是衍生而来的性质，反对逻格斯，有潜在的真理稀释液的作用。

德里达通过大量的文本解读展示，具体的一个文本往往不符合以上规定的原则。古廷指出，他经常向我们展示出一篇文本所依据的二元对立是支撑不住的，而所谓的逻辑的排他关系和优先关系也不能有条理地得到阐述。实际上，他们的阐述被他们的文本本身潜在地否定了，而为作者所不自知。或者如多米尼克·拉卡普拉所说的，解构也就是分析那

---

① 本段采用古廷的论述，参见：（美）加里·古廷. 20 世纪法国哲学 [M]. 辛岩译. 南京：江苏人民出版社，2005. 360.

些威胁作者公开的意图和目的的力量。德里达把这一技巧称之为解构。解构最简单的定义就是：它是对构成西方思想按等级划分的一系列对立面的批评，如内在与外在、思想与身体、非比喻与比喻、言说与文字、存在与不存在、自然与文化、形式与意义等等。解构展示了基于二元对立的文本本身如何既违反了排他性原则又违反了优先性原则。作为一种解读的一方法，用芭芭拉·琼生（Barbara Johnson）的说法，解构是"文本之中关于意义的各种论战力量之间的一种嬉戏"，是研究方式和意义之间的矛盾，就像言语行为理论的述行和述愿（performative、constative）之间的矛盾一样①。

　　德里达改造了索绪尔的差异原则，在"延异"（differance，或译分延）的问题上做文章。索绪尔把符号的差异性视为符号基本特征，而德里达认为，作为符号之基础的差异的原则"影响了符号的全体，就是说符号是既作为所指又作为能指的符号"②，消除了能指与所指的界限——所指并不在相应的能指中直接在场，它也不能脱离能指而独立存在，正如索绪尔所说，虽然"一个差异一般暗示着明确的术语——差异就在这些明确的术语之间被确定起来……可是在语言中之存在不带有明确术语的差异"，德里达进一步认为，由此可得出以下结论："所指概念永远不是在自在的表象和他自身的表象……每一个概念都凭借着诸差异的系统的运用被刻写在一个系列或一个体系之中，在这个系列或体系之中，他和其他概念发生关系。"延异正是这种应用，一般来说，这一点正是它为什么不是概念"而是概念化的可能性、一个概念过程或系统的可能性"的原因。在一门作为一个体系的语言内，仅仅存在诸差异，但是"这些差异都是自我产生的"。延异是"凭借着不完全是活动的某种东西产生这些差异以及这些差异的结果的发挥作用的运动……延异是诸

---

　　①　相关论述可参考芭芭拉的研究：Barbara Johnson. Melville's Fist: the Execution of *Billy Budd*. in: *Deconstruction: Critical Concepts in Literary and Cultural Studies*. Vol. Ⅱ. Jonathan Culler. ed. London& New York: Routlege Taylor & Fancis Group，2003. 213.

　　②　Jacque Derrida. *Margins of Philosophy* ［C］. Trans. Alan Bass. Chicago: University of Chicago Press，1982. 11.

差异的非完整的、非简单构成的和不同的'起源'"①。

延异唤起对逻辑体系基本的二元对立的不稳定性的印迹回忆。德里达预想这一术语有两个最基本的含义，differing（推迟、延期），延缓"欲望"或"意志"的实现或满足。defering（差异），即不同一的，另一个的等等。符号是用来代替事物、意义或指代物②，代表不在场的在场者。当我们无法把握或展示事物，无法使意义在场时，我们采取文字来迂回说明。在这个意义上，符号是被延续的存在。当符号意义依然在与其他符号差异对比中方显示意义时，意义也是在与其他不在场意义对比中显现的。这样一来，意义处于一种无尽的语言链中，从而体现符号永无止境的时空延缓特性。意义的"在场"总是一个延宕的现象，每个符号都只是在其他对立的符号的展开中才能获得其意义，这些符号无法说明自身，而总是指涉向其他不能在场的符号。每一概念，在差异系统中不得不借助指涉他者来表达自己，像这样的作用，即"延异"。它不再是概念（non—concept），不是一个实体，确切说是概念化的可能性，一个一般概念过程和概念系统的可能性③。

延异，延是时间上的延伸，异是空间上的拓展。索绪尔的差异，决定符号指意运作的更多的是空间上的和静止的。而延异既有时间上的，又有空间上的，德里达引入了时间性和运动。意义所指始终实现不了，所以延是这方面的延伸。在德里达看来，符号所指的运作既是主动的区分又是不能一次性完成的区分，甚至是在原则上永远推迟和实现的区分，因此，符号的所指总是一个不断被推迟的过程。延异维持了一个行为（一个不同的要素）与这一行为的状态（一个差异）之间的明显的矛盾心理。在实际的现象（一个历史事件，一篇作品，一个人物）之结构与一个逻辑体系二元对立差异之间总存在着不可化约的差异。在

① Jacque Derrida. *Margins of Philosophy* ［C］. Trans. Alan Bass. Chicago：University of Chicago Press，1982. 11.

② Jacque Derrida. *Limited Inc：abc ...* ［M］. Ed. Gerald Graff. Evanston，IL：Northwestern University Press，1988. 49—56.

③ Jacque Derrida. *Margins of Philosophy* ［C］. Trans. Alan Bass. Chicago：University of Chicago Press，1982. 7—9.

difference 和 differance 之间存在一个被写出的而不是被说出的差别这一事实，引起了德里达对言语、文字二分法的讨论，而且把优先地位给了文字，这一优先地位破坏了标准的区别的力量——比如，主体不再是稳定的主体，起源没有绝对的起源，概念必须在与其他概念的区别中才得以说明。

德里达认为无论是所指、能指，它们的统一体符号都是从印迹中产生的，印迹才是语言表意的最小单位。由于空间性的区分、时间性的推延，无论在口头话语还是在文字话语的体系中，每个印迹作为符号起作用，就必须指涉另一个不在场的印迹，印迹既意味着过去的语言标记留在了现在的语言标记上面，也意味着现在的语言标记会留在将来的语言标记上面：

差异游戏必须先假定综合和参照，它们在任何时刻或任何意义上，都禁止这样一个单一的要素（自身在场并且仅仅指涉自身）。无论在口头话语还是在文字话语的体系中，每个要素作为符号起作用，就必须具备指涉另一个自身并非简单在场的要素。这一交织的结果就导致了每一个"要素"（语音素或文字素），都建立在符号链或系统的其他要素的印迹上。这一交织仅仅是在另一个文本的变化中产生出来的"文本"。在要素之中或系统之中，不存在任何简单在场或不在场的东西。只有差异和印迹，踪迹之踪迹遍布四处。这样，文字就成了符号学（也就是文字学）最一般的概念。①

在此基础上，德里达提出一种文字学（Grammatology），文字是延异的别名②。在一次访谈中，隆塞总结了德里达"文字"一词的两种意义：

一个是通用的意义，它将（表音）文字同它所表现的声音对立起来（但是你表示没有任何纯粹的表音文字），一个是更为根本的意义，就是在任何与被语符学称为一种"表达实体"发生关系之前，规定普遍意义上的文字，这一更为根本的意义是文字和声音的共同本根。对通用意义

---

① （法）德里达. 何佩群译. 一种疯狂守护着思想. 上海人民出版社，1997. 76.

② （法）德里达. 论文字学［M］. 汪堂家译. 上海：上海译文出版社，1999. 389.

上的文字的论述成了对原初文字（archi－ecriture）施加的压抑的标志或揭示。①

如果用 archi-ecriture（proto-writing，原型文字，包括口语）而不是言语作为语言学的一种基础，来表示意义的这一方面：它不表示狭义的文字，而是意味着文字与言语共同拥有的一面。这种原型文字，对意义构成的作用是：任何单一概念或者起源都是不完善的，因为任意性和差异性不仅是语言的特征，也是概念或起源得以成立的基本条件。

以此德里达是要达到多重目的。第一，拒绝承认存在于文字之外的任何真理、终极所指或意义本源。"痕迹事实上是一般意义的绝对起源。这无异于说，不存在一般意义的绝对起源。"② 从认识论角度看，德里达当然意识到选择"文字"一词作为文字（严格意义的）和言语基础的指意结构所带来的重要变化：如果说文字印迹的运动已然在意识的内部，企图认识"真理"的意识也逃不掉"延异"的逻辑，纯粹自身同一的意识和纯粹自身同一的事物的在场呈现是不可能的。

第二，正是因为印迹空间性的区分、时间性的推延，印迹必然是消解本源又指涉他者的双重运动。因为印迹活动的非封闭性，导致其必然要指向他者。任何符号都包含在它与其他符号的差别和关系之中，在关系中才能体现自己的意义。因此符号的所指是绝对不会完全在场的，它的身份绝对不是完整的。

第三，符号有着无限多的含义，对意义的每一次判断必然压制多义性和不一致性。德里达揭示，传统认为的指代性和边缘性的词会破坏中心词的伦理压制的意图。为分裂和延异所充满的言语的中介性，总是被一种由思想、言语到文字的等级排列的压制观念所掩盖。尽管符号具有相对性，符号的意义是由它与另一些过去的、当前的和未来的符号的关系形成的，每个符号的使用又是必然处在一个新的背景下，得到了一组新的关系，但是这种意识总是在历史上被遮蔽。德里达论证，符号这一概念同形而上学和神学有密切联系，在这个系统中，所指势必具有优先

---

① （法）德里达. 多重立场［M］. 佘碧平译. 北京：三联书店，2004. 8－9.

② （法）德里达. 论文字学［M］. 汪堂家译. 上海：上海译文出版社，1999. 92.

权，因为它是符号本身所显现的东西。理性的所指与逻格斯相连，感性的能指代表着一种根源性的堕落。

第四，反思约定俗成的一些文化概念。没有符号不被卷入无始无终的区别和关联中，不被其他概念、符号留下印迹。进一步而言，对于任何文化系统中的概念，正是在社会约定俗成的约定中，某些意义被社会意识形态赋予特权的地位，或者被制造成为其他意义被迫围绕其旋转的中心。伊格尔顿提醒我们，试思考我们自己的社会中的自由、家庭、民主、独立、权威、秩序等概念，这些意义有时被视为所有其他意义的起源，即其他意义由之流出的源头；但是，我们已经看到，这是一种奇怪的思想方式，"因为为了使这一意义成为可能，其他符号必须已经存在"①。西方思想史一直从目的论的角度思考生命，语言和历史，是在意义等级体系中整理和排列意义的一种方法，它依据终极目的在意义中创造一种尊卑贵贱的秩序。

三、德里达对逻格斯中心主义思维模式的批判

德里达认为，逻格斯中心主义尽管有不同的理论形态，但是都有一些围绕二元对立生成的基本预设前提。

第一，言说优于文字。柏拉图认为，"在此绘画——动物图志——歪曲了存在和言语、语词和事物本身，因为它使这些东西变得呆滞。它的后代（产物、新芽）是活生生的东西，但当人们向它们提问时，它们却不再回答。"②语音中心主义预设的意义，按照传统形而上学的原则，就是语音所标示的思想观念内容，也就是思想观念所标示的客观对象③。在德里达看来，言说优于文字的观念，对西方哲学基本前提的形

---

①　（英）特里·伊格尔顿. 二十世纪西方文学理论 [M]. 伍晓明译. 西安：陕西师范大学出版社，1986. 145.

②　（法）德里达. 论文字学 [M]. 汪堂家译. 上海：上海译文出版社，1999. 424.

③　高宣扬. 后现代哲学讲演录 [G]. 北京：商务印书馆，2003. 300－301.

成具有关键的作用，从柏拉图、亚里士多德到卢梭、黑格尔、胡塞尔①，几千年的西方哲学史赋予言说特权，只有破坏这种观念才能破坏西方语音中心主义哲学的基础。德里达肯定胡塞尔与海德格尔所意识到的语言的重要性：语言不是被动成为真理的载体或者工具，真理和"意义"存在于语言之中，只有语言的存在，一切历史才可以在现时结构中呈现出来。他颠覆了柏拉图以来的"言说至上"语音中心主义：文字的特质虽是"外在的"，但即使柏拉图也无法避免向文字求助，用文字来描述"内在"的记忆。

　　德里达是把传统观念中稳定的起源者（如文本的作者）从给言语以优先权的约定中驱赶出来，特别是关于不在场（重要的是作者和谈论对象的双重不在场）将会在具体的交流语境中得到不同的结果。"写作中，我的意义有逃脱我的危险"②，写作剥夺作为意义发出者"我"的稳定存在，既然说出的符号像写下的符号一样，也只能依靠差异和差异过程发挥作用，那么说话完全可以被理解为一种写作形式，正如写作可以被称为间接的说话形式一样。那么对于阅读文本和文学批评而言，我们今天从文本中获得的意义并非是首先通过声音实现的，这就从根本上动摇了绝对真理稳定传递的可能性，这样从认识论角度也进一步让人怀疑绝对真理本源的存在。在《声音与现象》中，从德里达对胡塞尔的批判中我们可以看到，言语本身并不是无中介思想的纯粹在场的表现。海德格

---

　　① 德里达在《论文字学》中分别引用过他们关键性的观点，"文字作为图画既是疾病又是灵丹妙药或对疾病的根治。柏拉图早已说过，文字的艺术或技巧乃是 Pharmakon（药）"，亚里士多德"言语是心境的符号，文字是言语的符号"，卢梭"基于说话的需要，而有语言的产生。书写只是用以补充言说的不足"，索绪尔"语言学的研究对象只有话语，书写则是一种陷阱，其性恶虐残暴，其例荒诞怪矣。语言学者应对书写给予区隔，另行观察"。我们还可以找到其他的类似的观点："太初有道，道与神同在，道就是神。万物是借着他造的。道成了肉身，住在我们中间，充充满满地有恩典有真理。从来没有人看见神，只有在父怀里的独生子将他表明出来。"（约翰福音 1 章 1，3，14，18 节），"逻格斯给语言提供了本质的基础"（海德格尔），"表达式自身，比如，写出来的词，就和纸上的任意涂抹的笔道和墨水点一样，是一个物理的对象，它像任何其他物理对象一样，对于我们来说是'已经给定的'东西，所谓'给定'就是指，它在我们面前显现"（胡塞尔）。

　　② （法）德里达. 书写与差异 [C]. 张宁译. 北京：三联书店，2001. 316－319.

尔说"语言是存在的家",实际上道出了生存和语言的逻辑关系,启示了德里达乃至我们:文字给予人进行思想和创造的手段和空间,而且,更重要的是它为人们提供了现实世界所不可能提供的真正的文化精神创造的机会。过去言说优先文字的观点为语言和意义关系的封闭性和压制性提供了有力的基础。

第二,预设在场代替"不在场"。德里达把逻格斯中心主义又称为在场形而上学。卡勒认为,实在是由一系列的现在状态构成的,这些状态既是整个世界最基本的组成部分,又是我们理解整个世界的基础。尽管我们把现在时态和现在时刻当做一种基础,但同时发现它们本身也具有各种形式的依赖性,所以,我们不能把它们作为一种解释说明可以赖以为基础的既定前提①。然而,言说优于文字,其目的也是为了掩盖不在场的缺陷。从柏拉图到黑格尔、胡塞尔,都把符号看做能指和所指的二元结构,并把"能指"的"在场"作为"所指"的"在场"的先决条件和基础。语音中心主义具有以"在场"指示、代替和论证"不在场"的特点,其实含有迂回的不得已策略。海德格尔重视"此在",就是重视存在在时间中的展开过程,"此在"是一种历史的存在,为历史中已经存在的"前结构"所决定。抓住这一点,德里达重新思考了逻格斯作为某种可信赖的"真实性"与现实文本之间原有的既定关系,借助语言的差异性使得这种本源性与文本之间的关系变得模糊不定。因为无止境的"延异"运动,单一文本与其他文本之间始终是一种互文的关系,因而对文本的阐释就形成了一种无止境的"阐释的循环"。

第三,预设逻格斯本体的先验性。这个逻格斯的本源如同"人权"、"自由"、"民主"等现代概念一样,"天赋人权"、"天赋自由",似乎意味着一切本源都是先天先验、天赋的。德里达在批判海德格尔不彻底性时称"海德格尔所追求的另一个中心将是另一个'现在';这样一种转移并不想要导致某种'缺席'。这样一来,海德格尔所追求的无非是另

---

① （英）约翰·斯特罗克编. 结构主义以来 [C]. 渠东等译. 辽宁出版社, 牛津出版社. 1998. 192.

一种'在场出席'。因此，他一点也没有改变什么。"① 而"在场的形而上学"意味着在万物背后都有一个根本原则，一个中心语词，一个支配性的力，一个潜在的神或上帝，这种终极的、真理的、第一性的东西构成了一系列的逻格斯，所有思维结构都遵循逻格斯的运转逻辑，而逻格斯则是永恒不变，它近似于"神的法律"，背离逻格斯就意味着走向谬误。

结合预设言语优先文字、在场来看，逻格斯中心主义对语言理论的影响在于：它预设思想、言语、个人经验这一关系链的不间断性——能指总是一种原初所指的再现。而德里达则主张给文字（原型文字）最大的自由，乃至有诗的能力②。因为文字是某个言语行为的产物，而言语并非文字所代表的实在，因为言语本身也是一个前序分类的产物。意义的绝对根源是不存在的，只是靠印迹维持，故不在场构成在场的一部分，此时渗透着非此时的印迹。任何事物都不是单纯的现在，那些被视为在场和既定的东西，都只有在从未在场的差异和关系的基础上，才获得自己的同一性。似乎我们只有一种选择：某种事物要么是在场的，要么就必定是不在场的，具有无定时、定点和定性的特质。这也就意味着传统哲学缺乏对"动"的足够关注，而运动才是世界和人类文化发展的本质。罗兰·巴特在早年所说的"结构主义是一种活动"与德里达所说的"文学是一种活动"的最大区别在于，这个活动不是结构主义稳定的能动性结构关系，而是要出于不断运动的临时关系中的建构活动。事实上，运动是世界的本质，解构也是一种运动。

第四，预设主体认知的先验性，这在西方近代才出现。迪卡尔说"我思故我在"，我是在思考中在场的，我在，所以我存在，这一前提必定是真实的。知识论的主体性优先原则从迪卡尔发展到康德的超验观念

---

① Jacque Derrida. *Margins of Philosophy* [C]. Trans. Alan Bass. Chicago: University of Chicago Press, 1982. 38.

② 这段引文恰恰把德里达对文字学与诗的关系关联起来："诗人将真理与本义与他所表达的东西结合起来，他尽可能使自己贴近他的情感。由于不必顾及对象的真实性，他畅所欲言并且可靠地报告他的言语的起源。"（法）德里达. 论文字学 [M]. 汪堂家译. 上海：上海译文出版社，1999. 403.

论达到一个高峰，即使到了胡塞尔借助于"主体间性"的概念，试图以现象学所提出的主体间性原则取代传统形而上学的主客体二元对立原则，却仍然强调先验主体的作用。显意识的自身在场通过弗洛伊德无意识理论（特别是自我的无意识）被瓦解，他者对自我的在场通过列维纳斯的现象学被瓦解。德里达和福柯等人一起，揭示了纯粹的差异必然要分裂主体的在场，那个作为这种主体性前提的直接的或完满的"在场"概念是不存在的。主体认知的意义永远只能部分实现，不可能绝对实现，绝对只是一个界限，是意义可能性的一个条件。德里达的"延异"由此生发，他认为自我不是一种稳定的经验形态——标志一个可能已经是其自身的在场的经验形态："无限分延的显现本身就是有限的。从此，分延——在这种关系之外，分延则一无所是——变成了作为对自我的、同样也是对其死亡的基本关系的生命的目的性。无限的分延是有限的"①。如果把超验的主体与传统文学理论中的作家、读者联系起来，我们从文学史的发展来看，现代文学中，作者的视角也在不断地萎缩——从上帝全知全能的角度到有限性角度再到"新小说"极为有限的客观化视角，不能不说不是对德里达理论的一个映照。此外，绝对权威的作者和原意都不出场，就为开放式阅读奠定了基础。阅读在一定的意义上也是对写作的补充，甚至读者的视角、作者的视角都仅仅是文本的一种因素。如罗兰·巴特提倡的"解放了可以称之为反神学活动的"写作类型，和现代主义创作者一道给我们提供了一种有力的破坏性的愉悦，因此也解放了读者，这样的作品对意义增殖是开放的。

第五，预设镜式表达模式是逻格斯中心主义得以确立的条件。逻格斯中心主义主要关切的对象是有关表达对象的一般理论，是一种"表达理论"，或"对应符合理论"。正如罗蒂在其代表作《哲学与自然之镜》（*Philosophy and the Mirror Nature*，1979）中所言，镜式本质使人类理性心灵能获得反映自然实体的知识，哲学的本质便被这一模式所决定。现代主体性哲学中的各式"表现"，知识的真假判断乃至于语言是

---

① （法）德里达. 声音与现象——胡塞尔现象学中的符号问题导论 [M]. 杜小真译. 北京：商务印书馆，1999. 130.

否如实地"对应符合"或"反映"外在实体，西方传统思维的结构被这一模式表达所决定。索绪尔的语言观念打破了形而上学的在场，任何意义是区别、关联的结果，不存在于符号内、外的区别。意义与发出意义的自我不再同一，意义永远延迟到来，镜式表达的"表现说"也就存在着问题：终极的逻格斯——作为起源的、超越的所指，不受语言区别污染，先于存在而存在，体现意义的意义——也就不存在。现代语言学转向正是要终结传统上那一套确认镜式本质存在的形而上学的哲学，使人们对语言能够透明反映或再现外面世界的这种能力失去信心。

一切逻格斯中心主义和语音中心主义的话语力量几乎全部体现于传统的"文本"之中。所以，德里达把上述解构策略集中到对于一切传统文本的具体解读上。所谓传统的一切文本，在德里达看来，虽然是严格意义的书面文本，但也是包含二元对立的制度化社会文化系统的文本。所以，德里达要解构的，除了书面文本以外，更重要的是分析被传统社会当做现有"合理"秩序的基本支柱的理论依据。德里达的解构，其实是在继承启蒙反思精神的基础上，进一步划清了符号的运用同实际存在的事物、人们所信仰并推行的真理价值体系之间的界限，并指出它们之间的永远不可克服的差异。这种"不断产生差异的差异"恰恰揭示了作为文化背景下人类为自由的精神不断创造的动力①。他所否定的是划定时空范围来承认相对的真理。德里达所作的批判，并不是为了重新树立文字与言语孰先孰后的问题，而是为了更深入地揭露语音中心主义，抓住了传统西方文化中的核心价值观念和基本原则，对于西方整个传统文化思维模式进行了重新思考，探索将人类思想创造活动摆脱出传统语言文字观念约束的新可能性。

总之，任何文本并非一个独立的自然体系。语言不仅是人类交流的工具，更是探讨社会历史现象的一个抽象的、虚构的模式，人们正是借助于语言文化符号的规定性功能，来试图建构一个总体化阐释系统。索绪尔提出语言必须作为一个关系系统加以解释，认为在这个互相依赖的词语组成的系统中，每一个词语的价值完全是其他词语同时存在的结

果，"相信语言是一个自足自律的系统，又可引出另外一种态度，那就是竭力强调语言的界定世界、建构现实的功能。突出典型可以举法国新小说鼻祖阿兰·罗伯·格里耶为例。他几乎完全打碎了'真实'与'虚构'的界线。"[①] 在德里达的解构中，更是将客观世界文本化，文本在德里达那里是一个广义的概念，所有印迹性的东西的总体都可以成为文本。舞蹈、绘画、音乐、书本固然是所谓的"文本"，一切被称为"现实的"、"政治的"、"历史的"或社会制度的结构，弗洛伊德所说的"梦境"或无意识也是文本，一个时代、一个社会、一种生活，甚至一切可能的指涉物都是文本。语境是不断变化的，开放的，这一点决定了意义的非单一性和文本的开放性。单篇作品更不属于某一个作家，也不属于某个时代，它的文本贯穿了各个时代，带有不同作家的文本痕迹。德里达还认为，阅读与写作渗透我们的知识和经验世界，而我们的世界除了阐释，别无他者，而我们又被囚禁于语言牢笼之中，必须面对修辞和差异构成的无休止的符号游戏。

四、德里达解构之价值取向

总而言之，德里达"解构"理论重新审视了语言价值、终极真理起源、主体性、文本以及它们与意义的关系。借助于"延异"、"印迹"这些并非概念的"概念"，目的是试图让一些重要的社会思想价值问题在新的基础上得以重新思考。

首先，德里达对在场形而上学的批判，其关键在于对隐含的权力控制机制的批判。如果说，以柏拉图为代表的传统文化贬低文字，主要依据的是道德、心理和社会利益，总是企图建立一种稳定的语言结构，一种能指与所指一一对应的结构，或曰文本总是指向某种逻格斯，这种努力的结果是使语词削弱成理性所能把握的单一意义，并为此而维护主流

---

① 盛宁. 人文困惑与反思：西方后现代主义思潮批判 [M]. 北京：三联书店，1997. 63.

文化的同一性、现有统治阶级合理秩序的根基。在德里达看来，形而上学哲学实际上集中了所有的西方思想的形式，包括最普遍的和最常见的形式，它是获取支配权的一种技术，"'控制'的概念是新结构主义向古典结构主义发起进攻的突破口。……应当理解为精神的权力意志，占有和征服意志的表现。海德格尔指出形而上学的历史是一种渐进性的主体自我扩张和不断占有的意志的显现。它在今天的科学技术统治世界的意志中达到顶峰。"① 形而上学颁布了德里达所谓的"存在的支配地位"。对德里达来说，恐怕仅仅驱逐支配性的上帝及其在文化上的种种摹本是远远不够的。同他十分钦佩的尼采一样，德里达要寻求一种尽管被消除了神圣性的信念、却没有沦落为虚无主义的文化。尼采所提供的永恒回归形象激励我们到达那一点，在那里我们可以祝愿我们的生命永恒往复，时间在场通过尼采的永恒回归的概念瓦解 ②。

持续不断的延异促使人们打破权力支配的愿望，转而去认知和诉求差异。解构阅读、写作实践的姿态，"也是一种介入伦理及政治转型的姿态"③。利用文字的上述特征，在文字时空延异上，探索语言多义化的可能性，寻求脱离压制性"标准化意义"的新出路，以创造打破束缚困境的思想产品。德里达和许多后哲学家一样，就是要揭示，所谓的客观意义或真理只不过是思维着的精神创造的神话。传统的形而上学认定任何事物都有一种客观的、自在的、不依赖于人的意志而存在的意义，这便是传统哲学不断寻找的真理。实际上意义或真理是尼采所说的权力意志为了自己的需要或目的虚构出来的，它并非是客观的、永恒的，而是一切权威的统治作为合法化的借口和工具使用的，就像尼采说的，真理意志暴露出它是权力意志的一个特别狡猾的变种。

其次，极度的理性发展，使得理性本身也具有神学色彩，也具有马

① 中科院外文所《世界文论》编辑委员会编. 后现代主义 [G]. 北京：社会科学文献出版社，1993. 86.

② （德）恩斯特·贝勒尔. 尼采、海德格尔与德里达 [M]. 北京：社会科学文献出版社，2001. 11，29.

③ 余虹. 解构哲学：文字的力量 [J]. 新疆大学学报（社会科学版），2004（1）.

克思所说的"造物"性质，而拒绝异质性因素的存在。在德里达看来，上帝（作为终极的在场）只是在表面上死去了，其实他已经被置换成多种文化形式，其中最重要的也许就是理性。这种情况包含着一种悖论，因为正是理性使我们摆脱了迷信。德里达对超验的信仰持启蒙式的怀疑态度，认为西方理性已经凭借自身的实力被奉若神明，它必须受到批判。只要把这种存在者的在场显现看成思考与行为的最终目的，形而上学就是存在论，就是神学性的，就是目的论性的。人类文明发展到今天，今日世界的秩序化是思想理性化和语言逻辑化的结果。在西方文化的发展过程中，人类的思考越发理性化，说话也越发逻辑化，"由语音中心主义和逻辑中心主义作为指导原则、以西方语言文字为基础和骨干而发展起来的西方文化，越来越朝着远离自然、甚至反自然的方向发展。"① 以技术进步为例，技术似乎带来人类进步的希望，技术同样使屠杀变得更加高效。诸如战争往往是在合理化之下的不合理的凶暴行动，而理性像是一种险恶的伪装。第一次世界大战后，超现实主义等现代文学运动对非理性的关注，可以被看做是反理性的高度理性化形式，看做是对理性系统性的"批评"。

西方传统文学理论所界定的文学，基本上就是这样一种由语言文字所统治的神学的和形而上学的文学。传统形而上学过度地强调纯逻辑的理性而贬低情感的表达，将"能指"归于感性，而将"所指"归于理性②。文化前进的动力恰恰是非既定思想的异质性事物的差异化运动，

---

① 高宣扬. 当代法国思想五十年 上 ［M］. 北京：中国人民大学出版社，2005. 380.

② 在西方思想史上，无论是哲学家还是文学理论家都自觉地将感觉与智力，诗与理性思维相对立，抽象思维与形象思维对立等等。柏拉图曾把写作状态确定为一种令人焦躁不安的迷狂，亚里士多德的说法倒是相反，说诗人的创作靠天才的理性（采用罗念生先生的观点，见他所写的译后记：亚里士多德. 诗学. 罗念生译. 人民文学出版社. 2002. 103.），歌德虽承认诗人的想象力须受理性控制才有力量，但又把作诗喻为"做梦"，维柯在《新科学》中说"诗人可以说就是人类的感官，而哲学家们就是人类的理智"（维柯. 新科学. 北京：人民文学出版社. 1986. 152.），黑格尔指出诗与哲学在反对"彼此分散孤立的或是没有形成统一一体而简单联系在一起的事物结合成为自由的整体。但是玄学的思维只以产生思想为它的结果，它把实在事物的形式变成纯概念的形式"（黑格尔. 美学. 3卷下册. 北京：商务印书馆，1981. 24.），而诗歌所用的是形象显现真理的思维方式。

人的思想活动并不全然遵循常规理性逻辑轨道。而文学恰恰最能满足和佐证德里达的这一猜想：文学作品总是对当下现实与人类总体规划之间的背离与冲突，这与解构的最大目标是一致的：不断地吸纳"异质"因素，来校正自己的历史前进中的误差。德里达相信，只有使思想运动无止境地填入"与思想异质的因素"，使同一性永远包含着非同一性的因素，才能使人类文化朝着打破禁锢的新生方向不断地"延异"下去。从根本上颠覆逻格斯理性意识，对艺术实现创作自由有积极的意义。

第三，正是在差异中，我们的文化才不断地获得发展，而文化的发展，必须不断克服自然化的倾向。解构既"破"又"立"，它的启发性在于"视角的不断变换"，成为后现代主义理论家消解中心、批判现代主义等级秩序和殖民主义文化霸权的有力武器。德里达认为，一方面我们要借助语言来理解意义，另一方面，我们又要以差异作为先决条件和基础，没有任何东西可以自己呈现自身，它不可能不以它所不是的东西、与它相区别的东西作为参照物。撇开构成语言的诸差异的作用，我们就永远不能获得任何知识或意义。"现实主义"之所以被罗兰·巴特视为"文学意识形态"，这种意识形态自以为能够将世界本来的样子再现出来，完全否定了语言的"生产性"。逻格斯中心主义意识形态力图把文化转化为自然，"自然的"符号则是它的武器之一。而为消弭意识形态对文化自然化所带来的危机，德里达抓住了逻格斯中心主义即标准的二元性对立的占统治地位的一项总是与某种存在相对应，这一存在是一种肯定的、完整的、简单的、对立的和基本的存在。针对逻格斯中心主义的二元对立原则，德里达阐发了他的解构原则：基于二元对立的文本本身如何既违反了排他性原则又违反了优先性原则。实际上，我们都知道，人类一旦追求一致和统一，就意味着重视静态和休止，并不符合马克思历史发展观。何况应该避免以单一和封闭的心态去对待文本，防止导致思想的僵化和独断并最终妨碍思想和行动的自由。人类任何时候的差异化都是在共时和历时的横纵轴上发生的，文化本身就是在延长和被搁置的过程中成为一种无限发展的可能结构。德里达对于文本的差异化认知，就是要借助揭露原初文本的不稳定性，潜入文本而走出文本，达到在文本中迂回以批判传统，还原人类文化发展的自由本质。

以上是德里达致力于批判逻格斯中心主义的主要原因。正是基于不在场，文字才被理解为印迹，才摆脱了起源的预设。德里达的文字学目的不是恢复西方传统思维的内容，而是重新思考使得思维成为可能的那些条件。这个问题某种程度上是，恢复如何结合逻格斯的概念，重新解读犹太希伯莱宗教精神。文字学的成立是以下列条件为前提的：语言符号的不断延异，既在具体的文本中表现出来，也在文化结构中体现出来。延异运动的真正生命力，恰巧是在其弥赛亚未来到来的可能性中展现出来，并因而将语言符号的任何一种差异当成人类文化不断创造和更新的无穷动力来源。通过这样一种思考模式的转换，为新的自由文化的重建开拓了可能性。

第二章　德里达对逻格斯诗学的批判

　　在西方，对文学的界定一开始就与哲学紧密联系在一起。早在古希腊时代，苏格拉底和柏拉图两位思想家都把哲学形而上学放在至高无上的地位，界定了这样一个研究的前提，就是在回答"什么是……"（比如文学）之前，似乎要先回答什么是哲学。它假定了"本质"的存在是就固定的独一无二的意义发问。这一提问预设先于"文学"这个能指指向了一些文本所共有的"本质"，它是"文学"这个能指的所指，比如柏拉图的"理念"。到了海德格尔，他仍然在《形而上学导论》中把哲学的诗性与诗的哲思关系放到本体论的追问上。在海德格尔那里，如果说哲学的根本问题就是回归诗思的问题，那么反过来说，诗学的根本问题又是哲学的问题。这是哲学本质主义的追问，关系到存在，也关系到本质。"什么是"就是要找到关于这个事情的本质、规定性，企图寻找一种合法化的哲学意义，特别是在哲学边缘下写作的语言的意义。阿特里奇在德里达《文学行动》一书的导言中也指明了德里达把他的诗学思考从哲学转向文学的路径：什么是文学？这个问题对于任何文学研究者来说肯定是一个中心问题。德里达对这一哲学化文学界定进行了分析，剖析了"模仿"、文学"本质"论、文学和哲学的界限以及背后所蕴含的伦理准则——作为道德的行动者对现实作出解释和反映等一系列问题。

一、古典哲学对文学权力的剥夺

德里达发现，在古典文学理论史上，哲学所预设的文学与真理之间的模仿关系极为重要，文学历史"正好是存在于文学和真理之间的某一部剧作的历史。我认为这种关系的历史应该以'模仿'的方式组织，……可以译成对'模仿'的一种阐释。这种阐释从未成为任何一个作家在任何给定的时刻所采取的行动或纯理性的决定，相反，如果重新构建该系统的话，它就是整个历史"①，然而"模仿既是艺术的生命又是艺术的死亡"②。西方传统对文学界定并不指向自身，而是指向外在，"文学性不是一种自然本质，不是文本的内在物。它是对于文本的一种意向关系的相关物，这种意向关系作为一种成分或意向的层面而自成一体，是对于传统的或制度的——总之是社会性法则的比较含蓄的意识"③。

德里达在分析卢梭时看到，矛盾心理和悖论充满了艺术模仿自身："卢梭确信，艺术的本质是模仿。模仿复制在场，通过替换在场而补充在场。事物本身的在场已经暴露在外在性里，因此，它必定消除并再现于外在的外观中。在生动的艺术中，特别是在歌唱中，外在模仿内在。"然而卢梭无意中表达出"模仿、艺术的原则早已打破自然的充盈；在成为话语之前，它早已损害分延中的在场；在自然中，它始终是补充自然欠缺的东西，是替代自然之音的声音"④，而其中起重要作用的补充性逻辑就是："外在即内在，他者和欠缺作为代替亏损的增益而自我补充，补充某物的东西取代了事物中的欠缺；这种欠缺作为内在的外在，应该早已处于内在之中，等等。"所以说，德里达发现了模仿的法则是如何颠覆自身与真理的关系的："在这两种情况下'模仿'都和真理相左：

---

①　（法）德里达. 文学行动［C］. 赵兴国译. 北京：中国社会科学出版社，1998. 74.

②　（法）德里达. 论文字学［M］. 汪堂家译. 上海：上海译文出版社，1999. 303.

③　（法）德里达. 文学行动［C］. 赵兴国译. 北京：中国社会科学出版社，1998. 11.

④　（法）德里达. 论文字学［M］. 汪堂家译. 上海：上海译文出版社，1999. 294，314.

或是以摹本或复制品替代实际事物的方式阻碍那个事物显露出来，或是通过它的替身的相似性（符合）服务于真理。"①

柏拉图在论述"Edios"的重要性时指出：对任何事物寻求定义，实际就是寻求"形式"（或译为"理念"、"相"等），它们是属于最抽象和最一般层面的。"相"的一般性质使它具有普遍性，也就是具有高于一切具体而特殊事物的特性，因而也是产生和决定这些特殊事物的基础和根基②；亚里士多德在《形而上学》第一卷也谈到了苏格拉底和柏拉图有关"相"的优越性的论述。他说：

苏格拉底致力于伦理学，对整个自然则不过问。并且在这些问题中寻求普遍，他第一个集中注意于定义。柏拉图接受了这种观点，不过他认为定义是关于非感性事物的，而不是那些感性事物的。正是由于感性事物不断变化，所以不能有一个共同定义。他一方面把这些非感性的东西称为理念，另一方面感性的东西全都处于它们之外，并靠它们来说明。由于分有，众多和理念同名的事物才得以存在。③

亚里士多德在上段话中所说的"分有"，实际上也就是苏格拉底和柏拉图学派沿用普罗达格拉斯学派的"模仿"概念的结果。按柏拉图对世界的看法，我们生活的世界是更真实的理念世界的暗淡的复制品，艺术必然仅仅是复制品的复制品："柏拉图一直在断言，绘画和写作就其本意而言完全无法对事物本身产生直觉，因为只涉及摹本，而且是摹本之摹本。"④

当柏拉图在其他著作中谈到音乐、图画和雕塑等艺术活动时，他进一步使用"模仿"的概念，从而将艺术及其产品看作是"模仿的模仿"，也就是比低于"相"的实际事物还低。德里达在《双重场景》（*Double*

---

① （法）德里达. 文学行动［C］. 赵兴国译. 北京：中国社会科学出版社，1998. 77.

② 本论文不可能深入探讨这个复杂的哲学概念，但是可以看出其中二元的世界划分的。具体的阐释可参见：陆沉《柏拉图哲学的核心术语 ε"非汉字符号"δος 和"非汉字符号"δ'εα 之翻译与解释》，载：世界哲学. 2002（6）. 75－79.

③ （古希腊）亚里士多德. 亚里士多德全集：第七卷［Z］. 苗力田等译. 北京：中国人民大学出版社，1990－1997. 43－44.

④ （法）德里达. 文学行动［C］. 赵兴国译. 北京：中国社会科学出版社，1998. 80.

Session）提及柏拉图在《国家篇》（*The Republic*）关于三张床的等级次序问题，只有神才能塑造唯一的一张真正的床的"原型"，也就是说，神由此制造了唯一的天然的床，画家又以木匠所造的床为模型进行模仿而画出了床，因此，画家所画的只是床的型的模仿的模仿[①]。柏拉图还在《国家篇》中进一步批评诗歌和艺术，认为诗人和艺术家作为模仿者，是属于既无知识又无正确意见的人，他们只是同人的灵魂的最低下部分，即情感打交道。我们知道，柏拉图认为人的灵魂分成三大部分：第一部分是理性，是灵魂的基础，是从理念世界来的，是用来学习的，它所追求的是真理和智慧；第二部分是情感，是用来表现喜怒哀乐，而它所爱好的是名誉和胜利；第三部分是欲望，它所爱好的是利益和钱财。智慧和理性是最高的，只有以此为追求的哲学家才懂得真正的快乐和意义。这灵魂的三个部分在柏拉图的伦理学中恰恰顺应三种德行：理性部分顺应智慧，意志部分顺应勇敢，感情部分顺应节制。所以，应该由哲学家统治城邦，正确地引导和教育人民大众；诗人和艺术家只是满足我们灵魂中的情感，激发喜怒哀乐。

　　柏拉图开创了阿瑟·丹托所说的"哲学对艺术权力的剥夺"[②]。在文学之外设置一种普遍永恒的参照物即逻格斯理念，并将文学视之为其派生物的派生物，将之视为一种虚假低劣的形式。在柏拉图看来，诗歌是欺骗，它提供模仿的模仿，而生活的目的是寻找永恒的真理；诗歌煽动起难以驾驭的情感，向理性原则挑战；它诱使我们为取得某种效果而操纵语言，而非追求精确。柏拉图一度把准确复制对象比例的雕塑家，与故意扭曲比例让雕塑从某个角度看上去更优雅的雕塑家进行了对比，认为后者是一种廉价的欺骗，导致对我们感官的局限作出让步，而不诉

---

　　① （古希腊）柏拉图. 柏拉图全集：2 卷 [Z]. 王晓朝译. 北京：人民出版社，2003. 613.

　　② （美）阿瑟·丹托. 艺术的终结 [M]. 欧阳英译. 2 版. 南京：江苏人民出版社，2005. 关于这一点在国外学术界多有类似观点。不过值得注意的是，王柯平《柏拉图如何为诗辩护》（载：外国文学评论. 2005（2）. 13—21.）提出人们往往忽略了柏拉图对诗歌的特别关爱和辩护，弱势辩护体现出诗歌在认知层面上的辅助作用，而强势辩护则折映出话语转向中的诗性智慧，某种程度也是一种值得参考的意见。

诸我们的理性理解力。在设计乌托邦蓝图时，柏拉图把诗人逐出理想国外，因为诗人作为"模仿者对于自己模仿的优劣既无真知，也无正确的意见"，"模仿的诗人通过制造一个远离真实的影像，讨好那个不能辨别大小、把同一事物一会儿说成大一会儿说成小的无理性的部分，在每个人的灵魂里建起一个邪恶的体制"①。也就是说，古希腊柏拉图和亚里士多德奠定的"诗学"，不诉诸处理感情与自然的关系，而是把诗归结为与理性相比较的一种能力，亦即处于理性框架内，与人的理性能力和认识能力相关，以理性规定诗学，是一种哲学化的诗学，而非文学本身的声音，其确立了"模仿"与"本质"两个基本特征。

　　如果说柏拉图的"理念"与黑格尔的"绝对理念"，仅仅是"逻格斯"的同一意义表现为在场的两种不同理论表达形式。用德里达的话语表述，"美是理念的感性显现"应该是"逻格斯"的言说使自身意义在场呈现为一种恰到好处的存在形式的一种表现。那么，从柏拉图的"艺术是模仿的模仿"到黑格尔的"美是理念的感性显现"，这两个诗学、美学命题在较大的历史空间跨度中被先后提出，意味着其在"逻格斯"无形的契约中作为奴隶和附属回应了"逻格斯"的自律性言说。

　　无论我们对艺术模仿本质的理解有多老练，艺术作品总是从属于逻格斯的，就如同我们前面讨论的"心灵与逻格斯之间存在着约定的符号化关系"一样。艺术理论家可能强调艺术作品不是隶属的而是创造的，但在他们作比较时仍旧会回到逻格斯，因为"额外的价值或曰额外的存在使得艺术成为更为丰富的另一种自然，因而也更自由，更吸引人，更富于创造性，更自然"②，即使艺术被认为是提供比科学更高形式的真理，它仍是关于世界的真理。在此意义上，传统批评体系理解的艺术"创造者"似乎并不真正创造，他只是在记录和创作一种本质上是再现性的、保持某种真实的东西的文本。

　　如果说"哲学在其历史中曾经是作为对诗学开端的某种反省而被确

---

　　①　（古希腊）柏拉图. 柏拉图全集：2 卷 ［Z］. 王晓朝译. 北京：人民出版社，2003. 623，628.

　　②　（法）德里达. 文学行动 ［C］. 赵兴国译. 北京：中国社会科学出版社，1998. 82.

立的……文学批评已经被确定为文学的哲学……"①，德里达的批判则是反对通过对事物的真实描述和反映而认同真理的需要，无论这种描述和反映式的认同是表现在"相似"、"符合"还是"去蔽"。因为如果文化是在语言中形成的话，"哲学文本中有隐喻……隐喻看起来完全卷入到哲学语言的使用中去了，在哲学话语中，隐喻的使用决不比所谓自然语言对它的使用少，也就是说，自然语言的用法就是哲学语言的用法"②。在德里达看来，就隐喻特征而言，哲学与文学是一致的，只不过哲学力图抹去自身隐喻的特征和隐喻化过程。

二、逻格斯诗学重要表现形态：表达主义③

可以说，受古典哲学的影响，西方古典诗学正是以"逻格斯"为本体、终极、始源和中心推衍出一部古典形而上学的诗学发展史④。西方古典诗学的"逻格斯"传统发展到黑格尔那里，承借二元对立方法论的力量向本体论体系建构：这个体系以绝对理念为"逻格斯"的化身，封闭了西方的整个古典诗学文化传统，同时，黑格尔在"逻格斯"上建构的辉煌也标志着西方古典形而上学的终结。西方古典诗学文化传统的发

① （法）德里达. 书写与差异 [C]. 张宁译. 北京：三联书店，2001. 47.

② Jacque Derrida. *Margins of Philosophy* [C]. Trans. Alan Bass. Chicago：University of Chicago Press，1982. 209.

③ 为了便于不与常见的术语"再现"、"表现"术语相混淆，笔者在此处把认为文学是对某种外在或内在的表达的模式，统称为表达主义。根据笔者现在掌握的材料来看，德里达首次提出"表达"概念是在《论文字学》（453 页），此外在 Limited Inc：abc（第 5 页）等处间或提及。贝尔西（贝尔西. 批评的实践 [M]. 胡亚敏译. 北京：中国社会科学出版社，1993）、约亨·舒尔特-扎塞（比格尔，彼得. 先锋派理论 [M]. 高建平译. 北京：商务印书馆，2002. 前言页.）、让·贝西埃（昂热诺，马克等. 问题与观点——20 世纪文学理论综论 [C]. 史忠义，田庆生译. 天津：百花文艺出版社，2000. 430－467.）等都论及关于表现理论的问题。

④ 斯潘诺斯也表达了类似的观点："关于西方诗学，从希腊人、特别是罗马人到现代主义者都认为，形式在本体论上先于暂存性即圣词先于寻常词语（德里达将之称作'一般文字形式'或'首位文字'）。"王岳川，尚水编. 后现代主义文化与美学. 北京：北京大学出版社，1992. 226－227.

展也正是在黑格尔这里，以"美是理念的感性显现"为西方诗学的古典时期画上了一个辉煌的句号，同时也意味着古典形而上学的诗学作为外在"表达"诗学发展到一个顶峰，转而向追求内在的表现浪漫主义和现代主义发展。古典文学外向表达与浪漫主义与现代文学的自我表达两种蕴涵的分野决定着作品的创作方法和习惯，决定着表达所包含的认知不同，也决定着西方文学发展的不同阶段的倾向性。形而上学的表达理论把概念体系摆在对于绝对起源——或者，用海德格尔的话说，关于"存在"之上——的假定上：表达外部世界、作品的内部表达或者表达的缺失。文学理论和文学实践中的形式，如同形而上学中的形式那样，始终明显地被考虑和被表达为一种目的（中心），这一形式的功能就是追忆或比喻那些"固定的"、"稳定的"、"永恒的"和"无限的"循环体——理念、社会、主体等。

塞尔登曾较完整地列出诸种表达的方式：①严格科学地再现自然客体和社会生活（自然主义）；②一般地再现自然或人的激情（古典主义）；③从主观角度一般地再现自然或人的激情（前浪漫主义文学）；④再现自然和精神中固有的理念形式（德国浪漫主义）；⑤再现超验的理念形式（新柏拉图唯心主义）；⑥再现艺术自己的世界（"为艺术而艺术"）①。前二种不妨称为"模仿说"。就创作而言，文学文本"表达"某种物质的或精神的、头脑里的或社会的东西，这种观念似乎已经不证自明。"表达"可以指图画般生动描绘借以象征表达的外部客体，也可以指示人性的一般普遍特征，或呈现附在自然世界外部客体后面的精神理想形式。诸如此类的表达理论都牵涉关于哲学根本问题的思考，如人类知识的性质（认识论）、现实的终极性质（形而上学），尤其是认知问题。例如，什么是"现实"？文学能再现什么样的现实？"现实主义"的文学观都认为，文学再现了心外之物的"本来样子"、"事物本身"时，才是最真实的。依这种观点，认识过程与获得的知识没有什么区别。还有一种看法是，文学不仅应该再现客体，也应该以科学的精确性再现人

---

① （英）拉曼·塞尔登. 文学批评理论——从柏拉图到现在［M］. 2 版. 刘象愚等译. 北京：北京大学出版社，2003. 1—2.

类生活的物质原因，这就是左拉所称的"自然主义"方法。相反，现代文学则认为，文学创造自己的现实。这种文学观的极端形式就是"为艺术而艺术"，把文学看做另一世界。尽管语言有种种限制，我们还是相信词语能够再现我们愿意"当真"的事物或观念，也就是把事物或观念重新"呈现"给我们。

依据德里达的思想，这些假说的共同要害在于，话语绝不仅仅是再现的，因为语言系统的作用并不是简单象征客体，而要产生"差异"和多种可能性。当结构主义认为，结构形式是使人类的历史经验一般化的想象的动力，德里达更向前推进了一步，以借助解构西方传统形而上学的二元对立压制模式，揭示在逻格斯中心主义规则下贬低文学的动因：文学艺术之所以得以存在就在于它使差异缩小，把不确定物以及瞬间存在的危险自然化，把存在于世界上的恐惧与焦虑转变为严格逻辑思想的掌控下的客体。在德里达看来，摆脱逻格斯中心主义的步骤之一就是他的文字学所要彻底摆脱的那种"表达主义"（expressionism）。如同印迹、文本因为时空结构的延异，需要靠其他印迹、文本去界定自身一样，文学也包括了过去、现在乃至未来一切的文学之为文学的东西。文学文本既然不是文本的内在物，这种文学性不内在于文本之中。

就批评而言，按照表达理论，诠释文本要回到某一起源（如作者）用文本说话的意图，借着寻求客观中立标准的途径。将文学视为现实的反映或作者经验的产物乃至理念的模仿的观点，其批评实践只能是非理论、非解释性的，最终只不过是寄生于文本，复制或重复阅读文本的"经验"。就这种经验而言，是典型的建立在经验主义——唯心主义解释世界基础上的人文主义——我们的概念和知识被看成是作为经验的产物，具有并不存在的超验的特征。假定某一个体（读者或作者）是其意义的权威，也就是无视主体性自身也是语言推论性建构的前提。

按照表达主义的逻辑，研究的问题可能是文本打算告诉我们什么，而不是我打算从文本中阅读出什么。文本被看做通向预先存在的某种东西的途径，比如作者的态度或作为那个特定时期作者的经历。我们研究一个具体作家通常是论述其全部作品或是选出部分作品，这意味着作家的每一部作品都表达相似的主题或态度。研究作者的著作在开篇总有一个简略的传记，论述家庭、环境或社会的影响。研究文学的最常见的方式是写一本有关作者的著作。新批评虽然认为作者的意识不应该在文本以外的传记或历史中去寻找，试图认真解决文本以外事物（作家、社会、读者）对文本的权威，以及意义先于表现的问题，却把"字面上"的意义固化为一种永恒、普遍、超历史的东西，从而返回到词语代表永久的事物和人性的经验主义——唯心主义的老路。其实是语言提供了意义的可能性，但语言不是静止的，而是处于不断变化之中。弗莱认为意义永远存在于"集体无意识结构"之中，直觉地适用于无论何时何地的读者，因为读者可从中通过直觉辨识出"集体无意识"的置换与变异，但构成弗莱形式主义基础的却是相对稳定的人性的概念和文化的概念。接受美学和读者理论在推翻了作者的权威之后，又树立了一个新的权威，一个训练有素的典型读者的形象。因此，这些标新立异的批评主张最终未能突破传统的表达的目的论框架。这些表达主义逻辑有个基本的前提，就是主体的经验来源的经验主义——唯心主义稳定性质，没有充分重视个体经验与语言、意识形态与历史之间的关系，假定一种自律而封闭的、对人类文化起着普遍决定作用的结构体系，这同样是掉进了形而上学的陷阱之中。

　　另一方面，表达主义的基础受到一系列理论上挑战，表达主义在常识框架中难以解决的许多问题就很明显。换句话说，我们不是去考查它是什么，而是考查它成立的条件：那先于表达的思想或经验是如何获得的？虚构的作品在哪种意义上是"真实的"？构成真实的根据是什么？文本与世界的关系如何？语言、社会、历史在多大程度上制约着经验？

　　以索绪尔为代表的现代语言学从根本上破坏了表达主义文学观念和批评观念的根基。索绪尔理论最有价值的基本论点之一，就是强调语言是差异性系统。从哲学的角度来理解，正因为索绪尔能指和所指的两者关系，才为语言的创造力的资源提供了基础。最关键的一点，他强调语言的系统，语言是我们人的创造力的资源，从内部讲，正是因为能指和所指之间的不断互动，才形成语言创造性。德里达关于文本的意义不是固定的与索绪尔是一致的。德里达进一步进行了拓展，认为语言不仅是一个差别的系统，它本身从不封闭，也从未达到完善，处于永恒运动之中。第二，既然所指不是预先存在的概念，而是在与其他符号差异中表现出来的依条件而定的存在，由此产生的意义实践也与具体的社会历史结构关联，那么，认为语言只是充当意义交流的工具的看法显然很难成立。实际上，语言——文化作为一个体系，乃是先于个体存在而个体又在其中制造意义的系统。语言从某种重要意义上表述了我们的一切，但这并不意味着所有话语都受制于语言决定论中，正是语言的差异性才使体现在语言中的逻格斯的意识形态受到挑战。

第三，索绪尔还有一个基本论点：语言是一种约定俗成的社会事实。只有社会群体才能产生符号，符号的任意性之外，还有约定俗成的特性（所指是社会中人建构的所指）。单个符号的产生或许是任意的，作为整体的意义系统却不是。任何意义由社会建构的同时，也是依靠语言来组织思想的，思想意义的形成，反过来又影响社会建构。进一步说，就语言是一种表达经验的方式而言，它必然带有意识形态的性质。意识形态是一种语言建构，而作为意义系统的语言又被动带有意识形态的色彩。

由此，可以推断，第一，强调表达对象的客观性就是忽略了语言的差异性特征：现实主义不可能回到现实中去，因为它不是现实的复制品；反表达也不是纯粹的反现实，因为言语的任意性总要回归索绪尔强调的约定俗成，形象与参照系的关系处于活动的状态。作品既不可能在其参照运动中固定化，也不可能在其反参照运动中固定化。形象和参照系的双重关系，引导读者把文学作品中的表达与反表达以及社会的意识形态系统联系起来解读。第二，这种社会批判的眼光为文本意义的阐释提供了更为合理的语言——文化思维模式，也是内容——形式统一的阐释模式。经验在任何意义上都是意识形态地或推论地建构，这种现代的自觉意识就要求我们从理论上说明我们的经验与语言、意识形态与历史哲学观念之间辩证的相互影响的关系。我们对文本现实的推论性的认识和评价，是由一个跨主体的语言场所决定的，其建构过程受着不断发展的形而上学的影响。这一崭新的思维方式和分析方法，打破了经验主义——唯心主义对语言的抑制，使人们对世界的看法发生了根本的变化。

　　随之而来关于传统批评实践的范式也遭到责难，这些范式的理论依据正是建立在第一章分析的若干问题之上。加缪等人的新小说挑战巴尔扎克的现实主义，罗兰·巴特与福柯明确宣告作者的死亡，雅克·拉康、路易·阿尔都塞和德里达都从各自不同的理论主张对人文主义者关于主观性、个人头脑或内心世界是意义和行动的来源的假定提出质疑。在他们的著作中，有一个大致相同的观点，即认为文本是说出个别主体（作者）所感知的真实，作者的见识就是文本唯一的并且是权威的意义之类的观念是靠不住的。因为支撑这一观念的框架，包括那些假定和批评的框架，那些思考和谈论的方式，再也站不住脚。然而解构自身也不能成为一种新的批判范式，盛宁先生曾引述卡勒的评价，解构"基本上不是一种阐释性的批评；它并不提供一种方法，一旦用于文学作品就能产生迄今未知的新意，与其说它是一种发现或派定意义上的批评，毋宁说它是一种旨在确立产生意义的条件的诗学。它将新的注意力投向阅读活动，试图说明我们如何读出文本的意义，说明作为一门学科的文学究竟建立在哪些阐释过程的基础之上。"盛宁先生对此解释道："这种理论所关注的，其实已不再是具体的文本，而是我们的'阅读活动'，……即这些'理论'能够把我们提升到一个新的认识层次（不再是作品本身的层面），让我们对于我们在阅读过程中所领悟到的'意义'是从哪里来的、我们为什么会获得这样的认识等问题有一个更加清醒的认识，让我们对自己的阅读行为有更加自觉的意识。"①

　　语言与思想的关系倒置也解释了德里达为什么会强烈抵制用传统的意义观来分析世界的方式。这样，表达主义的文学理论思维模式的弊端就很清楚了。文学形式反映什么的说法只不过是同义反复。如果话语是通过由符号的相互关系而不是由符号与某一实体的对应关系来说明意义，如果文学是一种意义创造实践，那么，它所能反映的是为文化建构服务的特定话语呈现而不是某一实体的性质。表达主义的所谓可理解性，其实只是因为它再现了我们似乎要表达的东西。

　　任何试图将意义的保证确定在超越历史和话语的人类经验、希望、

① 盛宁．"解构"：在不同文类的文本间穿行 [J]．外国文学评论．2005（3）．

恐惧的观念上的想法，与形式主义者认定意义的保证体现在文本中一样，都是表达主义的。前面讨论的各种表达主义的批评，无论有意无意，都是在探讨有关意义表达的理论，目标都在为文本的意义确立一种保证：现实主义认为这种保证存在于作者头脑里，或我们所知的世界中。新批评未能确定意义的保证是在语言里还是在人类经验中，弗莱认为这种保证在人类的焦虑和愿望之中，读者理论家最终召唤出一位读者。

严格按照对立区分文学的内外，谈论表达参照能力和作品的自主性，无异于把真实和语言材料都看做静止的完成形态。表达只是一种暂时现象，是作者根据语言能力的瞬间捕捉的临时呈现。在不同的语言场所或语境下，它既有重复性也有多样性。文学所拥有的不曾穷尽的虚构想象空间正是语言运动永远无法完成的标志，也是打破内外区分的标志。德里达所分析的文本，其实都是典型的反映社会文化体系的文本。然而，通过文本批判既定常识性话语，又通过文本摧毁文本，无非是在文本中寻找和揭露已被掩盖的话语的印迹，又在文本的印迹中寻求人创造新文化能动性因素。德里达潜在地反对外部表达和自我表达也与文学创作潮流密切相关：自二次世界大战以来，后现代文学竟以反表达为宗旨，从作品中挖掘客体，以作品论作品，否定任何反映论和反映性，重新肯定审美价值的决定作用；并且为文学理论注入了一个关键性的语言学论点，即文学创作追求语言的诗学功能，把创作的重心放在文学语言自身。

三、逻格斯思维对西方文学精神传统影响

从西方文学史发展来看，逻格斯中心主义的文学样式主要表现为基督教文化人文向度与西方文学自由传统的关切。我们前面简单提到过"逻格斯"的词源学背景。逻格斯概念体现了基督教神学与古希腊哲学的融合，逻格斯在亚历山大里亚的哲学家、神学家那里有所发展，他们把希腊的传统思想和希伯莱犹太思想结合起来，使逻格斯理论带上神秘主义色彩。斐洛认为，逻格斯是世界的神圣的原则，是一种"神圣的智

慧"，是神的理性；神按照逻格斯创造了世界，因而逻格斯又是现实世界的原本。基督教强化了逻格斯的学说，如逻格斯在《约翰福音》第一章被翻译成"Word"。在早期的基督教中，逻格斯被说成是神的理性与智慧，或是神创造世界的原型；基督被说成是逻格斯的化身，是人和神之间的中介。作为逻格斯的基督还被说成是真理、生命和道路等。对上帝存在的不容置疑，实则构成了基督教神学与古希腊思维模式相一致的东西，只是朴素自然元素的内容被置换为神秘色彩的"上帝"。一旦人们背离上帝而堕落时，就背离了"逻格斯"，谬误也就随之产生，而且这种背离还赋予了道德的含义：它是原罪，是恶，由此上帝与人，善与恶等二元对立的思想被强化。德里达发现西方传统思想的全部历史就是一系列二元对立结构的更迭，它恰如一条由结构构成的决定性的链条，在不同的历史时期结构通过相继的、彼此协调的方式，获得不同的形式和名称。

　　而永恒在场的上帝是"那样一个点，在那里内容、组成部分、术语的替换不再有可能。组成部分（此外也可以是结构所含的结构）的对换或转换在中心是被禁止的"①，其"功能不仅仅是用以引导、平衡并组织结构的——其实一种无组织的结构是不可想象的——而且尤其还是用来使结构的组织原则对那种人们可称为结构之游戏的东西加以限制的"②。实际上，对于西方文学发展脉络而言，揭示和突破了"那本大写的书并不存在，存在的永远是众书们，在那里一个不是由绝对主体构想的世界远在成为统一的意义前就破碎了"③。

　　这一点我们可以结合具体的文学史来看。刘建军先生曾指出，公元前1世纪初到18世纪末这一漫长的历史时期，从西方文化精神的基本特征来看，是从人与神的对立角度来看待人，考查人的本质的文化精神发展阶段，其中又可以将其划分为相对独立的两大时期："全面建构神学的时代"和"全面解构神学的时代"。前者是欧洲从罗马帝国晚期至

① （法）德里达. 书写与差异 [C]. 张宁译. 北京：三联书店，2001. 503.
② （法）德里达. 书写与差异 [C]. 张宁译. 北京：三联书店，2001. 502—503.
③ （法）德里达. 书写与差异 [C]. 张宁译. 北京：三联书店，2001. 15.

中世纪整个历史文化发展时期，在这一历史阶段，基督教在强化逻格斯中心主义和灵肉分离的二元对立学说方面起到了至关重要的作用①。

　　但是，我们更要看到"全面解构神学的时代"基督教在破解逻格斯方面的作用。刘先生在另一本著作《演进的诗化人学》中指出，宗教内部存在对人积极追求至高精神能力肯定的异端文化因子。马克思说"神本身又是抽象的人的反映"，那么"人是依照你的肖像制造的"（《旧约·创世纪》）另外的意思就是上帝是人的特征的最高抽象物，在最本质的内容上体现人的特征。灵与肉在人身上的一致性，决定着人既是天使又是魔鬼，既是纯，又是不纯。所以基督教文化中人的精神世界的典型构成形态，体现为人与神既渴望合一、追求精神的至洁至纯的同时，又表现出了对肉和欲的渴望。把人向上帝的趋近和升腾看做理智体的人的本性，看做一个经由理性而超越感性的升华过程。文艺复兴时期伟大的艺术家，大量选取宗教性的题材进行艺术创作，体现人文思想，与其说反对宗教，不如说他们是正在挖掘真正的基督教精神，因为那个时代是一次"人类心灵追求自由的运动，是一次人们要求独立思考和判断迄今欧洲从权威方面接受或不得不接受的事实和思想的运动。这是一次人类心灵争取自治权的尝试，是对精神领域内的绝对权力发起的名副其实的反抗"②。此时期出现的文学作品，是在对人的情感、人性乃至创造能力的肯定中，在对"君权神授"封建等级制度与人性和人的自由本质相违背现象的批判中，特别是在力图以人的观念为核心的庞大的世界观体系构造中，彻底摧毁了宗教信条和神学偶像。然而正如汤因比所言，高级宗教是从自我中心通向绝对实在（神秘中心）的不同道路。自我中心既是一种理智错误，又是一种道德错误，因为没有一种生物有权利以宇宙为中心自居③。美国基督教神学家尼布尔也指出，蛇的诱惑只是外因，自我中心论和自己想成为上帝的愿望是人类犯罪的总根源，亚当和夏娃遭蛇诱惑的故事，刻画了人类生存的基本特征④。在人的自我与绝

　　① 刘建军. 基督教文化与西方文学传统 [M]. 北京：北京大学出版社，2005.

　　② （法）基佐. 欧洲文明史 [M]. 程洪逵，沅芷译. 北京：商务印书馆，2005. 219.

　　③ 汤因比. 一个历史学家的宗教观 [M]. 晏可佳 张龙华译. 成都：四川人民出版社，1990. 13.

　　④ 尼布尔. 人的本性与命运 [M]. 谢秉德译. 香港：基督教文艺出版社，1970. 238.

对实在的冲突的历史中，深刻反映了基督教文化人文向度与西方文学自由传统的历史联系的复杂性。

当"一切坚固的东西烟消云散"（马克思语）的时候，原有的二元对立的逻格斯失衡以后，人们终于不得不用冷静的眼光来看他们的生活地位、他们的相互关系，现代性社会就是要发现我们身处的一种环境。西方现代文学仍然有一个原型的声音，亦即基督教思想在回响。现代人类发现自己处于一种价值的巨大缺失和空虚的境地，然而，同时也发现自己处于极其丰富的各种可能性之中，波德莱尔于 1863 年《现代生活的画家》说，"现代性就是过渡、短暂、偶然，就是艺术的一半，另一半是永恒和不变"，"为了使任何现代性都变成古典性，必须把人类生活无意间置于其中的神秘性提炼出来"。德里达为什么要致力于抵制"逻格斯中心"主义的传统？这一冲突的张力不仅仅是存在于语言意义的"缺失"和其"神秘"的对立面——意义无限"丰富"——之间，更在于揭示激发基督教乃至西方文化内核中非实体宗教道德的人的因子：如神的权能和美善①。值得注意的是，正是现代主义文学意识到的语言危机以及相应引发的语言批判，给了德里达解构批评直接的启示，由此，德里达提出，"这种神学确定性的丧失，这种神之写作的不在场，首先指的是那个必要时也亲力亲为的犹太神书写的缺席，它没有单独哪怕是粗略地给类似'现代性'这样的东西作出界定。作为神性符号的缺席和挥之不去之纠缠，确定性的丧失控制了全部现代美学与批评"②。我们将在以后章节中论述德里达对基督教伦理、对现代文学的认识等一些问题。

四、"解构"诗学建立的条件和基础

索绪尔认为，语言是一个差别性和区别性的系统。经验主义——唯心主义认识论的自信的主体将自身看成是自我绝对显现的，即他的显现

---

①　（美）爱略特·N. 多尔夫. 犹太教对道德贡献的要素 [A]. 见：基督教学术 2 [C]. 上海：上海古籍出版社，2004.

②　（法）德里达. 书写与差异 [C]. 张宁译. 北京：三联书店，2001. 16.

被认为是由他自己的自律性活动所决定的。这样的自我将语言仅仅看成是表现某种先前已在他自己的意识中显现过的内容，但却未能认识到，每一个符号都是先验地由它的可重复性所构成的，这种重复性意味着意识是由能指之链先验地编织而成的。在评论阿尔托的文章中，德里达写道：

因为不借助重复可能性去建立的词或一般的符号是不存在的。一种不被重复、没有于"第一次"就被重复所支解的符号就不成其为符号。因此，意符的所指，为了每次都回到同一而应当是观念的——因为观念性不过是对重复的那种确保能力。这就是何以大写的存在乃是永恒性重复的主宰词，是大写的上帝与大写的死亡对生命的胜利。[①]

表面看来，德里达所重点表达的，仍然是他同传统"表达主义"的势不两立的态度，尤其是反对类似柏拉图所说的语言符号和观念用以"再现"客体对象的说法。实质上，德里达的文字学所研究的，与其说是文字和文本，不如说是这些文字和文本的运动及其一切可能性。

首先，解构赋予文学想象与文学批评以认识论的地位。我们从前面的分析可以看出，古希腊柏拉图和亚里士多德奠定的"诗学"，不是处理感情与自然的关系，而是把诗归结为理性的一种能力，是理论的、实践的、生产制造的能力之最差一种，处于理性框架内，与人的理性能力和认识能力相关。理论理性规定了诗学，开创了"哲学对艺术权力的剥夺"。从"艺术是模仿的模仿"到黑格尔的"美是理念的感性显现"，成了"逻格斯"的言说使自身意义在场呈现为一种恰到好处的存在形式。

逻格斯中心主义的二元对立思维模式预设，扼杀差异化运动的自由本质的同时，也取消了艺术本身的自由本质。针对"自然"和"自由"，康德提出"我们全部的认识能力有两个领域，即自然概念的和自由概念的两个领域，因为它是通过这两者提供先验法则的。哲学现在也顺应着这个分类而区分为理论的和实践的两个部分"[②]，同西方文化追求自由的核心一致，通过人与自然、人与神、人与社会的斗争，以及积极地发

---

① （法）德里达. 书写与差异 [C]. 张宁译. 北京：三联书店，2001. 442.
② 康德. 判断力批判：上卷 [M]. 宗白华译. 北京：商务印书馆，1964. 11.

展科学，认识和掌握的自然规律越多，他受制于自然规律的限度越小，人的自由就越大。康德预设人的自由的同时，却又给自由的认知加上了纯粹理性的限定框架。人确实有不断向上追求的动力，不满足于现状，不满足于物质欲望的实现，不断地超越周围的感性经验世界，但是并不意味着人最终绝对地屈从"神"一般的理性认知。哈贝马斯曾言德里达的解构"是一种革命活动，其目的是要打破基本概念之间隐蔽的等级秩序"①，对于哲学和文学概念而言，即逻辑学和修辞学的等级秩序，德里达试图质疑并彻底颠覆的就是从柏拉图以来逻辑学之于修辞学的优先性。文学艺术创作是不断进行自我超越和超越周围世界的活动，因而也是满足人类不断扩大自由的重要途径，文学从来就不应该是"时代的传声筒"，或者某种外在力量的表达，文学就是对现实的统一力量之下所存在局限性的感性反思——解构既是对这一文学性质的汲取，又是重新赋予其认识论地位。

　　德里达对胡塞尔、索绪尔以及卢梭等人的文本的读解，挖掘出那些威胁作者公开的意图和目的的力量，恰恰借助的是其中难以控制的修辞性内容，去挖掘与它们自身所陈述的内容相互矛盾之处。哲学文本和文学文本之间的逻辑的排他关系和优先关系也不能有条理地控制②，反过来，修辞学的主权反倒扩展到逻辑领域，把哲学著作当做文学著作来对待。德里达努力阐明符号延异的目的是什么？其实潜台词就是逻格斯中心的理性逻辑体系扼杀了现实中人自由发展的可能性。德里达为文学想象与文学批评获得认识论地位提供理论依据。文学家所追求的自由，应该不同于哲学家所探讨的自由概念的界限。文学家另辟蹊径把握人的自

---

① 哈贝马斯. 现代性的哲学话语. 曹卫东等译. 南京：译林出版社，2004. 220.

② 哈贝马斯对德里达颠覆哲学、文学关系有反对意见："相反，如果像德里达在美国大学文学系的追随者所做的那样，让文学批评不再关注如何掌握审美的经验内涵，而是关注形而上学批判，那么，文学批评将失去其判断力。把一种研究错误地等同于另一种研究，使双方都失去了实质性的内涵。这样，我们就回到开初提出的问题。谁如果为了减少自我关涉的矛盾，而把激进的理性批判转移到修辞学领域，就会削弱理性批判自身的尖锐性。消除哲学和文学之间的文类差别，是一种错误的要求，并不能把我们带出困境。"（哈贝马斯. 现代性的哲学话语. 曹卫东等译. 南京：译林出版社，2004. 245—246.）

由本质，是因为文学的叙事方式最为接近人的生存状态。文学艺术创作总是容易违背约定俗成的或者是固定的窠臼，突破现有理性的有限性，追求更大程度的自由。

其次，解构也带来文学创作与批评的多元化。德里达看到了文字差异化结构中潜伏着再生无限差异化的可能性，及其时空不断延异的语境多元性。西方古典诗学正是以"逻格斯"为本体、终极、始源和中心推衍出一部古典形而上学的诗学发展史。就创作而言，文学文本"表达"某种物质的或精神的、头脑里的或社会的东西，这种观念似乎已经不证自明——从西方文学精神发展史发展来看，逻格斯中心主义的文学思想主要表现为基督教文化影响下的人与神，人与自身的二元对立模式强化与冲突；就批评而言，诠释文本要回到某一起源（如作者）用文本说话的意图，将文学视为现实的反映或作者经验的产物乃至理念的模仿的观点，其批评实践只能是非理论、非解释性的、最终只不过是寄生于文本，复制阅读文本的"经验"[①]。如果从时间线性和单向性的观点来看，这种观念往往只能追求向过去变化的可能性，是一种向历史的倒退运动，因而也是一种回归历史的运动，并不符合历史螺旋前进发展的规律。

而与之相反的运动，则包含向一种新的创造可能性发展的前景。即便是单一的文本，也可深究其中截然相反的颠覆力量，这种向过去运动的延异运动，同样包含未来创造的可能性，所以它不是向历史的倒退，也不是恢复历史。这种可能性显然超出传统时间线性向未来发展所规定的单一模式，而是朝着未来多种方向发展的潜在可能性。作为后现代主义者，德里达当然不愿意将自己的思想创造运动限定在传统语言符号的规则范围内。严格地说，语言符号所表达的任何所要表达的在场意义，

---

①　罗兰·巴特曾称，"诗学"在古典时期，从未导致任何特殊的领域，任何特殊的领域的感情深度，任何特别的一致性，或分离的世界；它只是个人探讨"表现自我"的语言技巧，它所依据的准则更富于艺术性，因而比交谈更悦人，换言之，也就是指能突出从头脑中产生的十分完备的内心思想的技巧，即依靠传统的优点更能为社会所接受的语言。罗兰·巴特.罗兰·巴特随笔选. 怀宇译. 天津：百花文艺出版社，1995. 3－10. 这一诗学也是追求顺从和一致的诗学。

只是这些符号和文字运动过程的一个极有限的可能性形式罢了。传统形
而上学的错误，就是将这种极有限的可能性形式绝对化、固定化和标准
化，看不到飞矢不动之"动"。如果说，传统西方文化看重言语是因为
言语更接近说话者（发出"逻格斯"者）的话，那么，要把在说话当时
所表达出来的"符合真理"或"符合正义"的逻格斯固定下来并延续下
去，当然就需要把当时当地说出来的话加以文本化，并把这"一次"建
构起来的文本结构加以固化和神化。所以，传统诗学表面上重视原文
本，实际上仍然是把当时"在场"文本的"言语"放在首位。所以，他
对于文字差异化运动的上述理解，实际上也为后现代主义者打破传统文
化和进行自由创造提供精神动力，"应从中发现某种精神重建的潜在动
力，以便由此出发，促使读者发扬其断裂表意结构的冲力，决意在文本
结构中找出突破文本本身约束的创意基础"①。某种程度上讲，现代文
学的创作，以及当代文学批评的重心都开始向读者和阅读过程迁移，作
家、理论批评者已经开始重新考虑构成文学制度的阅读或阐释规则。把
注意力从对个别文本问题转向对文学普遍问题的探讨，这便不可避免地
涉及文学创作、阅读和阐释中的文化和意识形态多元因素。

　　解构主义文学理论是否就此获得了原则上讲述一切的权力？国内外
对此也颇有微词。诚然，解构多元倾向有明显的意识形态色彩，如罗蒂
认为"那种拒绝了核心和深刻这样的隐喻的文化多元论，是与民主政
治、与给我们以当代民主国家的社会和实际制度相一致的。"② 然而，
正如程志敏指出的，当代"文学理论"一词滚雪球似的自我膨胀也诚然
与解构不无关系，"再加上同一时期政治上全球性左翼运动的推波助澜，
文学系和文学理论家又扮演起社会运动的策源地和企划者的角色来
了"③。

　　第三，解构批评潜在强调应该对历史上出现的作家作品和文学现象

---

　　①　高宣扬. 当代法国思想五十年 上 [M]. 北京：中国人民大学出版社，2005. 351.

　　②　（美）理查德·罗蒂. 后哲学文化 [M]. 黄勇编译. 上海：上海译文出版社，1992.
153.

　　③　程志敏. 解构主义文学理论批判 [J]. 四川外语学院学报，1997 (7).

进行现代阐释，以延续其文化生命。传统阐释学受逻格斯中心主义的影响，力图考察和重现那些同样以往历史条件、以往语言条件和以往文化条件下的创作过程，试图"真实地"再现凝固了的历史结构，这显然是办不到的，历史无法在场：在文本的形成过程中，一方面作家受到语言的控制，并不可能完全掌控语言；另一方面，文字脱离原作者而独立存在，构成一个相对独立的文化生命体，成为一个随时待阅读的有机体。传统阐释学之所以相信依据上述原则可以达到"真实地"再现原作者及其历史文化条件的目的，主要是因为他们同样相信语言可以"再现"那些不在场的历史，并将这些"再现"当成现时真实存在的事物。对于德里达来说，如果要探索这些文字和文本是如何写出来的，重点不是使作者及其历史条件获得重生，而是使该文本的文字过程在被阅读和被阐释的差异化运动中再创造。而这样一来，"真实地"再现死去的原作者和历史并不重要，重要的是在原有文本结构的差异化基础上，结合阅读者和阐释者在新的历史文化脉络条件下，赋予原作者和原文本以新的差异化运动的生命力。德里达不是根本否定原作者、原文本的文化价值，而是将已经死去的文本重新在新的历史条件下复活起来，赋予其新的生命，这就是对旧文本的最高尊重。德里达从来没有激进地声称自己颠覆西方文化传统，相反，他声称自己对传统文本报以足够的敬意。

这种运动的真正生命力，不是在它发生的当时当地所"表达"出来的那种特定时空结构和状况，不是传统本体论所追求的那种"现时呈现"的真实性结构，而是它未来的运动，从而有了诉求未来的弥赛亚性。文字差异化的未来运动的珍贵之处，就在于一切"可能性"都可以发生。文字的未来运动，不能单纯从过去、现在、未来的时间一维性和单向性的观点来理解。

从词源学来看，"诗学"一词的内涵，现在一般有两种理解，一是狭义，相当于文艺学里研究文本内的部分；一是广义，大致相当于现在的文艺理论或文艺学，包括文本外涉及文艺理论的部分，例如文学创作与生活的关系、作家的修养等。把两者结合的诗学概念在古典文论和文学批评史上比较少。事实上，在西方学术文化传统上，"poetics"① 作为一门学科是由亚里士多德提出的，正如法国学者沙维坦·托多罗夫（Tzventan Todorov）在《诗学概论》（*Introduction to Poetics*）中所评价的那样，亚里士多德的《诗学》，有两千五百年的历史，是全面地对"文学理论"有所贡献的第一部著作，也是经典中最为重要的著作之一。

　　我们知道过去种种文学理论的不足。如果说有什么面向未来的诗学，最时兴的可能就是一个不稳定的"文化"诗学了。在我们已知的世界中，只有人才有文化。那么，什么是文化呢？"文化"的本质是人的精神情感的活动。因为只有人才有意识和情感活动，也只有在人与人之间才能够建立起精神上的联系。所以，我们可以说，"文化的范畴是在人的意识和情感联系中形成的诸如物态的、意识形态的、制度形式的乃至生活方式上的关系范畴"②。这样，文化作为人唯一所具有的意识和情感的产物，其底蕴反映着人的精神活动。人所独有的语言和思维联系，就越来越促进人的精神体系不断拓展和演进，反过来又影响人的思维方式，换言之，人如何看待自己、看待世界乃至看待二者之间关系的方式，又是极为重要的，这是因为人的思维方式是文学发展变化的根本。思维或语言出现的方式和呈现的面貌也就不同，因而导致文学的文化形态也出现着差异。

　　德里达挖掘了逻格斯中心主义，既是西方文明之核，又是西方人的基本思维模式，也解析了西方思想史主要误区所在。逻格斯中心的二元

---

　　① 权威英语辞典在"poetics"词条下有各种释义。*Oxford Concise Dictionary of Literary Terms*："the general principles of poetry or of literature in general, or the theoretical study of these principles. As a body of theory, poetics is concerned with the distinctive features of poetry (or literature as a whole), with its languages, forms, genres, and modes of composition". *The Oxford Encyclopedic English dictionary*："1. the art of writing poetry; 2. the study of poetry and its techniques". 从上述英语辞典对"poetics"的释义中，我们可以归纳出英语界对诗学的一般理解：关于诗及其诸种技巧的研究、文学批评领域中关于诗及其本质与诸种规律的专项研究、关于诗的形式或体系的研究。实际上当下国际学术界大体同意 *Oxford Concise Dictionary of Literary Terms* 的解释即"诗歌或文学的一般原理，或原理的理论探讨。关涉诗歌或文学的特征，包括语言，形式，风格，结构模式等。"

　　② 刘建军. 演进的诗化人学 [M]. 长春：东北师范大学出版社. 1999. 8.

对立思维体系制约了文化的差异化发展运动，也限制了文学批评的想象空间。所以，德里达对于文字差异化运动的上述理解，实际上也为后现代主义者打破传统文化束缚和进行自由创造提供了理论支持精神动力，文学所拥有的不曾穷尽的虚构对象正是语言规律和真实规律永远无法完成的标志。

　　如果说文学的诗学是从文学文本自身出发，强调文学自身的性质，哲学的诗学强调哲学和文学的关系，文化诗学的特点，就是强调文学不仅与文学内部关联，也与文学之外的宗教、政治、经济等一系列问题联系起来进行研究，具有综合性性质。德里达赋予"诗性"（poetic）以某种力量。这种力量自柏拉图把诗人从"理想国"赶出来以后，就已经被哲学传统所拒绝。

　　当代"文化诗学"的特点，第一，与其说德里达如何界定人的诗学，还不如说质疑诗学的意义是如何形成的。或者说，不是探讨文学的本质问题，而是探讨如何认识文学的问题。如卡勒提出的，文学研究作为诗学，理应放弃对作品的分析，转而研究意义产生的条件。"正如序列声音只有与一种语言的语法相关时才具有意义，不了解文学话语的特定规则，不了解作为制度的文学，就不可能理解文学作品"①。从根本上讲，在读者或作者之后有一套约定俗成的规则，文学是一种约定俗成的建制。德里达告诉我们，最重要的是分析语言：因为人类用符号建构了一个世界，对任何事物的分析就是对语言的分析。与传统哲学相比，这样的转向蕴涵着极大的危险，它首先把关注的对象从内容转向形式（结构主义），然后又转向解构主义。德里达受过精神分析学说的影响，避开诸如创造、灵感或形式美等传统概念所造成的障碍，并且引入一种辩证的研究，一方面发扬了语言无限延异的自由特征（人创立语言也拓展了自己的想象空间），一方面也发现了诗的想象自由植根于人类的必然性中。想象不是寓于其他一些功能中的一种功能，自由的诗性想象是

---

①　Jonathan Culler. *Prolegomena to a Theory of Reading*. in: *SuSan Suleiman & Inge Crosman. eds. The Reader in the Text* [C]. Guildford: Princeton University Press, 1980. 49.

矛盾和一些反命题的运动根源。德里达在文学研究中发现，人与物的关系不可能是一个在自我封闭的、而且是变成象征性的结构作品形式下的关系。从这一角度看，德里达解构理论既是"诗学"，对文学性质予以认识论的地位；又不是诗学，因为它更多的是追问诗学之类本质问题是如何形成的。

　　其次，在于对文化整体的感悟和自觉把握。正如巴赫金所说，这里的文化不是众多现象的总和，而是一个整体。巴赫金的意思是，文化并不是诸多个别文化现象简单的复合叠加，而是有机地联系成一个整体的文化格局。"文化诗学"或者艺术文本的文化研究只有在这样的格局和语境中进行，才是真正科学的研究。当然，诚如盛宁先生所言，这一研究也必须"是在受过语言学、语义学、词源学以及文献版本学等多方面良好训练的基础之上，在熟练地掌握了'新批评'所最擅长的文本细读的本领之后，才能掌握的一种在文学文本中穿行、甚至上下翻飞的能力"①。

　　第三，"文化诗学"既然还是诗学，它的逻辑重心必然还执著在与审美文本相关的问题和对象上。一个"诗"字，就说明了这种诗学的特质。如果像有的"文化研究"完全忽略了对象的审美内蕴和表征，"诗"学又何从谈起。强调诗学自身多元文本辩证法关系，正是重建德里达文化诗学的关键。

---

　　①　盛宁. "解构"：在不同文类的文本间穿行 ［J］. 外国文学评论. 2005（3）.

第三章 欧洲现代主义文学语言
观对德里达的影响

按照伽达默尔的分析，西方艺术按艺术形式和艺术内容之间的关系的不同，大致可以分为三个阶段：一是强调模仿的古典艺术阶段，认为艺术形象是对世界万物及其内在规则的客观性的模仿和再现；二是强调表现的近代艺术阶段，认为艺术形象或艺术形式是对艺术家内心情感的表现；三是现代强调符号或艺术语言的阶段，它强调艺术形式在于艺术符号或语言之间的自我生成与重构，需要特殊的解读方式才能够了解艺术符号是如何组成的以及它所包含的意义是什么[1]。伽达默尔的划分固然笼统，但对我们不无启迪。尤其是现代艺术之所以强调语言，是因为"语言既然已不足涵盖现代文明冲击下支离破碎的经验面，人的物化既然已使作家的自我无法在既定的宇宙结构中找到它的位置，那么，唯一的选择便是打破圈定的思维模式，重新审视语言的表意功能，从而调整物外之间的关系"[2]。未来主义、达达和超现实主义等现代文学，都有着"回到"语言、重新界定语言的倾向，解构理论的出现也可谓西方文学艺术传统历史演进的必然轨迹。

---

① 黄其洪. 艺术的背后：德里达论艺术［M］. 长春：吉林美术出版社，2007. 58.
② 陆扬. 德里达和解构主义批评［J］. 外国文学研究. 1989（1）.

一、欧洲现代文学创作中的语言危机意识

德里达很重视现代主义文学语言危机问题。关于语言同思想观念、传统文化之间的内在密切关系，早在德里达以前，也就是从 19 世纪初到 20 世纪中叶止，历经波德莱尔（Charles Baudelaire，1821－1867）、瓦莱里（Paul Valery，1871－1945）、马拉美（Stephane Mallarme，1842－1898）、布朗肖（M. Blanchot，1907－2003）和乔治·巴塔耶（Georges Bataille，1897－1962）等人，就已经从文学创作和批评的角度，对文学传统语言进行过多种多样的批判和颠覆活动。本雅明曾言："一百多年以来，艺术哲学一直屈从于篡权者的暴政。"这些"篡权者"确实存在，"他们就是那些美学教授、书评家、艺术评论家、作家等等，他们在浪漫主义兴起之后的混乱之中'开始执政'，他们的神学（真正的神学的滑稽模仿）就是形式和内容在象征体中的统一"。①

值得注意的是，一种审美的和非重复的延异理想，它不仅在德里达的解构实践之中，而且在先锋派的艺术实践之中得到实现。德里达不仅阅读了自古希腊以来的古典文本、现代其他思想家的文本，还阅读了波德莱尔、马拉美、瓦莱里、叶芝（William Butler Yeats，1865－1939）、艾略特（T. S. Eliot，1888－1965）、庞德（Ezra Pound，1885－1973）、阿波里奈尔（Guillaume Apollinaire，1880－1918）、乔治·巴塔耶、布朗肖、热内（Jean-Pierre Jeunet，1910－1986）以及阿尔托（Antonin Artaud，1896－1948）等人的作品，一方面，这些现代文学思想形成了解构思想的来源，另一方面，德里达对这些文本的阅读，对我们理解解构批评起了示范作用，德里达称：

确实，被归为"文学"的某些文本在最高阶段——阿尔托德、巴塔耶、马拉美、索勒——上产生了裂缝和中断。为什么呢？至少是为了让我们怀疑"文学"这一名称，并且使概念从属于纯文学、艺术、诗歌、

① （美）沃特斯．美学权威主义批判：保尔·德曼、瓦尔特·本雅明、萨义德新论[M]．北京：北京大学出版社，2000．187．

修辞和哲学。这些文本在它们的活动中证实了，实际上也解构了文学活动的表现，当然，在这些"现代的"文本之前，某种"文学"实践就能够抵制这一模式和这一表现。但是，正是在这些最近的文本及其在此所表现的一般结构形式的基础上，人们能够很好地、不带追溯既往的目的论来重新读解先前裂缝的规律。①

现代主义作家都感到迫切需要创造新的手段来利用语言资源。现代主义作家通过对语言创造性的极度关注，无形中破坏了逻格斯控制下的表达主义创作，波焦利（Renato Poggioli）称，先锋派提出一种"对我们公众言语的平淡、迟钝和乏味的必要的反应，这种公众言语在量的传播上的实用目的毁坏了表现手段的质"，因此，现代文学语言具有一个社会任务："针对困扰着普通语言的由于陈腐的习惯而形成的退化起到既净化又治疗"②的作用。现代主义文学实践总是倾向于通过质疑作为中心的逻格斯以实现对意义的解构，力图使每一个句子能够游离于任何确定意图及其语境，原有的统一中心和固定语言模式不存在了，只剩下支离破碎的文化符码，借助于语言来创作生产性的、而非再现性的文本。展现在读者眼前的更像是种分崩离析的阅读经验。

在19世纪初前后出现对语言的怀疑意识，意味着德里达从语言上对逻格斯这个"根基"的否定早在现代主义文学中已经显露端倪。根基或实在是兰波（Arthur Rimbaud，1854—1891）、奈尔瓦尔（Gérard de Nerval，1808—1855）和洛特雷阿蒙（Comte de Lautréamont，1846—1870）的攻击对象，甚至叶芝（William Butler Yeats，1865—1939）这样一个在晚年趋于确实性的诗人，在内心生活、神话、性和事物面前也对根基产生了怀疑。科学的发展和工业文明的进步，破坏了传统精神内部的静态逻格斯秩序，因此，宁可不要秩序，而要无形无序的混乱是19世纪末至20世纪初很多现代文学创作的特点。从浪漫主义到现代象征诗人，极力表现的就是在混乱的社会环境之下，掩盖着被人遗忘的历

---

① （法）德里达. 多重立场［M］. 佘碧平译. 北京：三联书店，2004. 77.
② （德）彼得·比格尔. 先锋派理论［M］. 高建平译. 北京：商务印书馆，2002. 导言页2.

史和文明的基础。逻格斯二元逻辑的颠覆在莫雷阿斯于 1886 年为象征主义的界定中已经被体现："教诲、朗读技巧、不真实的感受力和客观的描述"是象征主义的敌人。① 莫雷阿斯声称的那种象征主义若有某种意义的话，那种意义就必定取决于它对旧的哲学中心的突破。这也表现在波德莱尔的作品中，"象征之林"对应的一致性，被丧失统一性的"熙熙攘攘的城市"或荒原意象所取代。

一些东西在作家的想象中激发出对于永恒的瞬间的想象：一只破烂的草鞋，阳光下的一条狗，一片破烂的教堂墓地，所有这些密码都暗示着荒芜和衰朽，所有这一切似乎都是失去了统一性的残余物，而不是未来统一性的暗示。叶芝和里尔克的作品同样表现出对恢复语言折射下的逻格斯的可能性的悲观，他们的作品最后残留的不过是几个孤立、缺乏统一的象征意识。艾略特的《荒原》的（The Waste Land，1922）更鲜明地把这一情况与衰退中的语言联系起来。艾略特在《荒原》结尾处，用几个神秘的语言片段支撑着现代的废墟：

我坐在岸上

垂钓，背后是那片干旱的平原

我应否至少把我的田地收拾好？

伦敦桥塌下来了塌下来了塌下来了

然后，他就隐身在炼他们的火里，

我什么时候才能像燕子——啊，燕子，燕子，

阿基坦的王子在塔楼里受到废黜

这些片段我用来支撑我的断垣残壁

那么我就照办吧。希罗尼母又发疯了。

舍己为人。同情。克制。

平安。平安

平安。（赵萝蕤译）

《荒原》中引用了 58 部经典作品中的典故，融解了人类历史上大量的文化概念和传统道德，企图让它们组成一个完整的整体以领悟绝对真

---

① 黄晋凯等主编. 象征主义 意象派［G］. 中国人民大学出版社. 1989. 46.

理的存在，然而最终只能是让这些碎片抵御着诗人的毁灭。

在《十九世纪以及之后》叶芝感叹：

虽然伟大的歌再也不会回返，

在我们现有的东西中仍有欢乐所藏；

砾石在海滩上格格地响，

响在那消逝的波浪下面。（裘小龙译）

里尔克沉迷于语言的废墟之中：

因此我们继续奋进，试图完成它，

试图把它牢牢地抓在我们简单的手中。

在我们过于拥挤的目光中，在我们无言的心中，

试图成为它。（《杜伊诺哀歌》，黄灿然译）

艾略特、叶芝和里尔克似乎仍然要在断简残篇中获得永恒感，他们觉得，没有那种永恒感，一切都将会变成阴郁和绝望。而这正是德里达反对"表达主义"对终极目的追求的原因——语言与外在因素之间的关系总是处于断裂。传统预定的意义、结构和思维模式不再是创作的中心和命脉的时候，逻格斯中心主义把语言和其他表达媒介加以理性化的传统有机步骤开始消解。对上述提到的那些诗人来说，它表明放弃了一种旧的秩序，但是其语言结构是完整的，广阔的，其形式在明显的持久性和固定性方面都给人以深刻的印象，意味着梦想建立另一种未来的秩序。艾略特笔下的荒原，先前曾经感到自己是一个包罗万象的完整结构的一部分，这个结构的各部分协调一致，可以相互解释。然而，他现在却感到这个结构正在分崩离析，不再具有任何本质上的统一性。但现在，社会结构崩溃了，不再能说"精神"和"灵魂"是统一一切的概念；那神秘的统一一切的逻格斯中心消失了，从而导致了精神的失衡。这一身心失调、思维倒错的形式已深入现代文学之中，许多现代作家无力处理这种混乱感和危机感。因此，现代主义者力图追求感情、精神、无意识、想象的流动性，与理性、可预言性、功利主义赋予的力量相对抗，这个信念对现代主义作家格外重要。布勒东（André Breton，1896—1966）抱怨"陷于逻辑统治之下"的生活的贫乏，曾言：

经验本身也显现出了局限。经验关在一只笼子里来回走动，越来越难于将它解放出来。经验也越发依靠急功近利的实用价值，并且以常识

做自己的保驾。在文明的掩护下，以进步为口实，人们已经将所有（不管是否有理）可以称之为迷信或幻想的东西，一律摒除于思想之外；并且禁绝了一切不合常规的探求真理之方式。①

唯一拯救这种处境的办法就是动员"想象"，作家的想象力促使他们放弃了传统规则，对逻格斯采取怀疑态度，这就足以令人设想，作家已经从自己的想象力之中得到了很大的安慰："他们很欣赏自己的狂言乱语，容得了这等'敝帚自珍'的情形。而事实上，错觉、幻想……是一种不可等闲视之的乐趣"②。布勒东摆脱语言困境的方式是"自动"写作（automatic writing），对写作的东西努力放松所有意识的控制，这也可与弗洛伊德描述的"无意识"相联系。这就是为什么奋力寻求文化上失去的语言对现代作家具有重大意义的原因。现代文学和"逻格斯"分开后，便充满了无家可归之感。我们可以对《杜伊诺哀歌》作这样的解释，许多现代人都感到"人类在他们用自己的智力来解释的那个世界的家里是不很安全的"。由于感到失去了统一性的原则，时间变成一系列支离破碎的瞬间，连续感让位于不连续感。罗兰·巴特从写作不能从语言"汲取任何力量"的相同观点出发，得出更为极端的结论："出现了写作的死胡同，而且这也是社会本身的死胡同。"③ 对那些认为"社会是一个死胡同"的作家们来说，语言不再能控制流动不定、无从捉摸的现实，普通的语言无助于他们的想象力，语言不再是简明易懂地表现我的工具、交流的手段，而变成表达一种朦胧未来可能性的想象。

卡夫卡想象的世界与一个动物从洞穴里向外看的世界相像，那个世界与自己是背离的："我写的不同于我说的，我说的不同于我想的，我想的不同于我应该想的，事情就这样继续下去，直到无穷。"④ 把思想和语言联系起来的东西，把语言和外部世界联系起来的东西，把人和人

---

① 柳鸣九主编. 未来主义 超现实主义 魔幻现实主义 [C]. 北京：中国社会科学出版社，1987. 245－246.

② 柳鸣九主编. 未来主义 超现实主义 魔幻现实主义 [C]. 北京：中国社会科学出版社，1987. 242.

③ 罗兰·巴特. 罗兰·巴特随笔选 [C]. 怀宇译. 天津：百花文艺出版社，1995. 45.

④ 卡夫卡. 卡夫卡全集 [Z]：第7卷 书信. 叶廷芳 赵乾龙 黎奇译. 石家庄：河北教育出版社，1996. 163.

联系起来的东西，已经无影无踪了。受卡夫卡的启发，德里达深入读解卡夫卡的短篇寓言《在法的前面》的时候，提出"文学是什么"这一问题最根本的问题。将一个文本划定为"文学的"或"非文学的"，依据的法是什么？凭借何种法定权威具备资格作出这种决定？卡夫卡的文本特别鲜明集中地展现了这种对文学语言建制（外部界限、独特性、作者资格、标题、参照作用作为稳定的属性或概念）既维护又破坏的特征：

难道我们不是像乡下人那样，在法的前面被阻止住了吗？难道不是面对这样一个故事，使得我们无能为力、停顿不前吗……这似乎是由于法的本质特征……从某种意义上讲，《在法的前面》就是讲述这种不可接近性的故事，讲述这故事的不可接近性的故事……法不正是按它的可接近性界定的吗？①

德里达 1982 年 11 月在巴黎举行的题为"詹姆斯·乔伊斯"的国际学术讨论会上的讲演《为了乔伊斯的两句词语》，围绕乔伊斯出现在《为芬尼根守灵》（*Finnegans Wake*）的 HE WAR 词语进行的考查。HE WAR 可理解为"他人战争"、"他已存在"、"那是真实的"等义，"'HE WAR'这两个词，在英文中听起来像是'他、战争'，既然它涉及的是巴别塔，它也指神、战神等，但在德文中'war'则是'是'动词的过去式。所以，在《非内根的守灵》这同一部书中，词的统一体爆炸了，弥散了，繁衍了。因而人们不可能在一种语言中去翻译这种东西。必须设法保持这种语言的多样性特征"，从而提出翻译和解释的双重约定和"根源性暴力"的问题。用德里达的话说，乔伊斯小说的全部奥秘藏匿在"HE WAR"之中——至关重要的是它没有所指，它宣布了一场语言的战争，破坏了语言的"巴别塔"②。换句话说，乔伊斯的小说因其语言模棱两可、一词多义、语言相互冲突，从而不能顺利通达其所指对象，从而使语言的对象成为一个"纯粹可能性"所组成的世

---

① （法）德里达. 文学行动［C］. 赵兴国译. 北京：中国社会科学出版社，1998. 132.
② 此处引用尚杰先生的论述（尚杰. 内容"述"形式（下）——现代欧洲暨法国美学情趣之源流［J］. 江苏行政学院学报. 2004 (6)）。德里达论语言的"巴别塔"见：论瓦尔特·本雅明. 长春：吉林人民出版社，2003.

界——它依赖语言周围的环境、前一个词和后一个词。"HE WAR"像是歧义的幽灵一样，打破了我们任何企图形成的完整统一的表象，它也是乔伊斯制造的语言"事件"。乔伊斯的小说变成了一系列文化"符码"，读者在阅读中把它们连缀成具体的"事件"；原来固有的"什么"、"意义"等因果关系都处于一种游离状态。德里达曾说他的《播撒》（*Dissemination*）等是对乔伊斯小说的一种间接阅读产生的效果之一。

我们再看《尤利西斯》（*Ulysses*，1922）。乔伊斯采用了传统叙述、意识流、书信和一些戏剧剧本杂糅的叙事手法。它的语言意识更丰富地表现了播撒观念。第十四章就是专为语言而写的，它不断用胎儿的成长来比喻语言在一系列文学散文风格方面的成长。乔伊斯一方面用胎儿的成长来比喻语言的机体演变也许只是一个讽喻，而不是真正的比喻，历史和个人的风格本身都是语言内部的子系统或代码，可以不断地重新组合和拼贴。语言本身构成了丰富的精神世界，比如说：

她老迈而神秘，从清晨的世界踱了进来，兴许是位使者。……她蹲在耐心的母牛旁边，一个坐在毒菌上的巫婆，她的皱巴巴的指头敏捷地挤那喷出奶汁的乳头。……最漂亮的牛，贫穷的老姬，这是往昔对她的称呼。一个到处流浪、满脸皱纹的老太婆，女神假借这个卑贱者的形象，伺候着她的征服者与她那快乐的叛徒。她是受他们二者玩弄的母王八。来自神秘的早晨的使者。（萧乾译）

这是斯蒂芬个人对现实——即在卖牛奶老太婆出现的情况下——带有幻想和神秘情调的理解，但这不单单是他的见解。《尤利西斯》完全由三个主角——斯蒂芬、布罗姆和布罗姆的妻子毛莱——的内心独白构成，没有作者明确的客观看法。因此小说中唯一的社会现实是作者主观理解的神话般幻想的精神世界。既然如此，那么不仅在诗人斯蒂芬的眼里，而且对乔伊斯来说，卖牛奶的女人或是"坐在毒菌上的巫婆"，或是"无家可归的老太婆"，又是"神秘的早晨的报信人"，既是来自"日常生活的形象"，又是清除了一切具体的、个人的、直感的东西，而成为某种抽象的标志。在不断思考的延异中，滋生出许多模糊不清的象征性含义。

以上我们结合德里达对现代文本分析大致勾勒了解构与现代主义的

密切关系。正是现代主义运动中不断涌现的先锋哺育了解构，正所谓不"破"不"立"，解构本身是对现代主义文学运动的某些方面的回顾和总结。现代语言危机的重要表现就是社会话语和文学话语之间的分离。古典作品的"表面"是从他们预想并表达的社会结构和语言结构的真实性中汲取力量，并与这种真实性保持一致，而现代作家则不能取得这种一致性。在对现实的认知中，他们不得不首先拆除传统世界的思维结构，并重新组合语言符码，与日常语言疏离、陌生化，然后才能创造适当的话语。现代主义的艺术写作实践总是倾向于通过质疑作为中心的逻格斯以实现对意义的解构的，否认逻格斯给艺术的创作过程提供意义，并将重点从所指之链转移到能指之链，偏爱语言学意义上的生产性的、而非再现性的文本。

二、法国现代文学对解构理论的直接贡献

综观法国 20 世纪文学，超现实主义、存在主义、新小说、荒诞派戏剧等各种反传统的文学流派，都有着反理性主义文化精神的意图。在第二次世界大战期间，阿尔托、巴塔耶、布朗肖和热内等人，继承和发扬自波德莱尔和马拉美以来法国文学艺术中的语言叛逆运动的传统，在他们的戏剧、小说和诗歌的创作中，通过对文学形式和内容的不断革新，尤其是通过"零度写作"和"文本写作"的方式，开展对传统语言的批判和颠覆活动，从根本上彻底地解构了传统文学概念。

马拉美模仿的并不是先存于"现实"中的东西，它总是延宕，这如同马拉美的《骰子一掷永远消除不了偶然》[①]，字句像音乐符号一般，以特异的排列及空白，取消了标点符号，诗行时而左右错落有致，时而横跨两页，从左页向右页展开，诗的最后一句是："任何思想皆是投掷了一次骰子"，句法可以同时以几种不同的和相互排除的方式阅读，这是诗人对在混乱的现实感手中为抓住某种永恒的东西而抉择所作的讽

---

① 中译本可参看：（法）S. 马拉美. 马拉美诗全集［M］. 葛雷，梁栋译. 浙江文艺出版社，1997. 115－141.

喻——无可奈何地将偶然变成必然。他的对现实的模仿是对先于它存在的无（nothing）的模仿，被揭示的"现实"并不存在，它持续地被延迟，我们目击了镜子的游戏，但是这个游戏是没有结束的："这面镜子不反映现实"，只产生"现实效果"①。一种"失去的确定性"开创了"意义的游戏"，符号构成了我们所知的世界。

德里达在《马拉美》中也大量引用了马拉美关于哑剧的论述，阐释了马拉美是如何通过反表达来达到意义的播撒的。马拉美认为，作家只要动笔，作家就开始"表演"，作家自己的喜怒哀乐被剥夺了，他高兴或忧伤都不是他自己的。就这个意义而言，一切作家都是广义上的剧作家，文学或文字决定了自己是"表演"的艺术。哑剧表演者自我表演，不以外物为依据，在他表演之前什么也没有，没有人为他规定过什么，他从不听命于任何书本的权威。他按自己所是去表演，而不是按事先安排好的任何东西表演②。在马拉美眼里，《哈姆雷特》全戏唯一的角色就是哈姆莱特。为什么马拉美排斥其他角色呢？因为他认为其他人物都是剧情的工具，而哈姆莱特不是。其他人物都在讲述到底发生了什么故事，而哈姆莱特不关心这些，照旧讲自己的"疯话"，其标志为：不为与人交流的大段独白，与现实世界隔离——这才是马拉美所谓的"表演性"。一方面，表演者从自身出发，按自己的方式去经验、理解世界，他闯入一页白纸："一段如未书写的白纸一样白的幽灵般的无声独白以面部表情和手势表演尽量伸向心灵深处"③。另一方面在他写作之前他已为传统所浸染，为别的文本（包括艺术文本在内）所写。正像德里达所言，所谓《皮埃罗弑妻》，"这出哑剧以明显的现时方式无声地模仿一个事件——犯罪——的过去——现在，但那个过去——现在的此在从未占有过这个舞台，从未有人目睹过，如我们将会看到的那样，实际上甚至从未有人犯过这样的罪。在任何地方，甚至在虚构的戏剧艺术中，都不曾有过"④。

---

① （法）德里达. 文学行动［C］. 赵兴国译. 北京：中国社会科学出版社，1998. 96.
② 宫宝荣先生有过系统阐述，见：宫宝荣. 法国戏剧百年. 北京：三联书店，2001.
③ （法）德里达. 文学行动［C］. 赵兴国译. 北京：中国社会科学出版社，1998. 85.
④ （法）德里达. 文学行动［C］. 赵兴国译. 北京：中国社会科学出版社，1998. 90.

瓦莱里是最先提出消融哲学与文学的分野的。瓦莱里在《诗与抽象思维》一文中指出：

人们在观念中往往将诗与思维，尤其是"抽象思维"对立起来。人们说"诗和抽象思维"，就好比说善与恶，恶习与德行，冷与热。很多人想当然地认为，依靠智力进行的分析和工作，要求精神在意志和精确方面所作的努力与诗不协调，诗有别于其他的地方正在于天真的思想、丰富的表达法以及优雅和幻想，这些特点使人们一眼就能认出诗。如果人们发现某位诗人具有深度，那么这种深度也与哲学家或学者的深度属于完全不同的性质。①

例如在《诗》中，瓦莱里把诗人喻为一个吃奶的孩子，他的母亲就是智慧，智慧的乳汁——诗的语言将潜在的感觉经验带到意识的光照下，但对于智慧的追求须有耐心和节制，过分的冲动和极端的严谨都会使她的源泉中断。我们来看瓦莱里是如何使这些抽象的观念归于某些形象的感觉，"我的智慧的母亲呵，/甜蜜正从你身上流出，/这种粗率该有多么可恶，/使你的乳汁淌尽流枯！"（葛雷译）瓦莱里称诗"有两个意思，也就是说两种完全不同的功能。首先，它指的是某一类情绪，一种特别的情感状态，形形色色的事物和情形都可以引发这种状态。……第二种更狭窄的意思。诗，在这个意义上，让我们想到一门艺术，一种奇怪的技巧，其目的就在于重新建立该词的第一种意思所指称的那种情绪"。然而，人们时时刻刻都在混淆这两个概念，这样造成的结果是，大量的评论、理论甚至作品在原则上就是有缺陷的，因为它们使用同一个词来指称两种不同事物，尽管两者之间有一定联系——这是对德里达的启示之一：不能把文学本身与文学作为一种建制规则混淆起来。所以下面这段话就显得格外重要：

一切艺术的建立，根据各自的本质，都是为了将转瞬即逝的美妙延续和转化为对无限的美妙时光的把握。一件作品只是这种增殖或可能的再生的工具而已。……在所有这些制造或再现一个诗意世界的方式中……最古老，也许也是最即时，但却是最复杂的方式，——是语言。

---

① 瓦莱里. 文艺杂谈［M］. 段映虹译. 天津：百花文艺出版社 2002. 277.

但是语言，由于其抽象的性质、其特别作用于智力的，——换言之，间接的效果，——其实用的起源或功能，使致力于将它运用到诗歌上的艺术家面临一桩极其复杂的任务。①

　　这段话也反映了瓦莱里对德里达的启示之二：对于语言的效应来说，文学是最好的反映语言本身特性的形式之一。德里达在讨论瓦莱里的《痛泉》（*Qual Quelle*）一文中，专门转引了瓦莱里的这一段话："如果我们摆脱习惯的思想方法，而就知识层次的现状来看，便可很容易发现，依据由'写作'（Writing）产生的结果，客观上是文学的一个特别的分支……我们必须在诗歌的范围之内来为哲学划定一个位置。"②这可以说是把哲学当做文学来读——这是启示之三。瓦莱里显然在德里达之前就认为哲学是"一种写作"，而且是一种特殊的写作，在习惯上它总是力图抹除或掩饰其自身的文字特征。但文字无穷播撒的异延性质，毫无疑问是最典型地体现在文学之中的。文学追求的最终目标是它自身特质即文学性的充分实现，而文学性大不同于真理、逻格斯一类超验所指。德里达的这些观点，不难看出，是要在人文科学的话语中，确立文学的本体地位。

　　瓦莱里强调说，那种由言说主体获得的具有真正自明性意识的观念，绝对不可能为真理的确立提供基础，"他们（哲学家）中的最强者都已经耗尽心力，努力想'表述他们的思想'……可是无论使用什么样的词汇——理念（Idea）、潜能（Dynamis）、存在（Being）、本体（Noumenon）、我思（Cogito）或自我（Ego）——全都无济于事，这些词汇的意义只有在语境中方可确定……"③引自瓦莱里的这段话准确地表明了一点，即德里达将要对存在于我们关于心灵、语言和现实的思考中的"逻格斯中心"的偏见作解构式的阅读。

　　所有这些关于真理的理论都暗示了一个在知觉和表象之前存在的预

---

　　① 瓦莱里. 文艺杂谈［M］. 段映虹译. 天津：百花文艺出版社 2002. 328.

　　② Jacque Derrida. *Margins of Philosophy* ［C］. Trans. Alan Bass. Chicago：University of Chicago Press，1982. 294.

　　③ 转引自 Jacque Derrida. *Margins of Philosophy* ［C］. Trans. Alan Bass. Chicago：University of Chicago Press，1982. 292.

先建立的世界；但对于德里达来说，从不存在先于符号而自存的世界（在有组织的整体的意义上）；与其说世界和符号是指代与被指代的关系，不如说符号由我们所知的世界构成——就我们的理解而言，这种世界已经被符号化，而不是自为自在的；拓展开来，一些文化观念，比如"原罪与前面提到的洪水起着相同的作用，正是这种原罪使得感觉主义对天赋观念的批评成为可能和必要，使得诉诸通过符号或隐喻，言语或文字、符号系统（偶然的、自然的、任意的符号系统）而获得的知识成为可能和必要"①。这是德里达延异概念的主要含义之一，当他说马拉美、阿尔托等引导我们与文学作为表现的传统概念决裂时，他指的就是这一点。

德里达在阿尔托开创、被贝克特等人所发展的"叛逆语言"先锋派戏剧的实践中，也找到了解构的启发点。传统的戏剧观认为剧本是戏剧的中心，"只有伟大的剧作家，没有伟大的演员"，剧作家与演员、剧本与表演、演员与观众、生活与模仿是压制性二元对立的，演员是一种服务于剧本的工具，舞台是模仿的场所，表演者尽量完整而忠实地再现剧本的内容，因而戏剧表演特别强调对话和对人物心灵的刻画，较少思考舞台演出自身的问题。残酷戏剧对表现戏剧的反驳，与解构对逻格斯中心主义的反驳是一致的。阿尔托先锋派戏剧与西方的神创论戏剧的传统，德里达哲学与西方哲学的"形而上学"传统同样构成鲜明对比，德里达赞成阿尔托残酷剧场的反神学特征："残酷戏剧将上帝赶出了舞台。它并没有将一种新的无神论话语搬上舞台，它没有让无神论发言，它也没有将戏剧空间让给某种由于我们最深的疲倦而重新宣布上帝之死的哲学化逻辑。"②

首先，阿尔托与作为以表演重复预先存在的传统戏剧模式决裂。在传统的戏剧里：

只要舞台被言语所主宰，被言语的意志所主宰，被不属于戏剧场域而从远处控制它的原初逻格斯计划所主宰，它就是神学的。只要舞台结

———————

① （法）德里达. 论文字学［M］. 汪堂家译. 上海：上海译文出版社，1999. 411.

② （法）德里达. 书写与差异［C］. 张宁译. 北京：三联书店，2001. 422.

构追随整个传统并具有如下因素，它就是神学的，这些因素是：不在场的、远距离遥控的、武装了文本的作者……让后者以再现他所谓的思想、意向、意念之内容的方式再现他自己。这种再现是借助再现者，即导演或演员……忠实地诠释着、实施着"主"的那些天意计划。①

在阿尔托的理论里，模仿虽然要真实，却是以模仿者与模仿对象的分离为前提的："阿尔托要的是一个重复在那里不可能存在的戏剧。"②他追求的"不是表达（expression）而是生命的某种纯粹创造的呈现，它永远不会远离身体而堕落成符号或作品、客体"③，以瓦解二元对立的形而上学的历史。德里达论证说，阿尔托想结束艺术的模仿说，艺术不是生活的模仿，艺术应是生活本身，是解放的生活的对等物。从具体创作看，阿尔托认为戏剧的真正作用"不是愉悦观众，也不是再现现实，而是搅乱感官的安宁，释放被压抑的无意识，激发某种潜在的反抗，迫使观众采取一种难能可贵的英勇态度。戏剧之所以称为'残忍的'，是因为与它起初对感觉所起的瞬间作用密切相关的，它让我们感到害怕，感到痛苦，使我们不得不参与，并在参与的过程中从感情上的激动走向智力上的颠覆"④。

德里达在分析阿尔托"残酷戏剧"对语言的批判时指出，阿尔托所要揭示的，是"话语就是身体"、"身体就是剧场"、"剧场就是文本的存在"这样一些最普通的道理。这也就是说，所有的作品文本不再受原有文本或原有话语的支配。试图将语言和理性排除在艺术舞台之外，阿尔托曾经断言，除了直接控制舞台的人之外，没人有权自称为作者，他鼓励演员即席创作和创造，可以拒绝依赖对书面本文的重复，但他也无法完全逃避表现。他的纯粹戏剧的理想是无法实现的：残酷戏剧在其理想的形式中，将是生活本身，在其原始的纯洁性中，它将摆脱表现。用德里达的话说，它是纯粹在场的不可能的逻格斯中心主义的神话，在台上台下都不可能，在场总是已经开始被表现，总是已经被破坏，像形而上

---

① （法）德里达. 书写与差异 [C]. 张宁译. 北京：三联书店，2001. 422—423.

② （法）德里达. 书写与差异 [C]. 张宁译. 北京：三联书店，2001. 320.

③ （法）德里达. 书写与差异 [C]. 张宁译. 北京：三联书店，2001. 315.

④ 刘成富. 20 世纪法国"反文学"研究 [M]. 江苏文艺出版社，2002. 56.

学和"书"一样，表现将永远不会最终完结。阿尔托的困难是："只要扮演，即便只是在最大胆的导演脑子里，依然是某种再现的简单工具、某种解释作品的辅助方式、某种没有自身意义的表演性穿插事件，那它的价值就仅仅取决于它在多大程度上成功地将自己隐藏于它声称为之服务的作品之后。"没有高高在上的在场，却有永远逃避不了的再现："在场，为了成为在场及向自我的呈现，总是已经开始被再现了，总是被引发了。"① 阿尔托尽量地去接近那个极限，即纯粹戏剧的那种可能性与不可能性。他如此尽力地去接近那个极限，他既想要创作舞台，又想要毁灭舞台，这是他所拥有的最敏锐的学识：

因此，思考再现的关闭就是思考死亡与游戏的那种残酷力量，因为是它允许在场向其自身延伸，并通过再现自我享受，而它却从这种再现中以延异的方式隐蔽了自身。思考再现的关闭就是思考悲剧：不是作为命运之再现的悲剧，而是作为再现之命运的悲剧……也就是去思考为何再现在其关闭中仍旧继续乃是命中注定的。②

其次，阿尔托提倡的残酷戏剧是真正的本质戏剧，他要用残酷戏剧把观众从虚假的生活中唤醒，复活，然后通向未来。与之相反，传统的神学戏剧舞台中

消极呆坐的观众……观看演出时，既无真正的容量又缺乏深度，在他们"看热闹"的目光中，演出只是平面式的。……在这个一般的结构中，每一个层次都通过再现与所有的其他层次相连，而活生生的当下在场的那种不可再现性，则被再现的无限链条所掩盖或分解，被省略元音或被放逐，这个结构从未被改动过。所有的革命都完整无损地保持了它，更经常的甚至是倾向于对它进行捍卫或修复。③

而阿尔托的残酷戏剧反对"所有意识形态戏剧，所有文化戏剧，所有交流性、阐释性的……戏剧所寻求的超越内容，或传达信息"，还在于他努力为一种正面的、建设性的戏剧建立纲要和基础。这样一种戏剧其实已经不是戏剧，而是一种重建神话，重建生活，就像古代社会中戏

---

① （法）德里达. 书写与差异［C］. 张宁译. 北京：三联书店，2001. 447.
② （法）德里达. 书写与差异［C］. 张宁译. 北京：三联书店，2001. 450.
③ （法）德里达. 书写与差异［C］. 张宁译. 北京：三联书店，2001. 423.

剧性仪式所做的一样。德里达是要借阿尔托对"普遍的重复"的严厉批评来重新审视观众的地位，观众不是被动的接受者，而应是参与者、创造者，不是被鼓励与主角相认同从而达到某种情感宣泄，而是演出的中心，当然这也对观众提出保持一定的超然态度和批评能力。

我们可以从他对阿尔托关于残酷戏剧的论述出发来看德里达对待现代主义态度的意义："因此我说'残酷'就像我说'生命'一样"，德里达写道："残酷戏剧并非是一种再现。从生命具有的不可再现之本质方面来讲，它就是生命本身。生命乃是再现的不可再现性之源……这生命载着人，但它首先并非人的生命。人不过是生命的一种再现，而这就是古典戏剧之形而上学的那种人道主义的局限。"① 生命作为再现的起源，即作为决定所有艺术材料的结构和所有不同的意义表述的力量和运动，不能被认为是严格的再现的对立面。

与阿尔托相似，写了《等待戈多》的著名剧作家贝克特在 20 世纪 70 年代尝试将身体与声音分开，使幕后传来的台词与人物动作脱节，语言的本色就是结巴，因为言不由衷，所以总是与动作相冲突。这的确暴露了人生的常态是无聊，另一位法国当代剧作家尤奈斯库则刻意暴露无聊，其表现就是让角色喋喋不休地说话，生活中的无聊或荒谬性便更加暴露无遗。因此，现代作家的任务就是创造一个幻想中的世界，一个精神的世界。在某些现代诗歌模式中，尤其在达达主义的非句法和"无意义"诗歌中，名词被认为是沉重的负担，不再是语言中确定的、支配一切的中心，而只是若干组成部分里的一个部分。因此，现代主义的语言危机不在于创作者个人的无能，而在于整个这种语言"不再赋予力量"的特征。因此，现代主义作家力图解放语言受到压制的表现力。

三、德里达对欧洲现代文学语言反思的理论总结

现代主义文学的重要特点之一是对新的文化创造格外重视。德里达在评论列维·斯特劳斯的著作中，间接地论述了人与自然的关系，笔者

① （法）德里达. 书写与差异 [C]. 张宁译. 北京：三联书店，2001. 420.

认为，这恰恰又无意中间接印证了现代主义文学文化革新的价值。德里达注意到，在理论层次上，列维·斯特劳斯的作品是基于对自然与文化两分法富于哲理性的分析基础之上的。我们知道，按德里达观点，"能指"不能明确指向"所指"，"自然"必然应有"非自然"，如文化、社会来与之对应，这种两分法确定自然的标准是它的普遍性、非意志性或自发性，它与文化的人为性和可变性相对。上述分析的关键证据是远古对乱伦的禁忌，列维·斯特劳斯曾反复将这一禁忌描述为传统思想的丑闻，因为它既是文化的规范，又是普遍的（因此是准自然的）原则。德里达转引了列维·斯特劳斯在《亲缘关系的基本结构》中说的话："因此，不妨假定人类社会中一切普遍的东西都与自然秩序有关，并且具有自发性的特点。一切服从规范的东西都是文化的并且具有相对性和特殊性。……因为乱伦禁忌毫不含糊并且将两种特点不可分割地结合起来，从那里我们已经发现两个相互排斥的序列的对立。"那么，"确定它是否是自然与文化的差别的起源，是不是这一差别系统的条件（处在系统之外）——所有这些都是冒险。只有当我们将这一条件纳入以它为条件的系统时"，它才会成为"丑闻"[①]。也就是说在实际应用中，"乱伦禁忌"既是自发自然的，又是调节规范社会文化的，根本不在自然、文化的二元对立范畴中，这显然是难以预料的尴尬。

　　值得注意的是，德里达进一步发现现代文学已经意识到逻格斯"中心并不存在，中心也不能以在场者的形式被思考，中心并无自然的场所，中心并非一个固定的地点，而是一种功能，一种非场所，而且在这个非场所中符号替换无止境地相互游戏着"[②]，而不是"确定结构的组织原则将限定和容纳所谓的结构的功能"。一旦我们严肃地对待双重自然的概念和人与自然错综缠绕的概念，包括文学在内的传统的社会科学或人文科学的术语（包括自然状态与社会状态的两分法）就陷入了混乱，或至少需要细致的重新考查。文化不应看成是纯粹的人造品，而应看成是自然的必然产物或补充。一旦如此，也就危及现代文学以前流行的认识论信念，比如，浪漫主义返回自然、卢梭的蛮性之善的虚构（潜

---

①　（法）德里达. 论文字学［M］. 汪堂家译. 上海：上海译文出版社，1999. 150－151.

②　（法）德里达. 书写与差异［C］. 张宁译. 北京：三联书店，2001. 505.

在强调被设想为未受破坏的起源）。

实际上，现实的自然界原本是混沌的和没有秩序的。人类在自然界的诞生以及人类从自然界走出、并进入社会文化生活世界以后，为了加强人的主体地位，并实现人对自然界的控制，人类创造了自己的文明，特别是以语言和文字为表征的精神文化系统。从此以后，人类随着思考、行动和语言文字运用的进一步发展，设计和制定以思想、说话和行动的主体为中心的世界秩序。世界的秩序化是思想理性化和语言逻辑化的结果，西方文化的发展与这一过程紧密相连。由古希腊奠定的理性原则，更使西方人把语言的逻辑化列为首位。正如高宣扬先生所说的，西方人原本以为，西方文化越发展，社会文化越理性化，他们就越能够认识和把握自然世界的本质，其实质却越来越朝着远离自然、甚至反自然的方向发展。西方文化从现代主义到后现代主义的发展过程中，由上述倾向所产生的矛盾和危机越来越尖锐，使西方文化界中一部分敏感的思想家和艺术家首先意识到：西方文化的反自然性质主要来自西方语言思维体系的困境。德里达暗示，西方文学的界定基本上就是这样一种由语言文字所统治的神学的和形而上学的诗学。所以，他认为，只有从根本上破坏其表达主义，才有希望在艺术中实现真正的创作自由。

现代主义文学创作侧重于把客体的实在性转入关系、类型和结构的非实在性。结合索绪尔符号的任意性特征，德里达所说的充满自由想象力的"播撒"，即播撒某一作品所特有的意义体系，不过是对波德莱尔以来的创造实践进行批判和总结。当德里达重申语言总是在我们寻求其明晰性或稳定性时背弃自身时，他是在强调艾略特、里尔克、乔伊斯、庞德的现代诗，即《荒原》，《杜伊诺哀歌》、《芬尼根们的觉醒》和《诗章》等等。德里达所要解决的是文化实际上无法获得的整一性问题，这在先锋派中反映了作家对当时生活的感受——只能通过一种特定的组织，一种特定的技巧安排，在整个系统中背反自身，向四周发散，反复不断地破解自身的限制。

对意义结构的普遍关心，有助于解释现代主义艺术对语言本质的强调；在文学方面，这就是指语言本身，也指文学风格和形式。语言不是在描述或反映世界，而被认为是在塑造世界。实际上德里达要告诉我们，一方面能指与所指之间没有固定结构的——对应的关系。任何一个语言符号的意义需要被另一语言符号所界定，就好像查字典一样，这个过程可以无休止地持续下去。这正说明所指不可能有确定单一的意义，任何语言符号的意义都是暂时的，语言实质上只是一种变化不定的痕迹，任何固定的中心"结构"基础都是不稳定的。同时随着德里达解构能指与所指之间"对应式关系"的固定结构之后，能指与所指之间内外区别的界线便消失了。所谓外在客观世界的意义是独立于语言符号之外这种看法，就失去了依据，意义只能存在于语言的差异性之内。我们或许可以笼统地说，"前现代"与"现代"代表的是实在世界对人产生意义的时代，是人说语言，是人以语言作为中介物去再现实体的时代。而"后现代"的"语言学转向"却代表了语言说人的时代，面对的是一个语言的世界、文本的世界。是语言建构人的经验和理解，外面的世界是语言文字建构的文本，甚至上帝也是语言文字的文本，正如德里达所言，"文本之外，别无他物"，没有先于且独立于语言的客观实在世界，没有先于且独立于语言的客观意义，只有在无中心的文本与文本交互的网络中进入诠释的循环。

　　现代主义文学创作多方面地试图冲破传统语言观念的各种规则的局限性①。从波德莱尔到乔治·巴塔耶等人对于西方语言观念的反复批判和逾越的过程，为德里达等人从新的高度批判和颠覆西方传统语言观念的基本原则，提供了丰富的历史经验和深刻的启示，他们千方百计把自由创作的过程当成破坏和逾越传统语言观念的过程，也在批判传统语言文字的过程中尝试不断扩大其自由创作的可能性限度。"波德莱尔和乔治·巴塔耶等人，一方面是因为特定的社会历史文化条件的限制，另一方面是由于他们本身几乎都只是文学艺术家，而不是真正的思想家，所以，他们对于传统文字观念的批判，并未导致对于西方传统本体论的理论批判，也未能导致对于整个传统文字观念理论原则的彻底颠覆"②。只有到了 20 世纪 60 年代，德里达才有可能总结上述一切历史批判的成

---

　　①　艺术创作一经语言和逻辑的加工，便纳入由理性主义基本原则所奠定的整个社会文化制度中，艺术也就不知不觉地受到各种社会文化制度，特别是意识形态的干预。由语言垄断的艺术创作，容易随着语言结构和语言论述逻辑的固定化和僵化而丧失文化创造的活力。

　　②　高宣扬等. 后现代哲学讲演录 [G]. 北京：商务印书馆，2003. 309.

果，才有可能借助于到当时为止西方社会和文化发展所提供的各种有利条件，在他对于胡塞尔《几何学史》的研究中，迈出了批判西方逻格斯中心主义的决定性一步。

认知观念的变迁打破了旧有的时空顺序和整体意识，20 世纪以后西方人对社会环境的感应能力陷于迷乱。另一方面，信仰上的虚无造成文化传统的"令人畏惧的脱节"，人上升到神的位置之后却又难以把握自我。现代主义艺术家最先捕捉到这种感觉的混乱和自我的困惑，因此弗吉尼亚·伍尔芙断然宣布："人的本质在一九一〇年十二月间发生了突变。"针对西方现代派文艺百年来不断翻新和变更的流派旗号，以及它在当代文化生活中获得的霸权地位，贝尔进一步指出，这一潮流就其本质代表了对资产阶级正统文化秩序的愤怒攻击与颠覆破坏（《资本主义文化矛盾》）。我们看到后现代时期，这种倾向更白热化了：罗伯·格里耶的作品，人和他所在环境在精神层面无法达成一致，是造成社会极度不和谐和人与人之间态度冷漠的原因。海勒《第 22 条军规》也是显示在特定境遇中人无法与他人、社会乃至正义、秩序达成有效的关系，"22 条军规"既像基督教早期的"上帝"，又是一个圈套。我们还可以举更多的例子。逻格斯中心不再能成为一种有力的依靠。1967 年约翰·巴思（John Barth）在《大西洋月刊》上发表了《枯竭的文学》，他从这一时代自我意识最强的作家中看到一种新的"枯竭文学"正从博尔赫斯和纳博科夫那里继续前进；这是一种某些形式已经消耗殆尽，"原有的可能性已经穷尽"的文学，它暗示着指事性文学时代的终结。

从更深一层意义上，贝尔在《资本主义文化矛盾》中认为这是现代主义思想的危机，这种新的稳定意识本身充满了空幻，而旧的信念又不复存在了。"现代主义的真正问题是信仰问题"，在贝尔看来，资本主义文化领域中对现代主义的"当代崇拜"，实在是西方人出于本能或潜意识，力图以文艺对人生意义的重新界定来取代宗教对社会的维系和聚敛功能，填补宗教冲动力耗散之后遗留下来的巨大精神空白。从精神内容上看，西方现代文学仍然摆脱不掉基督教思想的阴影，袭用某些传统宗教用来震撼人心，征服信徒，往往能起到类似宗教仪式的宣泄效果。约翰·马克·科尔米克在《现代美国小说》（1960）一书里，把正常的、以往艺术传统中依靠宗教和社会象征所作的比喻，同现代派的比喻作品（其象征含义的根据非常不可靠）作了比较。关于"传统的比喻"，他写道：

> 在宗教的外部结构中找到了自己的对象。现代派没有类似的依靠……。作者在各方面，无论是选材，无论是象征，力图借以使自己的思想"具体化"，以恢复自我。如果他不是真正的伟大艺术家，未必能克服这么复杂的障碍，那么就会像弗兰茨·卡夫卡一样试着把自我的、在许多方面是反常的对世界的看法变成一种体系。①

现代主义为后现代思潮重设了历史的锚地，把可能会成为逻格斯的东西变成了个性的陈述，变成了由某一含混的情感状态所控制的无定性语言。这种"意义"的游离成为趋于抽象艺术的先锋运动的标准之一，对客体的否定意味着对确定性的否定，意味着向结构和形式的运动，以及对语言差异的认可。以此为模式创作的作品是关于作品自身的，是自反的，自觉的。但是西方现代派文艺作为宗教思想消亡之后的替代，它在本质上是软弱无力的。文化与经济体系相互对立、不同品格的构造，首先就限制了文艺这种松散零乱形式对强大经济系统的影响力，使它难以独自完成对整个社会的维系和引导作用。而解构批评正是要恢复其作用。

---

①　（苏）扎通斯基等. 论现代派文学. 杨宗建等译. 长沙：湖南人民出版社，1986. 23.

第二编 本 体 论

第四章　解构与文学本质的认识论

认识论是对认识和理解的研究，本体论是对实在和存在本质的研究。"什么是……"这样的形式，它假定了"本质"的存在，并且是就固定的独一无二的意义发问。德里达文字学拒绝承认任何文字之外的真理、终极所指或意义本源，打破了思想、言语、个人经验这一关系链的不间断性，实际上也就拒绝了绝对本质的先验存在。传统诗学对文学的界定很少触及语言内在结构的特征，对文学的内在结构总是指向外在的逻格斯本质，前章我们论述过现代文学本体特征表现在它对语言自治世界的形成的关注，作家们不是提出"世界是什么"的问题，而是怎样认识世界的问题。这也影响到德里达不仅仅设想文学"是什么"的本质问题，更重要的是追问"文学"是如何被认识和理解的。实际上，认识论关注和本体论关注并不互相排斥，提出世界是怎样构成的问题，提出它存在的世界是怎样的问题，总是间接地提出了理解世界的理解性条件相关的问题。所以德里达对文学本质的认识是通过认识论来完成的。

一、文学本质是一种认知建制

如果一定要对"文学是什么"作出回答，那么笼统地讲，历史上自成体系的众多不同的文学理论中，有三种文学本质观产生了较大的影响。那就是模仿理论、表现理论以及形式主义理论。模仿论主张艺术在于"模仿，大体等同于摹仿、复制、再现"——模仿的对象通常是自然或社会生活、自然客体、理念等等。模仿理论解释了黑格尔表述的艺术与心灵的联系：艺术品贮存着心灵再现世界的基本功能。柏拉图攻击诗的模仿时，他所担心的无非是诗人会危及其理想的理念意识，坚持文学作品不能模仿道德的普遍原则，文学低劣的模仿甚至会颠覆这些普遍原则。他把诗视为透过扭曲来颠覆应为其适当对象与适当使命的事物，因而诗具有一种不可预测的潜在危险，在意识形态上有着不可靠的、甚至德里达所言不负责任"讲述一切"的威胁。柏拉图强烈的理性诉求使得他畏惧诗成为颠覆的力量——诗非但不反映、反而可能质疑他的理念本身。

与模仿理论相近的表现理论则强调艺术与主体感觉的联系，试图更有说服力地强调艺术中情感的中心地位。从浪漫主义直到现代主义运动，作者的私人、主观性的主体意识得到了强化。表现理论的文本基础最早存于浪漫派作品中，但它首先由克罗齐的《作为表现科学和一般语言学的美学》（1902）给予了哲学上的系统阐述，将表现理论与黑格尔理念主义的宗旨联系起来。由柯林伍德《艺术原理》（1937）提供的更易理解的理论观点将表现理论从形而上学中分离出来，文学艺术表现被当做一种特殊的自我表现形式来理解。表现理论以作家的知觉而非以读者的知觉为基础，意味着艺术家关于世界的道德、精神观点与生活观念是艺术表现的合适材料。而实际上一件艺术品所表现的内容未必包括艺术家个人的、传记性的参照。举例而言，有些极度自我包容、自我证实的作品，比如绘画艺术，很难解释为个人表现的理论。模仿或表现论无非是呼吁文学模仿实际的事物，或诗人、批评家认定为应然的事物。就前者而言，文学作品被要求模仿存在于文学之外的世界；就后者而言，文学作品被要求指涉某一套道德要求，而这些道德主张也为一套意识形态所控制。

形式主义理论，包括俄国形式主义、布拉格学派、结构主义等，声称作品与艺术形式被按照逻辑、语言范畴诸如意义、参照、注释、句法规则及符号学的规则进行分析，从而将语言科学移植到文学理论的研究上。按照形式主义理论，文学不仅仅是一种情感的表达，而且在隐喻意义上是一种类似语言的符号系统，其语言符号的价值可以以结构化的努力来发掘。形式主义理论的文学本质观，与坚持文学本质是和主体经验形式相联系的观念相冲突：人类的心理为文学提供了可以化约的、因袭性的参数，而且不得不受乔姆斯基的深层结构观念的影响。

这些"建制"化的理论，从思维模式的角度讲，语言的指意倾向确定，而且认定语言会揭示出某种超越语言的真理性中心。要么认为文学作品要按照其外在的、社会的特性来定义，旨在模仿外在，要么转向内在的、感觉的特性，旨在交流情感，要么看成一种语言的深层结构的表象。这些系列超验所指存在，表现在文学批评上，就是批评家所信赖的文学价值核心，都是指向文本之外的社会道德价值体系、审美价值体系、语言价值体系等，其中包含的最基本信念是，文学和外在更大的社会文本之间存在着较简单的可化约性，其关系如能指与所指、作者与作品、文本与形式逻辑的关系，这显然是整个西方文论的主宰倾向。事实上我们通过上一章的分析了解到，现代主义文学创作已经多多少少放弃了柏拉图以来关于文学艺术与表达对象关系的二元理论：一方面摒弃了作为绝对起源的理念的形式，开始把作品本身当做形式和欣赏的对象，另一方面，放弃了所谓艺术的不同物质手段只是为了表达感情、观念、外部世界的二元模仿关系，放弃了古典艺术中的形而上学追求，往往把艺术活动中的所谓"内容"只作为一种"形式"化的活动，甚至取消了内容与形式的二元对立倾向。在此基础上，德里达提出文学文本以自我复杂化的方式来颠覆本体论规定的认知结构，并进而总结出将一个文本划定为"文学的"或"非文学的"依据即"法"的问题。德里达在阿特里奇的访谈中认为，文学是一种历史性的且年代较近的建制，它源于一定的法规，并受这些法规的支配，而归属它名下的文本则都具备展示与中止这种建制赖以存在的先决条件的特殊属性——其中有法规的作用、类属的特性、专有名称的功能。对于文学文本而言，可能最重要的是它的外部界限、独特性、作者资格、标题、参照作用，同样重要的还有这些特征作为稳定的属性或概念而引起重视的方式。

值得注意的是，从文学观念来看，浪漫主义以来文学创作个人意识的增强，力图打破传统固定语言模式，使文学具有更为复杂的意图及其语境，因此进而消弭了我们单一认知意图的排他性目的。德国浪漫派的浪漫反讽（romantic irony）主张，以及柯勒律治（Samuel Coleridge，1772—1834）所认为的诗的想象存在于"相对或不协调的性质的平衡或和谐"，鼓励文学创作摆脱有限的、单线的叙述，利用自我矛盾甚至悖论来人为创造其不可化约的多元意义①。文学创作意图的多元包容性、颠覆统一性以及自我颠覆的方式，也为德里达批判现实生活中的压制性、排他性提供了诗性想象空间。德里达认为，"如果文学不存在实质——即文学的自我同一，如果被宣告或应允为文学的东西永不授予自己那种资格，那么，这首先意味着，一种只谈论文学的文学或者一部完全以自我为对象的作品将会即刻被废除"②。毕竟在西方文化传统中，"文学作品"成为一部文学作品，恐怕只是一项依赖于对象在文化背景中的地位的约定俗成的特性，类似于"为公众所有"或"神圣的"东西。

　　这种创作态度在 20 世纪现代文学中更为明显，如充满文字游戏的达达主义作品。德里达从现代文学的读解中得到"一种预感，认为文学中有时会存在一种天真、一种无责任感或软弱无力。我以为人们不仅在文学中可以讲述一切而不产生任何后果——无疑这是很天真的——而且，实际上真正的作家也并不问津文学的本质问题"③。就像笔者在前一章所论证的，现代文学的创作，已经导致制度化理论的关键逻格斯"丢失了"。传统的制度化理论告诉我们，什么东西是文学，具有文学的性质，什么东西不是文学，但它没有告诉我们何以至此的原因，因此它没有说明指称一件物品为文学作品的理由——用以证明概念适用的条件。这是以文学的外在化因素论述来规约文学。制度化理论的支持者试

---

　　① 英美新批评家强调暧昧、吊诡、反讽中文字的复杂性，就其社会价值观来看，也是以意识形态的复杂化来对抗主流意义及主流意义的背后直截了当的主张。这一传统也说明德里达的观念为何在美国得以盛行。

　　② （法）德里达. 文学行动［C］. 赵兴国译. 北京：中国社会科学出版社，1998. 14.

　　③ （法）德里达. 文学行动［C］. 赵兴国译. 北京：中国社会科学出版社，1998. 6. 德里达也极力反对"作家不负责任"，德里达强调，这里的责任是指作家拒绝以自己的思想式创作响应权力机构的要求，这才是作家负责任的表现。在此基础上，讲述一切的自由才是文学写作的使命。然而德里达也注意到这里所包含的悖论："讲述一切的自由是一种十分有力的政治武器，但这种武器又可以作为虚构而顷刻失效。这种革命力量有可能变得十分保守。"（第 5 页）德里达注意到了作者的虚弱和无责任感，进而提出了文学批评必须强化文学的责任和使命的问题。

图凭借宣称他们关心的是文学的"类别"意义而非其"评价"意义——在评价意义中，指称某物为文学作品即赋予其被鉴赏的品格——来转移这种批评。实际上，将文学的类别意义从其价值意义中分离出来显然犯了简单化的错误。评价作为一个文学概念，正如其作为道德的概念一样必不可缺。我们不能先将对象归类为文学，然后才发现它们"凑巧"有审美价值或伦理价值。这样看来，传统把"什么是文学"的问题归根结底是文学和什么（比如真理）的关系问题就值得质疑了。事实上，就话语的不同形式而言，文学是话语，逻格斯、真理不例外也是话语，借助语言来表达。如果说不同的话，文学、绘画等也许是对事物的个别性和差异性的具体再现和模仿，而逻格斯、真理等是对事物的普遍性、同一性的表达和模仿。它们在本质上都属于语言的不同范畴，它们之间不是一种前者支配后者的等级关系，而应是相互补充的平等关系。

德里达通过考察文学和传统逻格斯建制之间的关系，发现"文学的法原则上倾向于无视法或取消法，因此它允许人们在'讲述一切'的经验中去思考法的本质。文学是一种倾向于淹没建制的建制"[①]。文学作为历史性建制确实有自己的惯例、规则，但：

这种虚构的建制还给予原则上讲述一切的权力，允许摆脱规则、置换规则，因而去制定、创造，甚而去怀疑自然与制度、自然与传统法、自然与历史之间的传统的差别……在西方，处于比较现代形式的文学建制是与讲述一切的授权联系在一起的，无疑也是与现代民主思想联系在一起的。不是说它得其所哉地依赖于民主，而是在我看来，它与唤起民主、最大限度的民主（无疑它会到来）的东西是不可分割的[②]。

那么文学成了"一种允许人们以任何方式讲述任何事情的建制。文学的空间不仅是一种建制的虚构，而且也是一种虚构的建制。它原则上允许人们讲述一切"。我们可以从虚构（fiction）的意义上把它定义为有想象性的（imaginative）作品——一种严格说来并不真实的作品吗？我们并不能单纯地将扭曲日常普通语言的虚构语言（布拉格学派称之为文学性）作为文学的基本特征。德里达声称"虚构的可能性、虚构性引

起了我的兴趣，但我必须承认"，"我喜欢一种虚构，比如说，有一种明显的假相或者混乱侵入到哲学写作中来了……这关系到一种巨大的被禁止的欲望，一种抑制不住的需求——然而却被禁止、阻断、压抑了……"① 既然语言本身具有强大的虚构性，那么就连逻格斯中心主义代言人的哲学，本身也是一种虚构、一种隐喻（白色神话，Whtie Mythology）而已。德里达在文学的性质中寻求颠覆逻格斯的力量：

　　"真理"是与"文学性"的一般问题有关的。我相信，这半个世纪以来的一个关键进步就在于清楚地阐释了文学性问题，特别是从俄国形式主义者开始的文学性问题。这一文学性问题的出现，让我们回避了某些总会突然出现的还原和误解（最精心伪装的主题主义、社会学主义、历史主义和心理主义）。由此，形式的和句法的研究是必要的，……文学要有适合自身的，不再与其他理论的或实践的领域相关联的本质和真理。……在文学反对我称之为"模仿论"的固执权威时，要对"文学性"主题表示某种怀疑。②

　　这段话表达了德里达对传统文学本质观念的精确概括，指出了传统诗学在过度强调文学的外在性价值和文学内部的价值之间摇摆，走极端路线的局限性。既然建制从来就没有稳定地存在过，那么文学作为一种建制只能是在临时关系中的建制。事实上不可能给文学下一个客观的定义。为文学下定义的问题，往往变成人们决定如何阅读的问题，而不是判定所写作品之本质的问题。越是把文学定义为具有高度价值的作品，越会推导出文学不是一个稳定实体的结论，价值判断是极其变化多端的。举例子来说，人们可能会把一部作品在一个世纪中看做哲学，而在下一个世纪中看做文学，或者相反，人们对于他们认为有价值的那些作品的想法当然也同样会发生变化，甚至人们对于自己用以进行价值判断的依据也会变，如同一千个读者就有一千个哈姆雷特。文学作品被预设为及物词，它意谓某些人在特定境况中依据特殊标准和按照给定目的而赋予任何事物以价值，不过这并不意味着文学不稳定是因为价值判断具有"主观性"，也不能把文学只说成是人们随便想要称为文学的东西。

① （法）德里达. 文学行动 [C]. 赵兴国译. 北京：中国社会科学出版社，1998. 7.
② （法）德里达. 多重立场 [M]. 佘碧平译. 北京：三联书店，2004. 78.

因为这类价值判断完全没有任何随意之处，它们植根于更深的信念结构之中，尽管这种信念是随历史裂变的。本来文学价值判断具有历史可变性，这些价值判断本身与不同历史时期的社会意识形态有着密切关系。

德里达称卡夫卡既维护又解构文学的"法"的意思是指，一方面，文本之"中"，存在着召唤文学阅读并且复活文学传统、制度或历史的特征，在文学写作与阅读中，似乎必须屈从于制度或传统之概念，这套规则制约了文学本身；另一方面，文学作为一种文化现象，并不在自然万物存在的意义上存在，构成文学的价值判断具有历史可变性，而且这些价值判断本身与逻格斯意识形态有密切关系。实际上，文学自身往往颠覆了逻格斯强加给它的游戏规则，而处于一种临界状态。如果如德里达所说真正的文学是"一种允许人们以任何方式讲述任何事情的建制"，那么我们姑且把这个定义扩充为：文学是个体，既包括作者又包括读者在特定关系中的临时的审美建制。

广义上的文学没有本质，"文学在它的无限性中空泛自己。如果这本文学手册打算讲些什么东西的话——对此我们有理由表示怀疑，它首先应宣告没有——或几乎没有——文学；应该宣告，不论在什么情况下都不存在文学的本质，不存在文学的真实，无所谓文学的存在或存在的文学。由'文学是什么'这个问题中的'是'或'所是'强加上的奇异幻想与处女膜等值，也就是说，不是确切的无"①。其实事实上没有人会弄清文学是什么之后再创作，也没有什么是评判文学价值的绝对标准，文学就是以一种审美的方式表达自由——当然这种自由又是有着对人类伦理关怀的自由。德里达对文学本质追问的实质意图，就是要揭示传统对文学认知活动中，那些压抑的、意识形态的因素，为文学批评挖掘哪些文本是压抑的，哪些文本因为借着自我开放以允许在其他情况下被压抑的成分而是抗拒的，提供一个认知的基础。"没有现代民主思想作为后盾，文学的讲述一切的能力将不可设想。文学与现代民主制的关系，也不是一种依赖关系，而是说它同时在唤起民主，与最大限度的民主的可能性是相关联的。"② 虚构的建制原则在一定范围内也给予人们

---

① （法）德里达. 文学行动 [C]. 赵兴国译. 北京：中国社会科学出版社，1998. 113.
② 陈晓明. 德里达的底线 [M]. 北京：北京大学出版社，2009. 301.

去创造、甚至去怀疑既有制度、历史和传统的法则的权力合理性，"如果作家真的圆满地实践了这一特许权，那么，文学便最大限度地获得了一种使命，一种'批评功能'"①。

二、文学创作是一种"认知"活动

德里达认为，卡夫卡的文本特别鲜明集中地表现了对文学建制既维护又破坏的特征②。正是这种个别与一般（卡夫卡故事的基础）之间难以预断的关系提供了德里达《在法的前面》这篇论文的主题：

文学文本大概就是门、入口，是门卫刚刚关闭的东西。我将从这一判断出发，用门卫的这一结论进行推断。他关闭那个客体的时候，他也关闭了文本……《在法的前面》这篇故事什么也没有讲，什么也没有讲述……文本守护自己、保卫自己——像法一样，只证明自己，就是说，证明自己与自己的非同一性③。

德里达也讨论过马拉美《模仿》的创作过程，认为作为模仿，它完全在形而上学的"真理"体系之外。马拉美的诗学短论《模仿》主要讨论的是一部哑剧《皮埃罗弑妻》。此剧写的是：皮埃罗的妻子克伦拜对丈夫不忠，皮埃罗将克伦拜绑到床上，搔后者的脚心使她大笑而死的故事。《模仿》的中间有一段引语："那场景所图解的仅仅是思想而不是实际的行为活动……"人们很容易将《模仿》看成是一篇阐述模仿或"表现"文学观的作品，实际上马拉美作为模仿者不模仿任何实际存在的东西，不模拟任何一个存在于自己的世界之前和之外的给定的现实，从而

---

① 戴登云. 文学中的真理与审美精神困境（上）——德里达"文学"观念解读与批判 [J]. 西南民族大学学报（人文社科版）. 2005（4）.

② 也有类似的观点可供佐证："卡夫卡的问题不仅仅在于他所追求的模糊性，而且在于他所反对的东西的模糊性。卡夫卡的小说是纯过程，即便以某一现实原则为基础亦然，如《城堡》中的村庄，格里高尔在萨姆沙邸宅的房间。事实上，可以认为某一'现实'的存在是自相矛盾的，它之所以存在只是为了引起争议，为了构成或然性。我们实际上不知道卡夫卡拼命反对什么，不知道他以哪种现实为基础，他运用的想象力恰恰是无定性的反映。"弗莱德里克·R·卡尔. 现代与现代主义——西方文化思潮的历史转型. 陈永国，傅景川译. 长春：吉林教育出版社，1995：716.

③ （法）德里达. 文学行动 [C]. 赵兴国译. 北京：中国社会科学出版社，1998. 145.

背叛了柏拉图与亚里士多德的模仿论。

德里达称，《模仿》全然不同于一个理念主义或是模仿主义的作品。在那样的作品中，思维模式完全不同于柏拉图《斐里布斯》里的模式。以柏拉图模仿论观，表演要服从剧本，表演者在表演中必须尽可能抹掉自身才能让剧本意图充分显示出来。我们会明显地看到，《模仿》不是在阐发"理念主义"的模仿论思想，而是与之相反。马拉美指出："《皮埃罗弑妻》这出哑剧是由哑剧演员本人写成并演出的，一部无声的独角剧……"这即是说，哑剧表演者自己书写自己，不以外物为依据，没有任何终极的被模仿者。"皮埃罗既是一张纸，同时又是一支笔，既是被动者，又是主动者，是事物的本质，又是事物的外部形式，是作者，又是哑剧的手段及原始素材。演员生产自己"。其次，这部哑剧，正像德里达所言，以明显的方式无声地模仿一个事件——犯罪——的过去现在，但那个过去现在的此在从未占有过这个舞台，从未有人目睹过，如我们将会看到的那样，实际上甚至从未有人犯过这样的罪。在任何地方，甚至在虚构的戏剧艺术中，都不曾有过。换句话说，哑剧既无生活原型亦无艺术原型，它没有本源，这个模仿行为成了延异运动。

那么，文学作品是怎么构成的呢？德里达引用马拉美的话："读者，摆在你眼前的是，一件书写的作品……"而"文本之外，别无他物"。德里达的探讨依旧以分析《模仿》为出发点，他说："这个文本本身可以被当做一种文学手册来阅读。这不仅因为其中文学比喻出现得如此频繁（如像'一种幽灵般的幻象……白得像没写字的纸'等）——《斐里布斯》中也是如此，而且更因为这种比喻的内在性，它无处不在，根本不是某种特别的点缀品。"那么，作为一种文学文本又是如何发生的？"我们读过《模仿》。马拉美（他就是那个充当作者角色的人）以他正在阅读的文本为基础在一张白纸上写作"，"没有仿造。哑剧表演者不模仿任何东西。首先，他不模仿。在用手势写作之前什么也没有。无人为他规定过什么。没有任何现时先于或指导他的书写痕迹……由他本人写成并演出"。[①]

我们可以试图对文本进行系谱学考查：我们正在阅读的是文学文本

①　（法）德里达. 文学行动［C］. 赵兴国译. 北京：中国社会科学出版社，1998. 85.

《皮埃罗弑妻》的第二版。马拉美手里早就有那出哑剧的本子，而且他最先评述的也正是这篇小作品。我们知道这一点是因为马拉美发表这个文本的第一版时没有加标题。那么《皮埃罗弑妻》第二版又是从哪里来的呢？第二版是对第一版的模仿、修订和重写：“那是在第一版发行的四年以后”，作者在第一版发行的四年以后，亦即第一次演出的五年以后，该书作者的注解替换了那篇由一个叫费尔南德·白西埃尔的人作的前言，换上了自己的一则注解。而《皮埃罗弑妻》的第一版，这个带前言的剧本，是在马拉美表弟保罗·马格利特的小册子《皮埃罗弑妻》的基础上形成的，是后者的摹本。马格利特的《皮埃罗弑妻》，是对哑剧演员的表演的模仿。而哑剧演员表演的是皮埃罗对自己用搔脚心的方式弑妻的犯罪过程的回顾。也就是说哑剧表演是对皮埃罗搔脚心弑妻事件的模仿。那么，皮埃罗搔脚心弑妻的故事又源自什么地方呢？德里达指出，这样的事从未有人目睹过，实际上从未有人犯过这样的罪。德里达说，在马格利特的剧本的封面上，在作者的名字和书名之间，有一个题铭：皮埃罗搔妻子痒，使她大笑而死的故事。这个题铭摘自高第埃尔的文学文本《皮埃罗之死》。那么《皮埃罗之死》中的故事又是从何而来的呢？德里达说：“我们可以一直寻根问底，去发现这个皮埃罗到底在什么地方读到过一位丈夫搔妻子的脚心直到要了结她的命的故事。喜剧艺术所提供的所有线索，使我们发现自己陷入一个无休止的罗网之中。”[①] 追寻源头除了引出一个又一个文本、除了引出无穷的文本罗网外，不会有其他的根源性的东西。

　　这样一来，文学文本处于一种无尽的模仿的框架中，“于是就在这本书里，在一页纸上，马拉美肯定读到过在哑剧表演者手势性的创造之前对书本的涂抹。其实那是一种结构上的需要而在‘模仿’的文本中指明了的”[②]。马拉美的《模仿》是对《皮埃罗弑妻》第二版的模仿，第二版是对第一版的模仿，第一版是对马格利特的文字文本《皮埃罗弑妻》的模仿，文字文本是对表演的模仿，表演是对皮埃罗用搔脚心的方式弑妻的事件的模仿，这事件又是对高第埃尔的《皮埃罗之死》的情节

①　（法）德里达. 文学行动［C］. 赵兴国译. 北京：中国社会科学出版社，1998. 94.
②　（法）德里达. 文学行动［C］. 赵兴国译. 北京：中国社会科学出版社，1998. 86.

的模仿等等。如肖锦龙先生指出的，能指通过模仿不断地追踪能指，模仿和模仿对象，能指和能指之间既相同又不同，前者无时不在追踪、重复后者，这也就是德里达所说的延异。文学文本的模仿对象不像传统的模仿论者所说是某种外在的物质或精神实体（如理式、自然、主观精神等），而是另一文本，是符号本身："最终分析中不过是写作的空间：在这个'事件'中什么都没发生——处女膜、罪行、自杀、痉挛（笑或快感）——其中幻影即是一种过失，而过失即是一种幻影，一切都在描述文本的结构本身，都促进其可能性"①。所有的能指、模仿对象都编织在文本之中，它们的关系也不是固定的而是在不断的转化之中。如是之，对文学的起源、"文学性"、何谓文学之法的追溯成为不可能。文学的本质即是它的文本性（Textuality）、互文性（Inter-textuality），是新文本和旧文本的合二为一。如前所述，一种文学文本永远是对另一文本的模仿，以旧文本为基础的复写。所以任何一个文学文本都既具有旧文本的因素，又拥有新品格，处在新旧之间。这种写作场景如同弗洛伊德所说的，总是要通过压缩、置换才能表现出来。

　　德里达在马拉美的行文中发现一个关键词"Hymen"。从术语本身看，"Hymen"，一词有多重含义，最具颠覆逻格斯二元对立意味：首先，标指着两种不同的存在的合二为一。德里达认为，"处女膜"首先是个融合的符号，一个婚姻的圆满，两种存在的认同，二者之间的混合，在二者之间不再有区别，唯有同一。不仅欲念与满足之间的差异被消除，而且不可分离。其次，"Hymen"作为两种存在的融合体，本身又是双重的。作为一种物质存在，它"处在女人的内部和外部之间"，作为一种精神存在，它代表既不是人的欲望，也不是快感，它是纯洁与污染、少女与女人之间的不确定界面。"Hymen"发生于"在……之间"，指代的是"介于二者之间"的状态。此外，"Hymen"一词原出自拉丁语"Humen"，后者是指一个精细的、细薄的、包围着身体某器官的膜，从而演化出纺织、罗网、织物等含义。它指代的是两种相对或相异的事物之间的特殊的状态，即创造的相互包容性、中间性和延衍性："在未来（欲念）和现时（满足），过去（回忆）和现时（犯罪）、

---

①　（法）德里达. 文学行动 [C]. 赵兴国译. 北京：中国社会科学出版社，1998. 97.

能力和行动之间的这道处女膜里所标志的只是一系列没有任何中心此在、没有其过去和未来，仅仅作为其修正的一个此在的时间差异。"①马拉美的"Hymen"所揭示的正是事物间的这种在二元对立之间来来回回的异质性状态。"Hymen"展示了传统的二元对立思想所无法展示的事物的复杂性和不确定性，为人们启示了一条把握文学本质的新思路。

这样，文学文本的创作自然既不是一种对模仿对象的完全被动的模仿，也不是一种完全无根基的臆造，而是一种介于主动和被动之间的艺术重构。马拉美的"在阅读中写作"与罗兰·巴特"可写的文本"具有异曲同工之处："在众多的可能性里，让我们讨论一下这个问题：'哑剧演员不是阅读他的角色，他也被他的角色阅读。或者说，他至少既被阅读，也进行阅读，被写，也在写处于二者之间……'"②写作在根本上是二重的，是一种既读又写、既重复又创新的活动。文学文本的意义也不是压制性的单一性，而是多义平等的播撒。由于文学文本的形成不是基于对既定的物质和精神的模仿之上——这些物质或精神已经被表现为客观的或主观的、现实的或情感的各种文本表现形式——而且对其进行重构③，德里达说："在文本中一切都相互交织在一起，因而其中无最终的参照物"，原始意义本身就不存在。这样一来，文学文本本身并没有固有的含义，它的意义是在文本和解读的双向运动中产生的，是在文本和读者的对话中生成的。

这样一来，就意味着每次文学创作像签名一样，具有双重特性：它们既是一种动作，又是动作的模仿；既是一种行为，又是一种行为结果的记录；既是一个事件，又是一种法则。也就是说，三者——签名、专有名词以及日期——均体现了动态的、不可预知的、具有原创性（独特性）的一面，又体现了静态的、可预知的、具有重复性（普遍性）的一面。以签名为例，法律社会中签名的功能具有矛盾的双重性质：一方

---

①　（法）德里达. 文学行动［C］. 赵兴国译. 北京：中国社会科学出版社，1998. 99.
②　（法）德里达. 文学行动［C］. 赵兴国译. 北京：中国社会科学出版社，1998. 114.
③　肖锦龙. 德里达的解构理论思想性质论［M］. 北京：中国社会科学出版社，2004. 169—170.

面，签名是此时此刻独一无二的确认；另一方面，签名的可重复性、可辨认性及可复制性。签名之所以作为一种法律行为和依据得以普遍存在，就在于一个看似矛盾的逻辑——独特的不可重复性及其同时存在的可重复性。当海德格尔认为在"尼采"这个名词之下，有尼采的统一思想："专有名词是一种思想的名称，而一种思想的统一反过来赋予专有名词以意义和指涉。"德里达却得出结论："尼采一口气挫败了控制思想的一切因素，甚至挫败了对总体性的期待，即对种属关系的期待。在此，我们所面对的是一种独特的——不带任何总体化可能的——'部分'对'整体'的包容。以一种摆脱任何限制或实证方法的换喻。"①一切文学文本也拥有类似的自相矛盾的特性：一方面，它们拥有产生自我差异的潜能，它们不断产生着与其他文本的差异和自我差异，不断的分解组合使它们不断地获得新的原创性和独特性；但是，另一方面，分解组合又是一种重复行为，原创性的重复使它们又具有一般性，可为人读解。

任何稳定的建制都是不存在的，文学只能是一种活动。文学文本虽然是模仿，但它的模仿对象不像传统的模仿论者所说只是某种外在的物质或精神实体（如理性、自然、主观精神等）或言真理，而是另一文本，是符号本身。文学文本类似于签名的性质，使文学文本类似签名的自相矛盾性和悖论性。所以，文学文本既是模仿（包括对原来文本乃至建制的模仿），又是一定程度的创作；既是事件，又是法则、建制。在这种情况下，文学文本作为一种活动，可以代替、并重新安置一切出现过的关系，可以重新安排原来的符码编排规则，消弭个别和一般、具体和抽象等二元对立的关系，既面向过去，又面向未来，一方面仿造这些关系，另一方面又完全破坏它们，使它们以完全不同的形式呈现出来。所以，德里达之所以称文学是一种"行动"（如书名 *Act of Literature* 所示），其重要意义在于，它们替换了传统的二元对立思维法则——如体现在文学与哲学、虚构与现实、活动与法则支配的对立范畴中的僵化思维——并重新给它们进行了定位。

---

① 汪民安，陈永国编. 尼采的幽灵——西方后现代语境中的尼采 [C]. 北京：社会科学文献出版社. 2001. 252.

因为在德里达看来，这种外在的物质或精神实体无不是历史文化的产物，无不在人类语言符号罗网中，它们本身就是文字的结果，是被符号化过的，是符号和文本本身。这样，文学文本的构制自然既不是一种对模仿对象的完全被动的模仿，也不是一种完全无根基的臆造，而是一种介于主动和被动之间的艺术"认知"重构。

三、作为批评对象的"文本"

这样的文学"界定"给文学批评的"基础"留下什么？也许只是文本。当然，我们无须怀疑文本的存在。然而什么是文本？如果我们还要确定的话，文本似乎需要一些具有确定性的属性，最好它还有一些边缘或界线，将它的里面与外界予以间隔，使它得以被视为可辨别的形态，以确定它的种属，例如小说、论文、剧本、诗，甚至一个标题，让我们知道从哪里开始，到哪里结束；再比如一个作者，或者某种署名者。

德里达开放这些属性的可能性，让这些属性在其中有不同的表现方式。德里达的《丧钟》（*Glas*，1974）也许是最好的例子。Glas 符合"文本"标准吗？Glas 有标题，有边界，有作者，只是性质并不稳定。作者、标题、边界线都消失了。Glas 包含了多位署名者，使它们身为作者的权威性存疑。标题 Glas 在法文里的意思是"丧钟"，庄严肃穆的钟鸣声，它也和其他字很接近，例如 glace。与其说它是一个哲学或批评文本的名字，倒不如说它是一个单字。Glas 的文本边界不统一，哲学著作与文学作品的混合，使得向哲学开放了文学的可能性，左右两栏都无法被单独阅读而不受两栏边界相互开放的影响。它的每一页都分为左右两栏，分别插入不同作者、不同字体、不同格式、不同语言的引用文句，产生分裂瓦解作用。这也许算是一篇彻底激进的拼贴作品。此外，德里达大量引用或移植而来的其他文字也充斥于两栏之中，包括黑格尔的私人信件与文件、哲学文本，以及热内的《窃贼日记》与散文诗。就标题而言，Glas 有边界，然而它的边界多到破坏文本的地步。边界将文本由其内部予以分裂，使文本失去完整性与统一性，失去一个为此文本所专有的个体。文本依此一分为多，同时又合而为一，具有多重的开头和结尾。至于文体，我们应期望它属于文学（脚本、散文诗、拼贴）还是哲学（论文、评论、对话、批评）？或者，我们能像德里达一样，承认任何文本都无法回避混合不同的文体吗？这样一来，似乎最大限度避免了将文本简化为一种哲学、一种散文、一种日记的或历史的由来、一种单一样式、一种多文体拼贴样板等等，似乎实现了德里达梦想里的文学对多义性、不确定性的诉求对哲学的单义性、本质性诉求的抗拒。

我们再看加缪于 1956 年发表的最后一部小说《堕落》（*Lachute*，1956）。这部小说契合了解构的命题。该小说的文本和加缪的其他小说一样，含有无限的可能性，淡化文学叙述意义，使文学叙述的内容骤然增多，却又使得它的每一点都可被解构和拆解。首先，《堕落》有一个身份不明的叙述者，他不仅是关于他自身的故事的叙述者，而且创造了故事中的世界。这个故事是他在墨西哥城、在阿姆斯特丹的一个江边酒吧里讲给一个身份不明的人听的。小说结构散漫和时空频繁转换，里面的许多片段都是通过人物的精神活动和心理反映的折射而表现出来的，小说的文本故意通过故事本身的缺陷避免了封闭性，我们对文本的理解很可能背离了文本本身。除了作者凌乱的想法之外，我们几乎对他的身份一无所知，也无法识别他所描写的故事全貌。

其次，我们再看主题。虽有故事但几乎没有传统叙述中合乎逻辑的线索和情节，故事讲的是洗礼者约翰在一种恍若失神的状态中，茫然走在回家的路上，一个身穿黑衣的女人倚桥栏而立，上半身探出栏外，继而是身体击水的声音，随之而来的是逐渐微弱、最后消失的呼喊。当那女子被河水急流卷走时，他冷漠无情地走开，继续赶自己的路。然而他却由于未搭救在他眼前溺水而死的女子而努力进行忏悔。各种因素并不明晰，似乎把过去小说中预定的符码进行重新的有意无意的拼贴，这正是我们在内心独白中看到的那种中间状态。整部作品不以情节和冲突贯穿，而是由零散的意念拼贴而成，最后他听到身后一声大笑，这笑声导致了他的"堕落"，再现了混乱的、漂浮的世界。

第三，加缪抹杀了一切实在，把洗礼者约翰的忏悔写成一种活动的功能。小说的大部分篇幅都经过洗礼者约翰的无常变幻的精神的筛洗，在表现消逝的事物，或根本就不存在的东西。把忏悔解作信仰就等于误解，就等于历史地理解而非据"差异"来理解。在由于未营救一个自杀女子而"忏悔"之后的一章中，洗礼者约翰带着那位听者去观赏一个"消极的景色"。他向听者描绘他自己的梦的场面，这个场面反射出他的内心状态。小说的抽象性质通过这些场面得到了强化，因为这些场面与其说是自然景色，毋宁说是内心状态。然而这些景色的用意并不仅仅为寻找内心世界的对应物，而是由无数可能性构成的延异。他所揭示的世界是零散的，令人难以捉摸的，超越了读者在阅读过程中的惯性思维和定势思维，可以说，按照逻辑规则组织故事的是作者本人，但同时也是我们读者自己。

自索绪尔以来，20 世纪文论发展出一条从语言学或符号学角度来理解和界定"文学性"的思路。众所周知，俄国形式主义最早明确提出"文学性"（Literariness）这个概念并把它作为文学理论研究的核心范畴。莫斯科语言学会代表人物罗曼·雅可布森明确指出："文学科学的主题不是文学，而是文学性，即是使一部作品成为文学作品的因素"①。此后，也陆续影响布拉格学派、新批评、法国结构主义。但是，我们不可能单纯从文学作品的语言层面来认识和理解"文学性"。语言学形式主义文论将语言作为一个独立的思考维度突显出来，不再把语言看作理性、思想的工具，而是"诗性"的、"隐喻性"的，具有自己的特性和自身的价值。语言可能是"不透明"的，它并不使我们直接感知到外部世界，甚至使我们对世界的感知变得更加"陌生"。语言可能是"含混"的，它存在着"悖论"、"反讽"和各种各样的"张力"。但是符号学观念将"文学性"视为与现实生活完全无关的语言能指的自我嬉戏，不再理会文学性的形象之维、情感之维，不再理会文学对现实生活的反映机制和介入机制（萨特语），显然与现代文学创作存在着巨大的理论错位。由此，国内外很多人也把解构的本质理解为文字游戏或自由游戏②。

---

① （英）A. 杰弗逊，D. 罗比等. 现代西方文学理论流派 ［M］. 李广成译. 北京：北京大学出版社，1992. 25.

② 张隆溪（二十世纪西方文论述评 ［M］. 北京：三联书店，1986. 163－159）. 王一川（语言乌托邦：20 世纪西方语言论美学研究 ［M］. 昆明：云南人民出版社，1994. 226－228）. 张首映（西方二十世纪文论史 ［M］. 北京大学出版社. 1999. 428.）诸著作。

误解的根源往往与"文本之外，别无他物"有关。英译者翻译为 There is nothing outside of the text. text 实际就是语言（language，word），并不是文本之外一无所有，不存在外在的文本，德里达要说的是，文本并非意义的本质所在，第一，文本不再是一个意义明确、自给自足的封闭单元，而成为一种不断流变的东西，如同罗兰·巴特所言"文学创作是一种活动"；第二，文本与文本之间均可见到极其错综复杂的互文交织关系，每一文本都是其他文本的吸收和转化；第三，文本不再指向作者的意图、现存现实等逻格斯终极目标，并不意味着它不及物，而是指向其他的文本，文本之间不可化约的因素，导致文本的无限可能性。第四，正是延异的存在，文本必须指向其他文本，这正是对他者性（alterity）的强调："解构总是深切关注语言的'他者'。批评者视我的著作为宣布语言之外无一物，我们被囚禁在语言之中，这经常让我惊讶。事实上，我要说的刚刚相反。对逻格斯中心主义的批判，最为重要的乃是寻找'他者'，以及'语言（以外）的他者'。"① 在别处，德里达更直接地指出文学的非文本特征：

文学性不是一种自然本质，不是文本的内在物。它是对于文本的一种意向关系的相关物，这种意向关系作为一种成分或意向的层面而自成一体，是对于传统的或制度的——总之是社会性法则的比较含蓄的意识。当然，这并不意味着文学完全是以像描述的或主观的——那种经验主义主观性或每个读者的异想天开。这种文本的文学特性记录在意向客体的一边，可以说，是在其知性结构之中，而不仅是在纯理性行为的主观性一边。②

这种知性结构包含在主观性之中，但这是一种非经验主义的主观性，它与一种主体性联系在一起。

德里达在解构了关于语言和交流所传达之内容关系的同时，也解构了文学与文学所表现之内容的关系。鉴于逻格斯主义者预先假定了被言说者（所指或"理念"）与如何言说（能指或"媒介"）之间存在着一种

---

① （法）德里达. 德里达论解构 [J]. 香港：当代，1986（8）. 21－28.
② （法）德里达. 文学行动 [C]. 赵兴国译. 北京：中国社会科学出版社，1998. 11.

紧密的关系，因而解构"在新的结合中不断拆解与重新结合"的同时，也为我们展现出一种新的"阅读"文本的方式。文化因而被看做一系列文本与其他一些文本的交叉，由此产生出更多文本。这种互文性的构成具有它自身的生命，无论我们写下什么文字，都传达了我们不想传达或者不可能想要传达的各种意义，而我们的文字也不可能完全说出我们打算说出的意思。试图完全驾驭文本是徒劳的，因为文本和意义的不断交织超出了我们的控制。德里达认识到了这一点，它要为另一种文本而查看一种文本，把一种文本消解为另一种文本，或者把一种文本建构成另一种文本，没有完结的可能。

　　文学内在的异质性激励我们在接受文本的同时，也创造一种既不可能是单一的又不可能是不变的含义，"文学作品的异质性、解读的异质性是生活的异质性和'精神'异质性的真切的回应"①。作为文化制品的文本的生产者（作家）与消费者（读者）双方都参与了意义和含义的创造——由此也产生了哈桑总结后现代主义的风格强调了"过程"、"表演"、"偶发事件"和"参与"。把文化生产者的权威降到最低，为读者参与和民主确定文化价值创造了机会，当然引发的争议是可能导致支离破碎的脆弱性。不过，文化的生产者只不过创造了原材料、各种片段与要素，这或许为读者以自己希望的任何方式重新组合那些要素留下了余地。结果是要打破（解构）作者硬塞进各种意义或者提供一种连续叙事的权力。

　　如果我们无法企及任何对于世界的统一的表达，或者无法把它描绘为一个充满联系与区别的整体，那么我们怎么可能企及与世界有关的连贯一致的行动？后现代主义的简单答案是：既然清楚的表达和行动不是压迫性的就是幻觉的，我们就不应试图卷入某种整体规划。文学本质的合法性，赖于在世界上体验、解释和存在的一种特殊方式，"当叙述与虚构开始发言并对道德问题提出质疑的时候，它几乎就要将其引进法律思想的核心之中。虽然法的权限看起来排斥一切真实性与经验的叙述，而且，当它的合理性似乎与一切虚构与想象——甚至超验的想象——背

---

　　① 汪堂家. 汪堂家讲德里达 [M]. 北京：北京大学出版社，2008. 94.

道相驰的时候，它似乎仍然超验地庇护这些寄生者"①。这或许把我们带向了什么是后现代主义最有疑问的一面，带向社会心理层面上对压制性的动机和行为的颠覆。

解构理论对传统文学本质论的批判是现代认识论与本体论冲突的印证。一个认识论本体化的例子，就是阿兰·罗伯—格里耶的新小说。如《嫉妒》（*La Jalousie*，1957），该小说完全是从充满嫉妒的丈夫的有限视角来建构的：他监视自己的妻子，但是在小说中他并没有以观察者的身份出现，与传统小说的全知全能型视角截然不同。因此，视角萎缩为纯粹的、没有具体体现的文本功能的条件，而不是某种模式的图式表达。现代文学和后现代主义文学的本体特征表现在它对自治世界的形成的关注。所以，后现代主义小说不是提出"世界是什么"的问题，而是怎样认识世界的问题，一旦德里达及其追随者将他的阅读方法运用到纯认识论以外的方面时，"一旦德里达超出了对文学分析的认识论反思，阿多诺所明确表述的社会政治学上的悲观主义主题，就隐含在德里达的思想之中了"②。

诚然，我们的传统理论为理解文学性提供了各种各样的阐释途径和线索。然而，随着现代文学创作的多样化，所有传统阐释文学性的途径和线索都逐渐失去了理论的有效性。后现代文化对现象与本质、感性与理性、逻辑与隐喻等一系列二元对立的背叛恢复了文学的诗性之维。文学既不完全是道德情感表现的工具，也不是与现实世界全然无关的符号体系。种种迹象表明，传统文学性概念的各种界定方式和阐释途径在后现代文本阐释面前必须接受新的改造。

---

① （法）德里达. 文学行动［C］. 赵兴国译. 北京：中国社会科学出版社，1998. 127.
② （德）彼得·比格尔. 先锋派理论［M］. 高建平译. 北京：商务印书馆2002. 导言页17.

第五章　解构与阐释学

如果说认识论是描述知识何以产生，而阐释学（Hermeneutics）则描述理解何以可能。阐释学是从哲学的角度来探讨理解与诠释的理论，其主要目的在于把那些被传统的知识理论所曲解的东西揭示出来。就现代阐释学自身的特点而言，实际上与传统的经验主义或实证主义是相对立的，前者认为理解过程不能化约为常识性的知识体系，而后者则认为理解可以化约为模型或结构。海德格尔、伽达默尔和德里达等人将阐释学将人的体验、语言和社会文化结合起来，不是"存在如何理解"，而是"理解如何存在"，将理解和解释行为视为人类最基本的生存状态，把语言及其诠释看做历史性的本质现象，意味着将理解与解释也放到了本体论的地位来考查和论述，或曰完成传统阐释学向本体论的转向，去追问"只有在理解中才存在的那个存在者的存在方式是什么"。

一、传统文学阐释学模式存在的问题

作为文学文本的阐释研究有两种显著区别的方面，一个从形式开始，力图解释这些形式，从而告诉我们这些形式究竟意味着什么。另一个与其相反，认为意义就是需要解释的东西，并且努力证明为什么意义会成为可能。前者以已经验证的意义或者效果为起点，研究它们是怎样取得的，比如，一本小说的讽刺意味是如何获得的？是什么使我们对某一个人物产生怜悯？为什么小说的结尾会意味无穷？后者则不同，它以文本为基点，研究文本的意义，力图发现新的、更好的解释。前者力争阐明作品是怎样收到现有效果的，而后者却把对具体作品的研究作为文学研究的结果。事实上，在具体的批评实践中，人们常把两者结合起来，不仅研究一个具体的效果是如何达到的，而且研究具体文字的意义。但以意义的效果为出发点的方式与寻求发现意义何在的方式有着很大的区别。如果文学研究采用前一模式，它的任务就应是描述文学读者要获得的"文学能力"，文学能力的描述就应集中在使文学结构和意义成为可能的程式上，也就是，使读者能够识别文学种类的标准或分类原则是什么，怎样识别情节，怎样从文本提供的细节中把"人物"勾勒出来，怎样从文学作品中识别主题，以及怎样深入探讨象征性的解释，这种解释能让我们对诗歌和小说的意义作出评价。因此，这一类解释强调对于语词的任何阐释，都只能以被"说明"的语词同语词所指涉的经验事实的客观关系为基础。最终只承认"说明"的重要性和必要性，并强调"说明"只能以经验事实为基础和标准。

这其中有一系列问题值得考究。如何处理个体"认知"同文本"意义"的关系？换句话说，通过认知的途径和方法是否可以获得客观意义？认知是否存在着客观的标准？这些问题涉及文学评论中的客观标准问题，也涉及文学评论中如何正确处理文本和阐释的相互关系问题。过去，我们有时认为说话人的意图决定意义，有时我们又说意义在文本之中，有时我们又说语境决定意义。意图、文本、语境、读者等一系列因素的论证本身就表明意义是非常复杂的，是难以表述的，是不能凭这些因素中任何一个单独决定的。

首先，文学能力这个概念着重于读者在与文本接触时所具有的确切知识：读者按照哪一种过程对文本作出反应？哪一种推断肯定能解释他们对文本作出的反应？对读者和他们理解文学的方法的思考已经引出了叫做"读者反应批评"的理论。该理论声称文本的意义就是读者的体验，不断自我修正的理想体验。如果一部文学作品是根据读者理解行为构思的，那么对这部作品的解释就可以是关于这种理解和行为相结合，利用各种期待，设想出各种联系，然后各种期待或被推翻，或得到验证。要解释一部作品就等于讲述一个关于解读的过程。一个人能够讲出的关于一部给定作品的理解的过程是由理论家所谓的读者的"期望视域"（horizon of expectations）决定的。对一部作品的理解就是对这种期望视域所提问题的回答。事实上，我们怎么确定一位 2010 年的读者在解读哈姆雷特时所具有的期望与一位莎士比亚同时代的读者是相同的？

其次，意图在决定文学意义中的作用是一个久未解决的问题。比尔兹利在《意图谬误》中指出，对于文学作品来说，关于意图的争论并不能通过咨询圣贤（指作者）得到解决。一部作品的意义并不是作者在创作过程中某一个时刻心中所想，也不是在作品完成之后，作者认为它的意义所在，而是他（她）能把哪些东西放进作品之中。如果是一般的日常对话，我们常常会把说话人的意图作为这段言语的意义，这是因为我们更关心说话人当时心中想些什么，而不是他或她用的字词。而对文学作品的评价却是根据它使用的独特的文字结构进行的。

与读者接受理论相类似，由德国康斯坦丁大学的姚斯和沃夫尔冈·伊塞尔等人所创立，并从 20 世纪 70 年代起迅速扩散和影响整个西方文学艺术评论界的"接受美学"将文学艺术的创作结构，从创作者主体及其固定文本扩大到文本和艺术产品的整个历史接受过程，并将文学艺术的创作从单个作品的封闭创作过程扩大为再生产的双向共时交流的过程，同时也成为超历史、超文本形式的多元历史创造因素不断互动的文化生命体。

"接受美学"创造性地应用和发展了新阐释学原理和基本方法，对欧美的美学传统和文学评论影响很大。"接受美学"理论也像后现代主义其他文学评论一样，非常重视现代性文学艺术创作中的后现代创造因素。因此，姚斯早在 20 世纪 50 年代中期便集中分析和研究波德莱尔、司汤达（Beyle Marie-Henri Stendhal，1783—1842）和普鲁斯特等具有后现代叛逆精神的现代性作家的优秀作品。姚斯的奠基性著作《审美经验和文学解释学》发表于后现代文学评论进入高潮的 20 世纪 70 年代。在这本书中，姚斯严厉批判传统美学优先重视真理观念的传统，主张将文学创作建立在经验基础上，并强调美学的接受和沟通过程，强调美学沟通在创作过程中的中介性作用，并高度重视社会规范的建构意义。他认为，美学经验在本质上是具有叛逆性的，它总是倾向于遵循其本身内在的原则，从不服从美学活动以外的其他原则，而且，美学经验在其历史发展中具有不断更新的自律功能。

我们可以看到，姚斯接受美学之后的文学认知模式，把重点放在文学艺术作品创作后的不断自我更新过程，任何文学艺术的创作，并不终结于某个特定作品本身。文学艺术创作的生命，其主要部分，与其是在作品出现前的"前创作"中，不如说存在于作品发表后的流传过程中。认知的沟通一方面是文学艺术创作生命力不断发挥的构成部分，也是使文学艺术作品避免被消耗和被僵化的必要过程。这样一来，任何文本的结构、意义及其阐释，都是不确定的，都有待开发、重新创造和再出发。这一点成了德里达"延异"精神的佐证。

如果把以上意见综合起来，我们就会发现，一部作品的意义并不是作者在某个时刻脑子里所想的东西，也不单单是文本内在的属性，或者读者必然发生的感知，关于意义的争论永远都是存在的，在这个意义上，它是没有定论的，永远有待决定的，而结论又总是可以改变的。如果我们一定要一个总的原则或者公式的话，或许可以说，意义是由语境决定的。因为语境包括语言规则、作者和读者的背景，以及任何其他能想象得出的相关的东西。但是，如果我们说意义是由语境限定的，那我们必须要补充说明一点，即语境是没有限定的：没有什么可以预先决定哪些是相关的，也不能决定什么样的语境扩展可能会改变我们认定的文本的意义。解构却强调超越关于任何文本或阅读本身的节制性、单一意义性的观点，似乎更激进地主张，在看起来连贯的思想体系中经过细读都会发现一些潜在的、甚至是自相矛盾的东西，因此需要进行多重的、相互冲突的解释。

这样一来，企图建立一个体制，从而发现作品想要表达单一意义就变得不可能。文本成为一种可供考查和读解的人造物。值得注意的是，德里达以前的诗学观念中，虽然对阐释没有达成共识，但是都依赖于一个有关阐释总体过程的概念，这个过程称之为阐释学的循环。亦即阐释某事物整体意义时，总是必须理解作品的每一部分，从总体概念到细节，然后相反，不对整体有一个总的认识，就不可能理解部分，这一循环是不可逾越的障碍，或谓一个二难推理。从总体意义入手，通过对细节考查修正总体意义理解，在总体概念与具体细节之间循环，交替使用熟悉的和不熟悉的一整套概念，直到两者融合。阐释的过程实际是一个文本意义和阐释者本人现有假设之间进行对话的过程，最典型的是对《圣经》、宪法等文本的解释。在后现代阐释学中，作者隐退了，文本自身直接和我们对话，除了作者、说话人或者受众的意图之外，文本自身也有独立的意义。

二、本体论阐释学所作的理论准备

英美分析的哲学系统和欧洲大陆现象学存在主义哲学系统的阐释学始终是对立冲突的。值得注意的是，同样是现象学与海德格尔存在主义，仍然分化出两个冲突的阐释学传统，也就是法德传统冲突。对于前者，传统研究者一般称做阐释学传统，其核心人物是汉斯·伽达默尔。而后者，传统研究者一般称为解构主义，代表人物是米歇尔·福柯和德里达。

现象学把体验、语言和社会互动起来，意味着现象学阐释传统尊崇以下原则。首先，人对文本的意义追寻是有意识的。意义并不是从体验中推断出来的，而是在有意识的体验中直接找到的。其次，文本的意义是由该文本在人们生活中所具有的潜在性构成的。换言之，你对生活的体验就决定了文本对你的意义。第三，我们用语言来定义和表现世界，我们用语言来体验世界。胡塞尔认为，任何独立于实际的直接体验的概念框架都不足以发现真理。相反，个人对现实的有意识的体验是发现真理的唯一途径。只有通过有意识的关注才能认识真理，不过我们应当以不带偏见的方式考察世间万物。这些观点奠定了从胡塞尔到伽达默尔的体验与阐释理论最基本的假设：人们对他们的所见所闻赋予一定的意义，从而主动对自身的体验作出解释。海德格尔的重要理念是：只要这个世界存在，自然体验就会不可避免地出现。"存在阐释学"意即"对存在的阐释"。现实就是在某一特定语境下通过对语言的自然使用而获得的体验，伽达默尔强调："因此，在我使用的效果历史意识这个概念中合理存在着某种两重性，这种两重性在于：它一方面用来指在历史进程中获得并被历史所规定的意识，另一方面又用来指对这种获得和规定本身的意识。"①

海德格尔的阐释学思想是认识论发展史上的一个转折点，它将认识论的阐释学理论发展为一个本体论问题，而走出这一步的关键在于将哲学的主要关注点从意识转移到存在。海德格尔认为，存在论知识以对存在的前存在论理解为基础。这种对存在的前存在论理解正是以人的现实存在为出发点的。对存在的那种前存在论的理解，不是理论认识的，而是实践情感的。海德格尔是从人的历史存在的角度来考察人的存在的时间性和历史性，决定了他对存在的理解必然具有一种阐释学的性质。理解要受到理解的前结构的制约，而理解的前结构亦即理解的可能性的条件，揭示了人存在和他人存在的关系，这种关系实际上是原初现实境遇中的具体关系。然而，海德格尔把存在限定为在场，并且使用"存在"这一概念并指出"语言是存在之家"，他仍然在寻找"存在"的本真含义，并企图在语言的诗意中获得本真，这说明他仍然在追求逻格斯中心主义，德里达认为，他仍然跳不出西方形而上学的俗套。

伽达默尔接受了海德格尔早期著作特别是《存在与时间》所完成的"本体论的转折"思想，并将之扩展到审美认知领域。他将海德格尔的名言"语言是存在的家"进一步表述成"能理解的存在就是语言"，把注意力再次转向了历史语境中的文本，把注意力从人的存在转移到语言。对世界的体验与我们对世界的阐释是不可分割的——对语言的认知是与我们对现实关系的认知联系在一起的。伽达默尔重新探究了"理解怎样得以可能"这个问题。这是一个先于主体性的一切理解行为的问题，也是一个先于理解科学的方法论及其规范和规则的问题。伽达默尔借助海德格尔对人类此在的时间性分析，认识到，理解不仅是主体的行

---

① （德）伽达默尔. 真理与方法——哲学诠释学的基本特征［M］. 洪汉鼎译. 上海：上海译文出版社，1999. 序言 11.

为方式，而且是人本身的存在方式。

这样一来，"阐释"对于人的现实存在和文学艺术作品而言，不只是一种方法，而且，更重要的是体现本体论意义的基本存在形式。前面我们论述过，按照西方思维传统，艺术经验乃是一种非理性的经验，艺术经验里的真理并非属于艺术本身，而是其外的逻格斯。但是按照伽达默尔的看法，这乃是方法论的偏见，伽达默尔是要把哲学的经验、艺术的经验和历史本身的经验统一起来。

事实上，德里达显然有选择地接受了以上理论家的基本论点。人们总是从预先假设的角度来理解体验的，如伽达默尔所言："占据解释者意识的前见和前见解，并不是解释者自身可以自由支配的。解释者不可能事先就把那些使理解得以可能的生产性的前见与那些阻碍理解并导致误解的前见区分开来。"① 传统给了我们理解事物的方式，我们不能与这一传统割裂开来。观察、推理和理解从来不是绝对客观和纯粹的，总是受制于历史和人们对其他人和事的体验。这种阐释过程是充满悖论的：一方面我们与文本进行对话，一方面，我们在理解该文本又不能摆脱种种先结构，毕竟生活本身就有两面性。德里达再次吸收了胡塞尔与晚年海德格尔对传统观念的批判，这些问题涉及先结构中被遮蔽的真正塑造历史的力量。对于德里达来说，海德格尔的重要性在于他的"本体论的差异"观（即存在与存在者之间的差异）以及以此为基础的形而上学历史观。海德格尔认为西方形而上学发展中存在与存在者之间的本体论差异成了西方文化思想的根。那么文学文本的认识，就是要"穿过文本的背后"，揭示文本作者可能忽视了的、但批判性阐释却可以使之显露出来的种种矛盾。

而伽达默尔显然与德里达不同。伽达默尔认为，语言的决定作用不仅是对文本而言，而且是对整个人类理解而言，因此也是对我们生活于其中的生活世界而言的。语言被理解为我们在其中得到社会化，我们借以理解我们自己和世界的那个继承下来的意义"视域"，用伽达默尔的

---

① （德）伽达默尔. 真理与方法——哲学诠释学的基本特征 [M]. 洪汉鼎译. 上海：上海译文出版社，1999. 379.

话说就是"能够理解的存在就是语言"。在伽达默尔看来，语言和世界的关系决不是单纯符号同其所指称的事物的关系，而是摹本与原型的关系："语词几乎就是一种类似于摹本的东西。"① 如果说摹本具有使原型得以表现和继续存在的功能的话，那么语言也就具有使世界得以表现和继续存在的功能，也就是强调语言对于文学创造的决定性意义。一个文本的意义并不作为一件有待寻找的对象而存在于那个文本之中，文本的意义仅仅是就该文本放置其中的那个意义视域而言它所是的东西。当我们找到了那个似乎是向我们开启了文本的问题的时候，这意味着我们借助于我们的意义视域已经设法接近了该文本形成的那个意义视域。我们在多大程度上设法理解一个文本，这取决于读者与作者意义视域能否彼此沟通、彼此重合，即"视域融合"——文本及其原作者的视界与解释者带有偏见的特殊视界这两种视界的交融。而理解者和理解对象一起处于不断生成运动过程中时，就构成了"效果历史"，这意味着真正的历史对象根本不是一个客体，而是自身和他者的统一，是一种关系。

在伽达默尔看来，理解不是一次性认知行为，而是一个"事物本身"和我们的前结构之间无穷的"游戏"过程，每一次理解都是一次意义生成的过程。经由深刻的"教化"，个体的意义视域不断演进，以满足阐释学的循环。如果历史流传物不能告诉我们一些我们靠自己不能认识的东西，历史流传物就根本不能享有我们对它的那种兴趣——这也是强调语言的个人主观因素。我们的理解永远是历史决定的，诠释的过程永无止境。这样一来，对文学的体验和阐释变成了对世界与人生的经验。他所追求的是对人类作为"历史地理解的存在"的更好理解。他所要做到的首先并不是在人文科学的方法方面试图提供建议，他所要做的是澄清人类理解成为可能的条件。伽达默尔强调的理解方式是自我与他者之间在历史情境中不断差别化的交换过程，这种过程既是建立在统一性、传统性上的，又是建立在上下文、情境性上的，或者说是共时与历

---

① （德）伽达默尔. 真理与方法——哲学诠释学的基本特征［M］. 洪汉鼎译. 上海：上海译文出版社，1999. 532. 刘意青教授认为，伽达默尔还是延续希腊哲学，只不过反过来强调了语言的重要。

时的时空交接点上的，那么意义的在场总是无限地延迟，而不是本体论的。

三、德里达对伽达默尔阐释学的清理①

按照收入米歇尔·菲尔德和帕尔默所编《对话与解构》一书中德国哲学家曼弗雷德·弗兰克的总结，解释学与解构论之间有五个重要的"共同因素"或相似点：一是作为一种理论基础的"语言学转向"；二是"贯穿于现代思想的危机批判"意识；三是否认"绝对精神"或无时间性的自我在场对有限性的确认；四是两者都回到尼采和海德格尔对"西方理性主义"批评立场上；五是两者都强调审美现象的原初意义，特别是文学与文艺批评。② 可以看出，伽达默尔的出发点与德里达激进的解构阐释学有着相同之处。我们可以大致肯定德里达吸收了当代诠释学的研究成果，不过德里达发展和改造了尼采的生活美学和胡塞尔现象学的基本原则。在批判传统阐释学的基础上，开创了解构主义的后现代批评阐释原则。

首先，清理伽达默尔"理解的善良意志"，批判其同一性形而上学的伦理意图。

一方面，伽达默尔强调他的解释学强调对话，否认"在场的形而上学"，理解是历史语境中的"视域融合"，意义存在于借助口语或文字进行对话的双方之间的差别之中，另一方面，伽达默尔却又认为追求"理解的善良意志"是自然的，人只要加入对话，为的就是理解和被理解，也就是说为了满足阐释学循环必然有形而上学的意志欲望。与德里达文字学强调时空延异之下的文字学相比，"德里达的分延观以符号学甚至解构主义为基础，而伽达默尔则以解释的行为、对话的相互性和理解地

---

① 本论题徐友海、周国平、陈嘉映、尚杰的《语言与哲学：英美与德法传统比较研究》（三联书店，1996，313—320 页）与严平《走向解释学的真理》（东方出版社，1998，250—260 页）较早有所阐述。本章引文未加注解者，皆来自（法）德里达，（德）伽达默尔等. 德法之争 伽达默尔与德里达的对话［G］. 孙周兴 孙善春编译. 上海：同济大学出版社，2004.

② 孙周兴. 重温德法之争［J］. 博览群书，2003（11）.

使用语言为基础，去建立起差别和意义的多重性。这最终暗示着表达和意义（理解）的和谐，尽管这样的和谐似乎无限制地被延搁。"① 然而两者差别不在于是同一性优先于差别，差别优先于同一性，而是在于同一性对差异性伦理压制的意图。德里达分析说，这种意愿似乎是不言而喻的，它符合伦理学公理，无条件的价值判断。于是，德里达指出："难道这个无条件的公理不是仍然预设了下面这一点，即意志是这种无条件性的形式，是它的绝对依靠，说到底就是它的规定性。"德里达认为，这种"理解的善良意愿"与康德意义上的"尊严"类似，"它超然于任何市场价值、任何要商量的价格以及任何假言命令"②，这样一来，它就属于康德意义上的"作为意志的存在者存在的自我意志的主观规定"，仍然属于意志的形而上学。假若如康德所说，除了善良意志以外并没有什么是绝对善的，那善良意志意味着什么呢？难道这个规定不会属于海德格尔所恰如其分称做的"作为意志的诸存在者的存在，或意愿的主观性之规定"吗？德里达驳斥的是伽达默尔阐释学所表示的现象学意向性概念。在胡塞尔那里，意向性活动代表一种先验意识活动，指向对象的意指行为，在海德格尔和伽达默尔那里，意向性演变为一种解释或理解的立场，即前理解结构，它代表一种传统的意志和观察的角度。

在德里达看来，无论这种意志如何善良，或把它称为不可超越的，它只代表一种传统形而上学的思维方式和表达方式，即解构学批判的逻格斯方式，它不是唯一合理的理解模式。弗洛伊德的心理分析证明，统一的文化信念背后，只不过是被压抑的潜意识冲突的反映。马克思则从社会分析入手，对所有非无产阶级的思想作意识形态的批判，认为这些思潮只不过是扭曲的社会关系（异化、剥削等）所反射的虚假意识。理性背后的真正基础却是非理性的。这种怀疑一旦确立，一切"知识"和"价值"都逃不了被用来合法化既得利益的嫌疑。实际上，所有真理都

---

① E. 贝勒，李庆全译. 解构学与解释学：德里达和伽达默尔论文本与解释 [J]. 哲学译丛. 1989（2）.

② （法）德里达，（德）伽达默尔等. 德法之争 伽达默尔与德里达的对话 [G]. 孙周兴孙善春编译. 上海：同济大学出版社，2004. 42.

是建基于具体社会条件之上的，都是社会建构的，超历史的普遍真理和理性法则子虚乌有。

　　第二，关于文本的意义与表达者意向不一致的问题。伽达默尔的解释是，不一致的现象是一种虚假的文本，文本的意义不是作者真正想说的东西，后者被掩盖了，欲揭示被遮盖的东西，理解言外之意，这种操作过程有些像心理分析学家对梦的解析，必须透过无意识的分析解释梦的意义，"要表明精神分析的解释是沿着一个全然不同的方向进行的。精神分析的解释并不试图去理解一个人想要说出的是什么，而是他或她不想说出或不容他或她说出的那些东西"。伽达默尔坚持，文本作为读者阅读和理解的对象，必然有着真理值得期待，尽管这一真理并非仅仅来自作者，而只是存在于文本之中，否则就是徒劳无功，并无实质意义。正是由于对文本真理的期待，文本作为一个自我包容的内在系统才有可能和读者展开对话，当然对话也会导致文本意义无限产生。

　　德里达认为精神分析学更适用于与解构学的结合，一种对阐释学传统的突破，一种断裂，而不是扩展。也就是利用精神分析就可以推翻阐释学的普遍性主张，运用精神分析理论解释文本得出的阐释学后果，也仅仅是一种可能性而已。弗洛伊德与拉康的精神分析是德里达关注的一个重要对象，梦境与潜在自我在德里达看来，不能依照被记录的在场的经验和理论加以描述，而具有"延异"性质，无法真正地理解和解释。"自我"本身也是分裂的，属于个性的一部分，怎么能指望"自我"通过受到控制的"阐释"或渗入语言之中的前结构消除模糊性？要知道，"本我"也是间接表现的，填补了反符号化过程中出现的正常交谈中的缝隙。"前结构"本身很可能就是一种误解，误解可能通过阐释的循环达到清晰正确吗？何况模糊性并不出现于语言之中，而是通过语言本身产生的。事实上，伽达默尔延续了传统人文主义认识论的"教化"思想，而德里达则主要批判他们在现代社会背后所找到的那种类型的理性主义，这种理性主义是隐蔽的西方文明同质化压迫力量。

　　第三，阐释循环的界限问题。德里达怀疑伽达默尔所谓善良意志与解释之间的和谐关系，伽达默尔把这种理解称之为"相互理解"。德里达提出，在理解与和谐之前，只有误解和非和谐，理解及和谐是一种理想，作为一种在场呈现出来，"我也不能肯定，我们是不是正好取得了伽达默尔教授所指的这样一种经验，那就是：在对话中达到'和谐一致'或者卓有成效的一致"①。伽达默尔以"对话"的理解方式代替"理念"，然而，理解中呈现的意义毕竟仍是某种观念性的东西，无论是否把它称之为完善的观念。哲学阐释学仍围绕一个中心：一种传统的理解方式，或用德里达的话说，一种逻格斯（声音）的支配随处可见，伽达默尔只是把中心的会合点无限地延长了。

当然我们也认为，现实中的文本解释，都是以取得文本的复杂性与文本的意义之间的平衡为目标的。E. 贝勒在其《解构学与阐释学》一文中，这样评价了德里达和伽达默尔的分歧：

在这次交锋中，伽达默尔的立足点是理解、认同、意义、意义和表达的结合，甚至认为意义优先于表达的'主要部分'（即语言和符号），也优先于历史性、死亡，以及这些形体现象的消亡。因此他重新确立逻格斯以及最接近逻格斯的一切——人类的声音，以及伴随着它的理解中逻格斯在场的方式。当然，他描述意义的在场所用的手法再也不是本体神学的，也不是黑格尔主义的，把它当做已经完成的暂时的自我在场，而是无限地推迟了。伽达默尔的理解方式是对话，是文本中自我与他者之间的授与受，还有差别的不断交换过程，不过，这些差别建立在必然性、上下文、甚至系统的相应性，因而也是统一性之上的。……与此相反，德里达强调不清楚的、非固定的以及意义与表达之关系的非关联的特点，并且认为，语言的意义是独立存在的，非先天的，永远都在变化之中，这样就能把语言、符号和本文从逻格斯和声音中解放出来。他的运动远离中心之地。②

我们认为，如果说纯粹为了试图弄懂意义，而导致意义的分解产生出无数的解释是没有实质意义的，当然也不是要在文本的复杂性和意义

① （法）德里达，（德）伽达默尔等. 德法之争 伽达默尔与德里达的对话 [G]. 孙周兴 孙善春编译. 上海：同济大学出版社，2004. 43.

② E. 贝勒. 李庆全译. 解构学与解释学：德里达和伽达默尔论文本与解释 [J]. 哲学译丛. 1989 (2).

之间刻意保持一种必要的平衡，这种平衡也是不可企及的，平衡既是人们所期望的东西，又是不断失去的过程。德里达提请人们注意的是，文本意义的重建总是会低估文本的复杂性而过早地停止进一步的解释。

四、解构阐释学的生存意义

德里达文本解构的主要目标之一是传统阐释学所具有的形而上学因素。伽达默尔的"理解"存在着一个"不证自明的前提条件"，即通过理解达到一致性意愿的绝对承诺，阐释学的形而上学色彩在德里达看来至少包括两方面的内容：其一是以"大家都了解的经验"，或者说以为可以在对话中加以确认的彻底经验为依据，因为"形而上学，甚至一切形而上学往往是以描述经验本身的形式出现"，并将自身的经验普遍化、形式化；其二是阐释学的循环逻辑带有明显的封闭性，这是"一个奇怪的循环，一个公理结构，最终要求给予一种阐释，围绕一种思想汇集起来的一种阐释，这种思想把一个独一无二的文本、最终也把存在的经验独一无二地命名起来"。

德里达的解构思想企图挫败对总体性、一致性的期待，因为由期待视域所构成的"前结构"和"前理解"始终是不完善的，"我们所面对的是一种独特的、不带有任何总体化可能的、整体对部分的包容"。现实语境中的所谓意见一致，往往是一种伪平等交往的一致。因为人们往往受到权威的影响，或者某种压力的影响，而不能自由地实现自己的判断。事实上，人们被歪曲的日常交往的经验与上述预先假定是互相矛盾的。只有当人们在某一范围之内能够获得免于压力的、自由的、不受限制的意见一致的时候，才能把有限的真理主张的接受，和知识本身等同起来。伽达默尔的论证却预先假定：合理的承认以及权威以之为基础的意见一致是能够不受强制而自由产生和发展的。

真理的一致能否在没有控制、不受限制和理想化的交往条件下取得？正如阐释学反思已向我们说明的那样，社会的团结心或感情一致尽管存在着矛盾和缺陷，却总是让我们求助于它赖以存在的意见一致。然而，有理由设想，已确立的意见一致，往往是由伪交往——确实可能既必然存在（认识的相对性）也是社会存在的基础——产生的强制的意见一致；这种情况不仅在失常的个人的病理实例中是可能的（弗洛伊德），而且在社会的各种制度中也是可能的（马克思）。因此，我们不应使那已经扩展为批判的阐释学范围，囿于种种传统确信界限之内。甚至在基本意见一致和公认合理的事物中，仍残存着被曲解的交往自然化痕迹。任何教化的、意识形态的阐释学都是与深层阐释学方法的出发点相矛盾的。来自于彻底而完全的理解的说明或教化，总是有强烈意识形态特征的。

以往的传统文学评论，都是把评论的重点指向文本的结构、特征及其价值。在传统文学评论那里，文本之所以重要，是因为它是文本原作者所力图表达的价值和意义的限定性时空架构。有了这种文本架构，原作者所要表达的价值和意义就无所遗漏地被和盘托出，并在文本架构的范围内被界定和被限定，成为无可争议的"范本"。而且，对于读者来说，文本也构成遵循特定意义而思想和行动的标准样式。所以，德里达一再将文本的限定当成"神学的"文学艺术创作模式，以此表示文本限定所具有的神秘化意义。德里达所说的"不再生产作品的艺术"，就是不再通过语言的通道而写出的"语言文本式的作品"。文本本来是用来运载一定的思想的。当原作者创作时，他所写出的文本，是他本人在当时当地的思想、意念和理念的文字表露。在这个意义上说，读者在阅读文学作品时，把握原作者的思想已经成为次要的事情，而通过原作者思想以及通过文本进行新的创作，倒成为首要解决的任务。何况原作者的文本，作为当时当地历史文字的实际运用，也早已超越原作者的意图，隐含着远比原作者丰富得多的内容。当然，如果纯粹只是为了阐释出完全相反的内容来，表达另一种声音，体现自由和反叛，就没有真正长远意义。在耶鲁学派那里确实有把传统认为杀人是恶，一定要把它写成善，或读成善的倾向。这样并不能为社会真正接受为标准，甚至会造成一个时段内的混乱认识，这也是为什么目前西方形成了一股声讨解构主义的力量和潮流。

所以，同作者相关的"文本"意义，是很值得认真重新思考的。重要的问题是当文字固定了话语的时候，其中包括一系列由言说到文字过程中的各种变化，而这些变化是原作者所根本无法预见和预计的。这一切发生于作者写作时刻之后的事件，也同阅读时的社会文化和生活环境的转变有密切关系。由一部作品的作者问题所引起的这一切，关系到认知活动本身的性质及功能。任何认知实际上并不仅仅局限于文学领域之内，它所关注的问题，除了文本的性质，文本与作者、读者的关系，文本与历史、与现实的关系，文本中的语言的性质及其功能等以外，还包括认知活动所处的社会问题和文化气氛。所以，认知包含着哲学及其他人文社会科学所关注的各种问题，也同样包含与认知相关的社会文化问题。认知活动的这种复杂成分及其所涉及问题的广泛范围，使认知理论在西方社会发生重大变化之后，也发生了重大转变。德里达所提出的上述评论理论和方法，不能单纯看做文学性范围内的专业问题，而且是西方社会文化思维模式发生根本变化的结果。

　　无论解释中使用的是什么方法，有一个事实是不容置疑的：阐释与文本的关系只是在这个文本的作者、读者和评论者等类似的一个语境群体内才是可能的。阐释甚至优先于文本的原创作活动。人类文化创造活动不是体现在既有的文化产品结构上，而是在此基础上不断创新的过程本身。我们既不能把阐释所实现的批评任务归结为是对文本形式结构的解释，也不能把它归结为是阐释者的一种情感抒发，解释程序对阐释者的个人理解起着一个必要的约束作用。阐释如果没有一个可化约的一致性，没有裁决的标准，就会变成个人爱好的自满推销，我们时而被迫去面对它。文学文本在某个特定的历史点上可能表现出的特征范围是有限的，所以阐释方法不可能是无限的。此外，问题的一个重要方面就是有效逻辑性。它在讲话者的群体内部，在任何一个历史时刻，始终构成了一种既可以避免教条主义又可以避免怀疑主义的统一规范。

　　在高宣扬先生看来，对于德里达和其他后现代思想家来说，阐释活动具有双重本体论意义①。海德格尔和某些现象学思想家只是看到了阐释活动的生存本体论意义，他们在对于个人生存的"此在"的分析中，强调个人面对世界以及面对他人时所遭遇的阐释过程，并把这一阐释过

　　① 高宣扬. 当代法国思想五十年 上 [M]. 北京：中国人民大学出版社，2005. 362.

程理解为每个人生存过程中一个不可缺少的必要环节。① 当然，海德格尔等人在展开和分析阐释过程时，也强调阐释过程所包含的自由创造活动，并因而将阐释理解为个人生存应付环境而作出自由抉择的基础。每个人的此在都只有通过阐释活动才能正确理解其自身及其面对的世界，才能超越自我和超越所面对的世界。正是在这个意义上说，海德格尔等人赋予阐释一种生存本体论的意义。如前所述，海德格尔等人对于上述生存本体论意义的分析，对于阐释学的本体论转折以及对于社会科学中阐释学方法论的改造都起了决定性的作用。

德里达就是要在海德格尔关于阐释的生存本体论意义分析的基础上，进一步强调伽达默尔所拓展的阐释对于自由创作的本体论意义。所以，德里达更明确地指明了阐释对于生存和对于自由创作的双重本体论意义，并将阐释的上述双重性结构及其自我解构运动，当成人的文化运动和自由创作运动相互渗透和相互推动的无限过程。这样一来，阐释也由于其双重本体论结构而获得了比创作本身更优越和更重要的地位。只有创作而没有阐释，就将使创作限于"当时的"历史阶段和暂时结构中，创作只有靠阐释，才能维持并不断更新其生命，也才能使创作自身跳出个人生命的有限圈子，而纳入整个人类不断延续和不断更新的创造活动中去。这样一来，伽达默尔阐释学、20世纪五六十年代萨特存在主义和罗兰·巴特符号论与解构主义一道，促进了后现代文学理论的产生和发展。

---

① （德）马丁·海德格尔. 存在与时间［M］. 陈嘉映译. 北京：三联书店，1987. 148
—150.

第六章　解构与批评论

　　德里达是一个勤奋的读者，一生都在阅读和批评其他人的作品。德里达一生也是在对他人文本的阅读中，采取多种多样的解构策略的。高宣扬先生曾概括为，首先是早年针对传统古典文本，主要是揭露其语音中心主义和逻格斯中心主义的二元对立思维（柏拉图、索绪尔、胡塞尔等），然后针对现代性作品，一方面从中发现试图超越逻格斯中心主义的痕迹，另一方面对这些作品的局限性以及它们同传统原则的关系进行嘲讽和超越，并在超越中发挥解构的效果。针对文本的封闭结构，进行开放的文字创造游戏。创造出提供自由创作所必需的新词汇，并在新创作的词汇中扩大其自由创作的维度，寻找破坏和超越传统符号结构而达到实现符号无限差异化的途径。第三，针对由类似符号的各种形象结构所表达和构成的作品，例如用绘画的图形，以舞台对话和表演的戏剧形式，以各种图形拼凑或交替使用的形式，以及靠物质产品对比建构的建筑物等等，进行类似对于文字文本的解读式创造活动，试图一方面揭露原有作品中各种"类符号"结合结构的局限性，另一方面找出文字以外的各种多元化"类符号"重组所可能提供的自由创作道路[①]。本章重点从解构批评操作的立足点、文本策略及其目的、效应等方面进行分析。

---

① 高宣扬. 后现代哲学讲演录［G］. 北京：商务印书馆，2003. 296.

一、解构批评的立足点

德里达之所以重视文本的阐释，是因为一切阐释活动，在他看来，都是优先于文本的原创作活动。在《人文科学话语中的结构、符号与游戏》，德里达认为，存在着"两种不同的阐释"，应该严格区分这两种不同的阐释：一种是一般意义上的"阐释"，只是寻求对于文本的"解码"，试图发现原文中所隐藏的"真理"，辨认或把握意义和符号的真理和本源，却又对这种辨认和把握加以逃避，并将解释的必要性作为一种放逐状态的真理或本源；另一种是"解构"，试图通过各种"游戏"以达到超越"人"和"人文主义"的目的，或者说超越那种作为在者之名称的人的名字，这个在者存在于形而上学或本体论的历史中，不再转向本源，而只肯定活动本身。[①] 传统阐释幻想人在全部历史中完全当下在场，梦想着保障活动的基础、本源和终结。然而正如符号因为时空延异的效应相互牵制、相互影响，不断分裂自身，而无法保持与自身的一致，文学文本更是不断地超越文本自身范围而不断自我消解，从而提供了多重涵义的可能性。

而德里达否定文本中心和作者权威，把文本的创作活动当成不在场，转向对文学文本结构关注的同时，是在强调读者参与文本意义的创造过程，因而，它们对于人类文化创造活动，无疑有积极的意义。在传统阐释那里，坚信理解者与被理解者之间总是存在共同之处，从而试图重设"活的对话"，以及逻格斯和意义在场。在解构学那里，固守反中心、反整体和寻求差异的立场，力求超越于形而上学之上，认为意义只有通过某一文本与其他文本对比，互文参照才能显示出自己的价值。前者旨在进行客观的阐释和复述，力求达成读者（批评家）和作者的沟通，是简单的重复，后者则是自由的创造生产。

在第三章分析中，我们看到现代文学作品中也呈现复杂的分裂意识和互文关系，诸如《荒原》、《尤利西斯》更是引经据典，形成多元文化

---

① （法）德里达. 书写与差异 [C]. 张宁译. 北京：三联书店，2001. 503.

因素互相参照的对比效应。而新批评等现代批评也着力于开掘文本的反讽、歧义等多重意义。罗兰·巴特区别了"可读的"文本与"可写的"文本，重复性阅读相当于单纯的"读"，而批评性阅读则主要是"写"，或者说是"读与写的双重活动"，使文学作品和批评文本之间一般的关系产生交叉。我们前面分析过，德里达《尤利西斯的留声机》不仅是回应《尤利西斯》，而且还与其相似，是一篇创作，与乔伊斯的创作构思有相同之处，也借用了《尤利西斯》的文学技巧，这种做法向来吸引很多文学批评家。在《丧钟》（Glas）里德里达干脆把自己的文本改造成可写性文本，如果说巴特只把实验性的文本视为可写性，在德里达的解读中，任何文本似乎都具有可写性。然而，"是否有必要区分文学与文学批评呢"？德里达自问自答道，对"文学"与"文学批评"作出严格的区别或将两者混为一谈不妥。两者之间的严格界限是什么呢？德里达称，"好的"文学批评包含着一种行为、一种署名、一种语言的创造性经验，它是在语言之中的，是在所读文本的范围之内的阅读行为的记录——其实，应当注意的是，老式的文学批评也可以说其中优秀者也是一种创作——这一文本永远不允许自己被彻底"客观化"。然而德里达并不认为，我们就可以把一切混为一谈，而放弃所有这些类型的"文学的"或"批评的"作品。①

　　德里达并没有明确自己推崇哪一种阅读方式，一般都认为他倾向于后一种，但他并不反对传统阅读或重复性阅读。有趣的是，国内外有一些学者误解，好像认为"一千个读者就有一千个哈姆雷特"，文本中本来就不存在唯一的、一成不变的意义，显然不会读出一致来，也不会有统一的批评方式存在。约翰·艾利斯在《反解构》（Against Deconstruction）中这样批评道："有来自对对象的唯一的、清晰的、本义的阅读存在并主宰着一切或大多数文学作品吗？这是不可能的，问题在于不存在对文学作品的本义阅读这回事……既然唯一要求的本义阅读不能找到，解构

---

　　①　（法）德里达. 文学行动［C］. 赵兴国译. 北京：中国社会科学出版社，1998. 18.

就不可能开始。"① 的确，即便有唯一的、一成不变的意义，人们也不可能完全地读出一致来，不会有统一的、标准的阅读方式，作者、作品和读者之间有着复杂的关系，在不同的语境下个体差异也很明显的。这样一来，好像传统批评也是一个泛指概念，不存在一个一般的、普遍的"传统阅读"，那么解构批评的存在依据是什么？

　　我们前面分析过，德里达指责文学的既有层级体制。此体制自以为可以就其专业知识领域划地自限，在其中安然自得，进而控制其境内所用的事物——例如对署名"乔伊斯"的文本乔伊斯有话语权。事实上文学文本甚至没有类似于"法"一样的自身的同一性、独特性和统一性，本体性的文学也许是不存在的。德里达称，文学的"秘密是乌有——这才是必须严加守卫的秘密"。G·西美尔也曾说："秘密使人处于一种特殊的位置，它所具有的吸引力纯粹是由社会所赋予的。它本质上与其所守护的语境相独立……一种典型的错误看法：一切神秘的东西都是重要的和本质性的东西。"② 笔者认为，寻找神秘主义遗产根源的旅行会有助于我们理解当代的文本诠释理论。

　　既然文学是由将某些文本打上文学印记的历史规约造成的，文学是这些历史规约的建制，这样看来，如果要对文学进行阅读批评，就必须建立相对稳定的语码体系，把与文学相关的代理人（批评家、作家、诗人、出版商）、文学的范例（被批评家和出版商指定为文学的作品）和文学的卫士（所有认为文学稳定存在的人）建成一种结构关系。更通俗地说，虽然读解千变万化，但是我们从来没有放弃过总体化的努力，如把文学解读为表达理念，或是解读为情感寄托，或是解读为社会的表现，都有类似的总体化的努力，这是我们传统研究文学的方式，这一点我们无法摆脱。其次，卡勒曾经指出，解构除了考查文本的内在属性之外，对于制约我们整个阅读和阐释活动、使这样一种阐释活动成为可能的学术体制、尤其对渗透在这一体制中所谓的政治性等，也给予了密切

　　① John M. Ellis. *Against Deconstruction* [M]. Princeton，N. J.：Princeton University Press，1989. 75－76，79.

　　② （意）艾柯. 诠释与过度诠释 [M]. 王宇根译. 北京：三联书店，1997. 46.

的关注。值得注意的是，卡勒还指出，解构的政治性，更多的是哲学的不在场批判，而不是实践性的话语解构，"这是说，解构分析潜藏着激进的惯例涵义，但由于这些涵义经常是遥不可及、难加预测的，并不能替代它们似乎只是间接牵连着的直接批判和政治行动"①。依此，我们从文学研究领域也可以说，解构批评面对的更多的是文学作为一种"建制"的情况。我们习惯上说，解构批评是站在文本解读的边缘位置，重视揭示文本内部被人忽略、遗忘和遮蔽的边缘意义。这种边缘性位置本质上就是相对于主流意识形态的他者性位置，如德里达所说的，"相对于逻格斯中心时代的整体而言，我们想抵达某种外在性的位置"②，同样，我们前面论述过逻格斯中心主义和在场的形而上学观念，在文学中表现为一套完整的表达主义文学观和方法论、阅读模式。可见，这种边缘性、他者性位置为解构提供了一个绝好的批评立场和活动空间。也就是说，解构批评"其一是通过阐释作品的虚构本质，揭示价值判断的相对性。其二是用于解析某些晦涩深奥、歧义丛生的文本，所谓在哲学中引出文学趣味，文学中阐发哲学意味"③，在对文学话语，哲学陈述、区分以及语义学的分析基础上，它还要向现实社会中的制度、政治的结构、顽固的传统束缚发出挑战。

批评性阅读如果没有传统阅读作为媒介，这种阅读就会无限制地播撒和增殖，传统批评因此被纳入到了解构的战略步骤之中。就解构阅读的对象来说，具有两个基本的特征，一方面，它针对的主要是各种哲学的、文学的，甚至是批评的文本，这是它的首要目标；解构虽然强调能指和所指的脱离，但是并非完全沉溺于能指的滑动和文本的解剖，相反，解构主义者从来不逃避历史，只不过他们是以一种边缘的姿态对历史的可靠性和客观性提出了质疑；解构也不回避本体论，只不过他们消

---

① （美）卡勒. 论解构：结构主义之后的理论与批评 [M]. 陆扬译. 北京：中国社会科学出版社，1998. 141.

② 在谈及外在性时，人们时常将之与德里达的出身联系起来，作为法国人，出生在法属殖民地阿尔及利亚；作为犹太人，又不懂希伯来语；作为学者，一直不为法国主流社会接受。

③ 陆扬. 解构主义批评简述 [J]. 学术月刊. 1988 (2).

解了本体论的崇高地位，将其理解为一种结构本性的延异。对文本语言的细读是解构策略实施的第一平台。解构批评对文本细读的重视，也根源于他们对文本属性的深刻认识。文本阅读的目的就是要发现文本中的矛盾和冲突，打碎文本统一性和整体性的幻梦。

另一方面，它把矛头也对准传统的批评观。只有通过利用、修正和超越传统的批评观，才能够更好地迈出第一步。在德里达看来，传统的文学批评是靠理性形而上学来建构的，其本身具有更强烈的形而上学话语体系，在阅读行为中，其经验和知识隐含着意识形态的单一意志。解构不是空洞的理论说教，而是直接面对文本，其整个内蕴、步骤、方法和独特性都在文本阅读中体现出来。解构阅读并没有什么固定的模式，它唯一声称的是要超越传统的批评，这主要表现为它力图找到一些"边缘"和"盲点"，以之作为媒介，从中发现阅读的多种可能性，进而洞见文本在自身中解构。研究者们一般都认为，这两种阅读同时包含在解构之中，构成了所谓的双重阅读。重复性阅读旨在重建、解释、归纳"原文"的主张，把它确立为解构的目标。这一重复阅读是解构和传统批评家共同拥有的。当然，对解构而言，这一重读只是一个起点，对传统批评而言，则已经是整个批评本身。批评性阅读旨在读出文本的多元意义，以求发现传统的"空白"或"盲点"来。重复性阅读发现文本是有意义的，是可读的，可理解的；批评性阅读则让已经建构起来的意义产生播撒或游戏。这样就存在着双重阅读和双重阐释，既是尊重历史的重复性阅读，也是进行创造性阅读；既是对文学文本的阐释，又是对现实生存状态的阐释——由此，才是一种真正尊重历史的文化建构。

二、解构批评的文本策略

解构之道已经被卡勒在《论解构》(*On Deconstruction*，1982) 作过详尽的归纳。德里达认为，文本不受作者的意图制约，在文本中作者未必能说出他所要说的东西或实际所指的东西，这是由意义的不在场决定的。在具体重复的阅读过程中，最重要的手段是搜索凝聚主要矛盾意义所在的关键词，解构以此关键词为突破瓦解作品基本的结构体系，分析那些威胁作者公开意图和目的的力量。

在《论文字学》中，德里达阅读卢梭《论语言的起源》和孔狄亚克《日内瓦语言学小组》。《论语言的起源》的基本观点是：声音在文字之前诞生，并对文字具有优先性。然而，德里达通过寻找该书中包含的矛盾，并通过引用其他本文，发现卢梭在书中说出了一种他并未打算说的"补充"逻辑：在卢梭看来，文字对言语的替补，因为说者和听者都不在场，文字仅仅是补充物，并不直接代替思想。然而，补充既是补，又是替，替意味着本质不完整，需要把补充当成本质，也就是说，对于代替物和符号之间的关系而言，某物只有通过让符号替代才能"呈现"自身。作为补充的补与替之间似乎是非同一性的，事实上又是一体两面，这样就具有颠覆味道了。一方面，补充似乎是一个本质的附加物，补救一个它被附加于其上的东西的关键的不完整性。然而补充又是本质的实现方式，毕竟本质不完整需要补充。既然本质需要补充，那么也就破坏了二元对立试图强加本质（补充）的区分和从属地位。类乎此，在卢梭看来，"教育"被认为是"天赋"（nature）的"补充"。卢梭赞美生活在自然状态中的人，他认为我们的完全的善就在于此，而且我们的善受到了社会和文明的人为性的腐蚀。根据这一解读，教育仅仅是对自然的一个补充。但是在事实上，他对教育的结论却又是：我们的自然的善良品质总是内含的，教育对于使它完全浮现出来事实上是必要的，也就是说，"教育"这个"非原生的"观念却揭示了"天赋"这个所谓"原生的"观念本身的不足。因此所谓"原先的"与"天赋"这种观念对立是难以成立的。这种"补充"逻辑并不是由卢梭明确表达的，而是由于文本产生自我解构而出现的。德里达的工作就在于揭示卢梭"打算说的"和"说了却未打算说的"之间的关系。德里达在《论文字学》中常常断言"卢梭说了，却没有打算说"，"卢梭描述了他不打算说的"，卢梭打算说的可以通过传统阅读来获解，而他没有打算说，但在字里行间流露的东西，就只能由解构阅读来揭示了。

我们再看德里达在《死亡的赠礼》（*The Gift of Death*）一书中对"Gift"（赠礼）一词的分析。"赠礼"是我们最平常的习俗，我们似乎没有考虑过礼物在什么条件下被接受、保存与给出，我们跟随德里达观察一下赠礼者、礼物本身和接受者：按照最平常的理解，赠礼是一次给予的事物，问题是，赠礼者并不是纯粹地把礼物赠送给受礼者，无论何种目的最终是使受礼者产生负债意识，如果礼物在场化，就如同商品可以评价、计算，进入交换的循环，那么一次给予的礼物性质就被取消了，礼物不再是礼物。当赠送礼物之后，如果礼物数量超过受礼者期望的最小限度的话，就造成了关系的不平衡，赠礼者的处境比赠礼者赠礼之前好得多，而接受者出现债务，陷入债务的意识中，在回报的压力下需要酬谢，从而在更大的循环中取消了赠礼本身，他们不得不为解除债务而作价值相等而手段不同的回报，赠礼的结果是受礼人吃亏。这就是送礼的悖论：最终是赠礼人受益，受礼人为债务所累。礼物的可能性与礼物的不可能条件是并存的，礼物馈赠必须打破经济的循环，只能作为不可能性来宣告和表达，否则只能取消。然而"礼物本身不实存，并不意味着没有礼物。毋宁说，礼物是被思考的东西，在思考礼物的过程中，礼物为即将到来之物开拓了空间。同样，礼物没有明确的内容，它仅仅转化为一种号召（一种伦理要求），以提供历史上的'经济'循环中（交换、计算与债务等观念流行于此）所缺乏的东西"[1]。值得注意的是，德里达在后期一系列著作中都涉及一系列道德伦理概念，同样的还有"社团"（*Point…*）、"药"（《柏拉图的药》）、"法律和正义"（"维拉诺瓦圆桌会议"）、"友爱"（《友谊的政治》）、"民主"（《马克思的幽灵》）等等，在伦理道德范围内，德里达用解构文本的方法，分析揭示出作为永恒真理被肯定的价值在事实上完全是某种特殊文化的历史发展和偶然的习惯的反映，我们将在以后的章节分析。

　　与德里达把批评的最终目的指向其更深层文化意义不同，英美学界解构批评后继者似乎过于把解构简单误解为文本颠覆了，我们以芭芭拉·琼生和米勒为例。芭芭拉·琼生在其《麦尔维尔的拳头：处决比利·巴德》（*Melville's Fist：the Execution of Billy Budd*）一文中，对麦尔维尔著名小说《比利·巴德》作了分析。《比利·巴德》写的是

---

　　① 琳达·M·马卡蒙. 德里达、利科和基督宗教的边缘化——出场的上帝可以被拯救吗？［J］. 现代哲学. 2007（1）.

拿破仑时期英法海战中的一段插曲。比利·巴德是在英国军舰"战力"号上服役的一个青年，人长得俊美，且纯真无邪。军械长克拉加特居心险恶，出于一种妒忌心理，诬告比利密谋叛变。比利闻讯，又气又急，欲作辩白，口吃的老毛病又犯了，终于当着船长维尔的面，一拳打死了克拉加特。船长见多识广，是个正直的人，也相当同情比利的处境，无奈处在非常时期，终于还是判了比利绞刑。按传统分析，这应当是个善与恶的故事，比利和克拉加特分别是善与恶的化身。

　　但芭芭拉·琼生的读法不同。用她自己的话说，她是借用德里达的差异概念，表明文本中诸对立的二元之间的差异，在每一个单项内部，差异都被抑制了。琼生发现，这个故事中每一个人物的命运，都是"天性"所致。比利惹人喜爱，天真无邪，毫无恶意，然而他杀了人。克拉加特心怀叵测，满嘴鬼话，然而是个牺牲者。更耐人寻味的似乎是小说人物的天性和行为之间的反差，而这反差又足可反证两种语言观，或者说两种阅读模式之间的分歧：一些批评家，属于单纯字面义的读解者，相信意指过程清澈见底，认定一个人的"所在"（being）和"所为"（doing）之间有一种直接关系，一目了然。所以小说人物的道德设计是：比利为善，克拉加特为恶，维尔则为智。换言之，比利是无辜受难，克拉加特是罪有应得，船长则在一个特定的情势下明智地履行船长的职责。另一些批评家类似克拉加特，不愿因为比利有个令人赏心悦目的外表，便判定他内心一定为善，甚至进而给比利作心理分析，称他的纯真是一种假天真，是对内心潜在的破坏欲的一种压抑。相反克拉加特身上则被揣摩出某种同性恋因子，这样的话，他对比利的所为，竟也成了爱的一种被扭曲、被压抑的形式，而多少显得情有可原。

　　如琼生所言，克拉加特诬告比利表里不一，策动叛乱，固然纯属无稽之谈，可是比利予以否定的行为，却反而阴差阳错地展示了这无稽之谈竟是实情。问题的关键在于怎样看待比利打出的那一拳。琼生认为这是小说的中心事件，无论对于情节的发展还是对于阐释的解构，怎么强调都不为过。这是因为：如果比利代表纯正的善，他的拳击行为便是无意的，便是象征正义，因为它的起因是"邪恶的"克拉加特的恶毒中伤；如果比利是属精神压抑一类的病人，那么他的行为则是由他的意识中的欲望驱使而发，是揭示了试图压抑自身的破坏力而导致的毁灭性后果。琼生注意到，上面两种针锋相对的阐释立场，最终都在比利的拳头面前碰了钉子。首先，信守文本字面义的批评家，由于目光专盯住前因后果，深信不疑所在和所为之间有一种延续关系，就必须视这一拳为纯出意外，而非蓄意为之。但是这样一来，这一读解模式的因果关系丢失了。其次，站在克拉加特一边，或者说坚持表象与实在之间无以一致的批评家，则必须想方设法来证明这一拳是蓄谋已久的，因为非此不足以说明比利一派天真全是假象。如是，这一拳恰恰也就肯定了被这一阐释立场弃之如敝履的因果关系。麦尔维尔设置的这一拳击碎了每一种阐释立场：它所意指的内涵，是被它赖以意指的方式瓦解了。琼生的读解有几个比较明显的问题，第一，这一结论不必解构，也能在传统读法中得出来。关于对《比利·巴德》的多重读解，可见其中译本编者序言。①第二，认为比利是属精神压抑一类的病人，那么他的行为则是由他的意识中的欲望驱使而发的，并无足够的文本依据；此外，芭芭拉·琼生对传统批评的总结似过简单化。

　　米勒在《作为寄主的批评家》②中对"寄生"进行过解构式说明，其目的是为了回答艾伯拉姆斯的一个提法：单义性阅读是一棵高大的橡树，它扎根于坚实的泥土里，由于被解构批评这根常青藤心怀叵测地包围缠绕而受到了伤害。寄生者作为一个异己，它进入一个自足的家庭，吃主人的，喝主人的，同时却要杀死主人。这表明了寄生者集依赖性和破坏性于一身。米勒不满意于这种简单化的传统看法，他要看看寄生者和寄主是不是可以和平共处，共同分享食物，这当然得由"寄生者"一词的解构开始。通过词源考查，米勒发现，parasite（寄生者）之前缀"para"包含着双重性对立，它同时指代附近和远处，相似和差异，内部和外部，而且两者间有着含混的过渡。显然，寄生者一词必然处于"para"的双重对立影响之中。进一步讲，parasite 一词来自希腊语parasitos，由 Para（在旁边）和 sitos（食品）构成，原意是"在食物

---

①　（美）麦尔维尔. 水手比利·巴德. 许志强译. 北京：人民文学出版社，2010.
②　王逢振等. 最新西方文论选［C］. 桂林：漓江出版社，1991. 156-186.

旁边"。按米勒的解释，parasite（食客、寄生者、清客）原本是正面意义，是一位亲密的来客，跟主人一起坐在食物旁边，共同分享食物，只是到了后来，该词才指"职业食客"，指专门要别人邀请进餐而从不回请的人，并进一步演变为生物学和社会学意义上的含义。按米勒的说法，食客不满足于和主人一道共坐食物之旁，他同时要使主人自己也成为食物。

进一步说，文本意义是否单一，阅读是否单一，这两个问题密切相关。前者决定了后者可否实施，后者是了解前者的途径。阅读显然具有中介作用，但最终目标指向的是意义问题。或许解构并不那么看重重复性批评作为一个步骤的意义，而只是把它作为一种灵活的工具。人们可以不去理会意义的唯一性这样的问题，一旦进入阅读，每个人都会有独特的视野和方式。于是，希利斯·米勒也就没有必要与阿布拉姆斯就"寄生"问题展开争论了：解构充分利用各种传统批评，但并不依赖它们，并不取决于它们。传统阅读和解构阅读虽然是彼此争夺的，但同时也总是相互包容的。解构将传统阅读和解构阅读同时包含在自己的战略之中，正表明了它与传统批评的复杂的"寄生关系"，但同时也是补充关系。解构总是停留在一个中间地带，一个寄生者兼寄主的地方。可见，解构并没有抛弃或推翻传统，它寄居在传统之中。德里达曾在一次访谈中解释道："解构不是批评操作。批评是解构的行动对象。解构所瞄准的靶心永远是倾注在批评或批评——理论过程中的自信。"[①] 另外，保罗·德·曼也写道："解构的目标永远是揭示假想为单一性的总体中存在有隐藏的连贯和碎裂。"[②]

传统批评实践，必然是由有迹可循的逻辑线索所贯穿的实证活动，而且必然是某种整体观的产物，而解构文学论是无法提供这些条件的。再则，解构语言观或文学观揭示的矛盾固然可以借形而上学的躯壳、反

① Vincent B. Leitch. *Deconstructive Criticism: an Advanced Introduction* [C]. New York: ? Columbia University Press, 1983. 261.

② Paul De Man. *Blindness and Insight: Essays of Contemporary Criticism* [M]. Minneapolis: University of Minnesota Press, 1983. 249.

形而上学的逻辑和曲折迂回的语言令我们领悟，但它与实证精神的矛盾却难以用实证的语言和文体来表达，这是德里达文本晦涩的根本原因。德里达往往站在作者意图、对文本的支配性阐释"之间"进行解构批评。解构批评不作以外在的理论套作品式的解读，而是反其道而用之，指出作者意图同文本所表现出的复杂意义之间是相互矛盾的。毕竟作者在一种语言逻辑里写作；语言和逻辑的专有系统、法则和生命注定是他所无法绝对支配的，这就必然导致文本意义与作者意图对立的可能。这种对立性正是解构批评的一个重要切入点。解构批评还致力于解构文本和文本的支配性阐释之间的矛盾，从这个意义上讲，解构批评也是对批评的一种解构。解构批评所指的文本支配性阐释的意义是宽泛的，它不仅包括对文本的一般评论和传统认识，尤其是成见——如对卢梭的《忏悔录》的传统解释等——更重要的是，它还包括一些我们公认的、不言自明的规范。涉及文学作品时，这种规范通常是指将一部作品定义为文学的抽象体系，这种体系在德里达看来是逻格斯中心主义的产物。因此，与其说解构是一种批评理论，不如说它是以批评"批评"为目标的，当我们接受了解构文学论以后，我们迎来的是"误读"观念对批评学科的"补充"和增殖，而不是解构名义下的另一种实证体系的建立。

逆作者的本意而读，以便发掘出作者有意或无意掩饰的目的，这种读法应当有特定社会伦理意义。如果每个文本都是在推出一个主要的主张并宰制、消除、或扭曲"异己"的主张，那么批评在广义上与权威及权力密不可分。程代熙曾分析弥尔顿《失乐园》中的"善"与"恶"对立的观念①。根据形而上学的"二元对立"，"善"是原生的充足的存在，它与上帝同根同源。"恶"是在"善"之后出现的。以德里达观之，它们实是本末倒置。是否存在一个只有"善"不存在恶的原生状态？是人类堕落之前还是撒旦堕落之前？到底是什么使撒旦堕落的？是骄傲。那么是谁创造出这种骄傲的呢？是上帝，是他创造了不识什么是罪恶的人类。这样一来，我们也就根本无法达到那个纯粹的"善"的原生状态。事实上人类堕落之前，也无所谓善与不善，恶是上帝的禁律本身假

---

① 程代熙. 雅克·德里达：解构理论纵横谈——读书札记 [J]. 文艺争鸣，1990（2）.

设出来的。先是有恶，后来才有"善"的上帝的禁律本身设定了恶的存在。弥尔顿认为，人们只有同恶进行斗争，才能成为善良的人。这种情况就给"解构"理论留有了用武之地。在论述弥赛亚时，德里达更是提出，尽管我们迫切地祈祷救世主的来临并为之落泪，但实际上我们并不想他到来，因为他的不出现是我们继续提问和生存的必要条件。德里达认为，这个悖论暴露了"弥赛亚结构里的某种含糊性。我们等待一些自己不愿等待的事物。那是死亡的别名"①。逆作者而读是与常规读法相辅相成的，不过总的来说，解构却保持一种中立的态度，"解构是……"或"解构不是……"都不符合解构的要义，它着重于在批评中展示一种语言的困境，生存的困境，在对抗活动中获得质疑的空间。

三、解构批评的目的

德里达谈论文学不离开哲学，不离开文本以及文本阅读，这在形而上概念体系看来是混乱而难以理解的。这样的批评并不是用哲学代替文学，并不是把哲学运用于文学，而在于从事一种使传统的哲学与文学区别不再有效的活动。卡勒在《论解构》最后一章"解构批评"中也认为，解构批评并不是把解构哲学运用到文学研究之中，而是一种对所谓文学文本里的文本逻辑的探索，为此，这种批评就会有各种各样的可能性。德里达对仅仅颠覆哲学对文学的层级优先性没有兴趣，他要的是一种能使双方的界限动摇或移位的方法，质疑它们的范畴。一个文学性的文本可以具备一些哲学性、法律性或政治性特有的特征。一旦范畴与界线受到干扰破坏，层级秩序恐怕也随之动摇。例如，德里达采取感染（contamination）策略，使哲学与文学相互混杂，这也是一种解构的策略。某些哲学和文学的特点仍可能保持不变，但它们却无法完全掌控文字的内容与阅读的方式："我最持久的兴趣——它甚至先于我对哲学的

---

① 琳达·M·马卡蒙. 德里达、利科和基督宗教的边缘化——出场的上帝可以被拯救吗？[J]. 现代哲学. 2007（1）.

兴趣，如果这是可能的———一直是对于那种称做文学的创作的。"① 哲学文本与文学文本都是一种表述，充满了修辞策略，都是语言运动的表现，过去所界定的哲学写作的成分和秩序是由种种话语的强制性要求所决定的。

依靠着对二元对立思维方式的"补充"，德里达建立了自己的文字学逻辑。在这个容许矛盾、欢迎矛盾的思维语境中，我们看到了另外一种合理性，一种对此前的语言世界和文学世界既可产生冲击、又可提供补充的新鲜构想：文学、哲学、文本、世界、读者、作者之间的壁垒被拆除，对立的、严格区别的范畴得以相互沟通；在我们的认识领域中，无物不是文本；文学作为文本性渗入一切时间和空间；而"延异"、"印迹"运动作为语言存在的根本，不仅使文本与文本相互联系相互依存，而且使文本与其派生出的无数他者相区别、相联系；文本既是"产品"又是"活动"。由此，任何看似单一的文本变得无限多元化了。在这种文学观的指导下，批评通向权威和真理的可能被取消，艾布拉姆斯的批评坐标体系被"涂抹"，文本、作者、世界和读者无一是真理中心，而且相互的边界无可辨别，一切阅读被视做误读，但阅读的自由又因此获得充分允诺。在阅读乔伊斯之后，德里达说，"以乔伊斯的名义并为了乔伊斯的名义而回答是的人，成功地将一个机构的未来与一个专有名称和一个签名（一个签过字的专有名称，因为仅仅写出自己的名字不等于签名）的单独的冒险联系起来"，但是"我们应该打消双重幻想和双重恫吓。真理不会来自乔伊斯研究界以外，真理来自有经验者、机敏者和积累了知识的训练有素的读者。但是相反，或与之对照的，也没有'乔伊斯研究'能力这么一种模式，没有这样一个能力概念的内在性和封闭性。对乔伊斯签名的文本讨论是否合度，没有绝对的衡量标准。甚至连能力的概念都被这个事件所动摇"②。然而"乔伊斯研究"专业能力的标准模式也并不存在，它不可能有任何范围限制。对于所有以署名"乔

---

① （法）德里达. 文学行动［C］. 赵兴国译. 北京：中国社会科学出版社，1998. 1.

② （法）德里达. 文学行动［C］. 赵兴国译. 北京：中国社会科学出版社，1998. 220，227.

伊斯"之文本为题的论述而言，衡量它们确切与否的绝对评断标准并不存在。

　　现代主义文学经验更好地验证了德里达所钟爱的关于哲学、文学、语言学、文本和写作的那些主题：语言的差异性和创造性、文本性或文本事件、文本的游戏与愉悦、写作实践或可写性、能指的自主性、印迹和意义的播撒、文学与文学批评的交互性、修辞性与虚构性、反讽性和隐喻性、签名的独特性等。反对形象的完整性，反对深度，反对意义的一元性，反对意义的有限可理解性的后现代文学创作更是成为解构批评的文本基础。德里达同样也在胡塞尔的现象学中看到了那种通过透明的、无歧义的语言，即几何学的、科学的、现象学的纯粹语言再现历史的梦想的失败，他转而求助于那些现代主义作家以隐喻性的语言、复杂的修辞、多义与歧义、虚构和自我解构的形式去重现现实中的关系。德里达受现代文学作品及其自我意识所启发，从中看到了一种颠覆哲学、文学和文学批评界限的力量，一种文学自身的独特性与重复性、虚构性与文本性。尽管如此，文学在德里达的哲学中也并不拥有什么对抗哲学的特权，因为德里达通过那些"表现的危机"、"语言的危机"和"文学的危机"中的现代派作品提出了"文学是什么"或"文学从哪里来"等等关于文学本体论、"文学建制"或"文本的法则"的问题。德里达对文学及其建制、文学史及其形而上学观念、意识形态的关系同样报以解构的态度，质疑其历史性构成，追问文学事件以其独特的文字方式对历史事件的独特的责任和义务。

　　传统的观念认为，哲学与文学在言述意指上最重要的区别在于文学是隐喻性的、修辞性和虚构性的，哲学则是直接表现所指的，哲学比文学更严密、科学，更接近真理。德里达认为，这种对立只是一种幻象，因为哲学的概念、基础和理论价值也是隐喻性的，它们拒绝任何超隐喻的分析。在指出原来被视为文学特有属性的隐喻修辞特点也存在于哲学之中、解构了哲学的白色神话学（White Mythology）后，德里达进一步颠倒哲学和文学的位置，认可了瓦莱里所说的哲学是"一种特殊类型的文学"。因此德里达在对哲学与文学的二元对立进行颠倒之后，并没有在文学与哲学的新体系中稍作停留，而是继而将两者归并为一种统一的文本性，德里达认为："文本之外，别无他物。""文本性"又有多宽多广呢？另有批评家说"应当把它理解为一个更贴近于广义文字的概念"①，这一点也正是很多极端主义的后现代主义者，如女权主义者所忽略的。

事实上，这充满了一种讥讽的认识：思想同语言一样可塑，而语言是无限可塑的，任何语言描述都不过是一个暂时的结论，不过是某种暂时可以相处的东西。在这个意义上，文学取代哲学只不过是"对一种空无的不断命名"，对先前的洞见成为可能的新的盲目性的不断发现。文学不仅是精神可以栖息之地，不仅是人类可以从中得到自己的最深刻本质表现之地，而且是成为导致新的解构主义者的希望，这样的活动一旦贯彻到政治中去，就有可以揭露社会现存制度的残酷和不公。解构实际是政治性的。

等级制度是人类与生俱来的生存网络，人们对权力的屈从而获得和谐的生存秩序；现在，权力的阴影已被渴望和平的希望镀上一层温馨而动人的色彩。同样，在文学领域，人们乐于把文学叙事中人为设定的等级制度看成是本文和谐统一的天然秩序，人们迫切需要把握中心和终极意义，因而等级秩序的统治关系被本文的同一性光辉所遮蔽。与其说等级秩序是权力赖以存在、生长、再生产的必要的也是充分的条件，不如说等级秩序是权力运作的具体形式。②

话语的结构和运用的方式不是由交流者决定的，而是由特定的历史和社会中的知识型构决定的。按照福柯的理论，正是话语形成了某个特定时代的知识型构。在具体语境中，社会中占主导地位的权力机制限定了话语的形式逻辑。拉康的研究也佐证了话语如何对自我产生影响。他给我们阐明了语言在人类成长中所起的作用。孩童一开始把自我看做一个统一的存在，随着年龄的增长，人们在语言的影响下逐渐形成了对自我的认知，而压制了另一些认知。有鉴于此，自我不是与生俱来的，也

① Niall Lucy. *Postmodern Literary Theory：an Introduction* ［M］. Oxford，UK；Malden，Mass.：Blackwell，1997. 109.

② 陈晓明. 德里达的底线［M］. 北京：北京大学出版社，2009. 266－267.

不是内在固有的，而是话语的产物。我们可以认为以文学取代哲学一方面是以文学解构的激进性取代传统哲学思维方法的僵化保守性，另一方面，在哲学遁入工具理性中时，以审美对人们的精神和行为方式加以重新塑造。

如果我们把解构主义以后兴起的批评模式联系在一起，我们便会对解构主义的前景获得更深一步的了解：不管是后殖民主义批评，还是女性主义批评，都是首先针对某种意识形态中心，如性别、殖民的解构，然后是思想再建构。尽管再次构建的过程中也许又会出现中心主义的倾向，但是，拥有解构思想武器的人们，必然又会将其推向解构，一如最近的女性主义批评家对前两代女性主义批评家的批判、霍米·巴巴对赛义德的批判一样。乔纳森·卡勒曾指出，每一种理论都说明了一些问题，错误在于它们认定这些问题是唯一的问题。女权主义批评、心理分析批评等都是在批评展开之前就预设批评的目的和效果，所谓的评价实际上在批评展开之先就已经被固定下来。正是因为与解构哲学保持着既联系又断裂的立场，以"后"自居的批评理论才得以在批评实践领域立足。

当然，强调"解构"的文学批评意义，并不意味着将德里达的"解构"简单地归结为一种文学批评活动，更不应该归结为某种文学批评和艺术评论的"方法"。一切想把解构思想落实在具体实践中、想以批评实践来证明解构思想的合理、合法性的行为都是徒劳的，是不可能成功的。这也解释了以耶鲁学派为代表的解构批评的窘境：他们为什么既不能得到以阅读常识和阅读经验为判断标准的普通读者的接受，也不能得到批评界的理解和推而广之。德里达在一次谈话中反复强调："解构"根本就不是什么传统意义上的"方法"，而是使思想讽刺性地具体化，使某种思想脱离其固定的脉络，从传统逻辑和僵化的美学理论的约束中解脱出来，为其自由地实现"再创造"提供可能性。总之，在德里达的解构文学评论活动中，阐释是关键的一环。

人类文化创造活动的真正价值，不是沿袭已经造出的文化产品的结构或其中的意义，而是不断更新的生命力本身。这种活动不仅仅是解构之路，更是人追求自身价值之路。新的阐释学将原文本和原产品纳入更新中的文化创造活动，并使之复活起来——成为新旧创作活动重新交流、并构成新创作文化体共同内在因素的对话交流过程。

四、解构批评的效应

以上论述了解构批评的立足点和出发点，那么如何看待解构批评效应呢？一般认为，解构的基本结论是，文本没有内在的、确定的意义，无论是先在于文本的作者意图还是读者阅读之后形成的理解都不能决定文本的意义。意义只是能指符号的相互作用和印迹的运动作用于读者意识活动而产生的临时效果。阅读是一种历时性的、开放的、意义不断流变推迟永远不能到达终点的过程。意义是对能指游戏进行压制的结果。因此，任何所谓的意义都只是阐释，而不是对文本内在性质的客观揭示。这种阐释比别的阐释模式具有任何逻辑上的优越性吗？甚至有很多研究者认为，德里达表示不满的只关心代码、能指的自由游戏等等的形式主义批评，又很难说不是对他本人的一种反讽。似乎解构批评所强调的，恰恰也是作为代码的文本，和这代码漫无边际的自由游戏。这显然是忽视了解构批评的伦理关怀。

就解构的对象来说，文本的解构是德里达实施自己思想的最主要的舞台，在很大程度上甚至可以说，文本的解构逻辑或解构的文本逻辑就是解构的逻辑，但是，"事实上，德里达本来就不是要从文学文本中读出形象，他不是做传统的、经典的或标准的文学批评，解构从根本意义上来说，既不是文学批评，也不是哲学论证，解构就是解构"①。卡勒已经在《论解构》中充分指出，它具有嫁接、重复和播撒的特征，使文本并置或互置起来，将既定的文本结构加以分解，通过多重文本的碎片对比和连接，取消人们对稳定结构的合法性和自然化追求。既然清楚的表达和行动不是压迫性的就是幻觉的，我们就不应试图卷入某种整体规划。利奥塔《后现代境况：关于知识的报告》宣称合法性有赖于在世界上体验、解释和存在的一种特殊方式，这就指出了后现代主义最为疑问

---

① 陈晓明．德里达的底线［M］．北京：北京大学出版社，2009．294．

的一面：存在任何事件背后心理学上关于个性、动机和行为的各种预设，而这一点可以从语言和话语的分裂与不稳定中挖掘出来。鉴于逻格斯中心主义预先假定了被言说者（所指或"理念"）与如何言说（能指或"媒介"）之间存在着一种紧密的和可以确认的关系，因而后结构主义的思想便把这些看成是"在新的结合中不断地拆解与重新结合"。

就解构的目标来说，我们将会在后面的章节分析，德里达通过对前辈文本的解读，是要清理西方文化传统过去被忽视的东西，德里达愈到晚年愈重视对古希腊、犹太教、基督教以及东方思想等所具有的他者特征，以此论证自己解构思想的价值和现实意义。通过专注事物内涵的结构性问题，对一切现象和观点进行质疑，并将其问题化和课题化。因为一旦把"什么"都问题化之后，"什么"就失去了神圣性，任何限定的界限都会被彻底打破。所以，解构的逻辑是一种追求彻底边缘化的逻辑，它对于任何中心主义的话语皆实施解构策略，边缘化是它始终坚持不变的立场。这种彻底的边缘化立场，其实是一种破除一切中心话语的态度，是一种坚持绝对的批评立场，是对一切批判进行的再批判。解构逻辑的最终指向是人类存在的终极性问题，个人对社会强加的各种属性应抱什么态度，实际上就是社会存在的基本规则和秩序以及个体理解、认同和行动的可能性、现实性（即自由的限度）的问题。尤其是在一个强调组织、规则和制度化的社会里，这个问题显得越发突出和关键。"以什么"回答现实问题显得日益迫切和必要，既承认社会现实存在的合理性，又揭示出其不合理性，彻底打破对既定的任何"造物"（马克思语）的崇拜，粉碎一切的拜物教的存在机制。这些具体理论和实践问题是解构逻辑的具体运用。同样以此方式读解文本中隐蔽的"以什么"的意图也具有积极的意义。① "好的文学批评……它不只是对作品意义的推销，它还把作品带入新的视域、新的情境、新的挑战和新的追问

---

① 对德里达理论及耶鲁学派的评价，也应结合历史现实背景。20 世纪六七十年代欧美广泛的学生运动，解构主义成为反对统一的意识形态建制的利器。解构本身并无明显的政治主张，但自有其特殊的社会、历史意义。与新批评刻意回避意识形态，认为其有损文学的纯粹性相比，解构无疑更具革命性，后者在文化和政治上过于保守。

中。它使文学意识到自己有无限的未来"①。

甚至价值评判的标准，也应该是一个被解构的对象，杰弗里·哈特曼曾言："因为历史的变化和语言的不稳定性，从而形成了错误解释或者片面解释的可能性，那么，对文学的过去作一种评价性理解真是可能的吗?"② 除此之外，解构批评还抱有伦理的关切，批评的对象不仅包括阅读文学作品，还包括理论文本，如政治、历史、哲学，以及所谓"物质"的东西。德里达的解构伦理批评具有批评的意味，他的反思有批评行为中所具有的伦理特点。解构的价值在于它提出了时刻警惕各种固定的、僵化的思维模式对于自由思想抑制的时代命题，这是其最为突出的贡献。解构思想将许多经典文本置于当代思想的视野之下，将各种文本并置、相互连接、彼此嫁接起来，彻底打破了对于文本边界、思想边界的固定性观点。这种互文性的构成具有它自身的生命。德里达认识到了这一点，它要为另一种文本而查看一种文本，把一种文本消解为另一种文本，或者把一种文本建构成另一种文本。文化的生产者只不过创造了原材料，这或许为读者以自己希望的方式重新组合那些要素留下了余地。

就解构的限度而言，这恰恰解释了解构为什么没有引入适当的度而不至于过度阐释。很多人认为，由于解构的反形而上学的立场，它始终不能引用"度"的概念来挽救其不可避免的相对主义倾向。因为任何量度都是以某种预设的标准为前提，而这种观念是解构所反对的。好像没有量度的概念，解构的原则就成了无差别的差异、无休止的变动，其逻辑推论是危险的。虽然德里达一再抱怨人们把解构理解为相对主义、虚无主义，但是解构的确在逻辑上提供了这种可能性。历代读者都生存在一个以始源、目的、目的论或本体论编织起来的文化织体中，人们大多仍然赞成科学性、严格性和客观性。因此，写作逃逸了意义之时，阅读也将变成无意义的活动。这大概是德里达所不愿意看到的。在笔者看

---

① 汪堂家. 汪堂家讲德里达 [M]. 北京：北京大学出版社，2008. 90—91.
② （美）杰弗里·哈特曼. 荒野的批评 [M]. 张德兴译. 天津：天津人民出版社，2008. 279.

来，人类精神历史的发展是延展与回溯、稳定与革新的统一。那种一味强调差别而无视统一，将每一文本的时间与空间、感性与智性、主体与客体、存在与生成、同一与差别等对立，事实上只会走向自己的反面。也许相对静止的观念像人的视觉暂留一样，都是由于人的感官和思维的局限性造成的幻觉，那我们就必须承认这种无能为力，因为人所理解的世界只能是人眼中的世界。

德里达找到诠释的界限——一个标准的批判程序之瓦解、诠释也不得盖棺论定的所在。斯皮瓦克在《论文字学》英译本序言中说，解构是一种永久自我解构的运动，延异栖居其中。没有任何文本是完完全全解构性的或者是彻底被解构了的。批评家暂时搜集形而上的批评资源，进行某一次的解构行动，只是达成一次有限的"意义无限的视野"和"文本的临时之锚"的交融。就主体而言，德里达不是在鼓励一种"先验性唯我论"，否认"文本之外的真实性存在"。应该说德里达是在重新思考"真实性"与"文本"之间习以为常的既定关系。解构也不是一种"虚无主义"，不是一种纯粹否定性的运动，不是否定意义的可能性，实际上解构没有否定意义，只是将通常伴随它的一些基本假设打上问号。而且对德里达来说，解构具有一种肯定性的冲动，"它引发肯定性的行动，与承诺、责任、投入及政治参与也息息相关"，具有特定的价值内涵，这个问题我们后面将谈到。

总体上说，解构主义在 20 世纪下半叶风靡整个欧美，到 80 年代，这一反传统、反形而上学的激进方法论已经普遍地渗透到当代文化评论和学术思维中。解构主义的词汇，如解构、颠覆、反二元论、文字、延异、印迹、播撒等已被广泛运用到哲学、文学、美学研究中。它实现了哲理性诗学研究的话语转型，刷新了人们对语言与表达、文字与阅读、语言与文化、文学与社会等方面的认识，影响和重塑了文学评论的性格，并开拓了文学批评和文学作品阐释的领域。

就具体的操作而言，解构通过迂回，展示了文本是如何同支配它们的逻辑体系相抵牾的。解构论通过抓住意义的疑难（Aporia）和死结来证实这一点。德里达以相当的理论敏感性详尽阐述了他对能指和所指之间接合的概念、它同书面本文和被看做它所涉及的"世界"之间的关系这一基本问题相联系：在一般被认为所有专门关心文本"内容"的批评，德里达都认为是一种形式的"文学的哲学"。为此他将关心文本的纯粹文学性的俄国形式主义描述为帮助文学批评从其还原论的倾向中解放出来，指出文学性问题的出现，让我们回避传统的主题主义、社会学主义、历史主义和心理主义。主题批评和形式主义批评可能是对立的，但它们在理论上互相排斥的范围内，容易有同样的不足，而且确实可能同时表现在同一批评中。尽管表面上是自相矛盾的，但事实上在主题批评或经验主义批评和形式主义二者之间确有必然的牵连。形式主义通过维护形式和内容之间的形而上学对立最终巩固了它所辩驳的逻格斯中心主义。德里达告诫人们提防他所谓的一种新的"关于本文的……理想主义"，他担心它会产生于对所有传统批评因素不加思考的抛弃："我们必须避免……一种对所指或语词所指对象的某种朴素关系的必不可少的批判被固定在对意义和词义的悬置、甚至纯粹简单的压制中"。他强调批评家必须考虑本文的历史本性，无论它是文学的还是哲学的，毕竟作者的意向形成了本文历史的重要部分。

　　德里达的解构策略充满时代的坐标意识，如果说"文学史是文学史家对历史上出现的作家作品和文学现象所进行的现代阐释"[①] 的话，德里达则是通过文学解构和重写文学史施行的一种现实思考实践。一方面，对文学作品的把握尽可能掌握大量历史材料，而不应该是当代人纯主观阐释的产物，即德里达强调的"重复性阅读"。另一方面它又必须是现代人在阐释中所得出的时代性结论。解构并非荒谬地试图否认相对确定的真理、意义、特性、意图、历史的连续性这些东西的存在，而是试图把它们看做更为广泛、更为深刻的一段历史的发展结果，特别是当前语言、无意识、社会制度和实践的发展结果。这样，历史和现实之间，作家作品及文学现象产生时的时代精神与现代文学文化精神之间，就面临着一个如何有机地统一和相互间高度融合的问题。解构就是要摧毁一个特定的思想体系及其背后的那一整套政治结构和社会制度赖以生

---

　　① 袁先来. 建构适应 21 世纪需要的具有中国特色西方文学史——刘建军教授访谈录. 外国文学研究. 2006 (3).

存的逻辑。因此，解构诗学理论并不能成为一种纯语言理论，相反，它是观念形态的当代表现。解构批评就是要在文学文本中探索文化文本的潜隐逻辑，不断揭露阅读中遭受传统思维欺骗的阅读盲目性，从文本的无字处说出潜藏的压抑话语。在这个意义上，文学解构是一种把读者带进文本内部的捷径，类似主题批评的变种，但又不是主题先行，这个"主题"或"文本逻辑"，不是早就存在于文本里而等待人们去发现的，而是对某种阅读或批评目的而言，是一种重新描述文本、解读甚至误读文本的方式，并通过这种发现和创造式的"阅读"重新解读文学史。反过来，文本也有能力"颠覆"先前的阅读而不断等待新的创造者。在《影响的焦虑》中，哈罗德·布鲁姆指出，整个文学史就是一部批评史，他认为面对前辈诗人，特别是那些成就斐然的伟大诗人，后辈诗人会产生一种"影响的焦虑"，即在直接或间接地吸收养料的同时又不得不对这种巨大的影响，产生出焦虑，进而试图改变和克服这种焦虑。因而这种影响的焦虑所产生的巨大的批评力量，使得那些强力诗人或多或少地修正、改造着前辈的文本。那么，在此意义上，"文学批评可以归属于文学范畴，也可能归属不到任何门类；而伟大的作品就像文学批评一样，它总是在强烈地（或虚弱地）误读着前人的作品。每个人对待一件隐喻性的作品的态度本身就是隐喻性的"①。

　　解构批评也不只是一种形式主义批评，德里达本人对形式主义批评持明确的反对态度，在《立场》中他说过，一种只关注内容的批评，即主题批评，不论它是哲学的、社会学的，或精神分析式的，都是把各种主题当做文本的实质、目的和所阐明的真理。在一些文本面前，它并不比纯粹的形式主义批评更见成效。形式主义批评则一味沉醉在代码、能指的自由游戏，和文本对象的技术操作之中，因而是忽略了所读文本的生成效果和"历史"，以及为批评本身写出的新的文本。这两种多有不足的批评，严格意义上说是互为补充的。② 这实际上是把偏袒内容或形式一端的批评，都发落到"在场的形而上学"之列，说到底是对一切居

① （美）哈罗德·布鲁姆. 影响的焦虑. 南京：江苏教育出版社，2006. 10.
② （法）德里达. 多重立场 [M]. 佘碧平译. 北京：三联书店，2004. 78.

高临下认为文本的意义终可作出详尽解释的批评模式提出挑战。

　　强调"解构"的文学批评意义，并不意味着将德里达的"解构"哲学简单地归结为一种文学批评活动，更不应该归结为某种文学批评和艺术评论的"方法"。一切想把解构思想落实在具体实践中、想以批评实践来证明解构思想的合理、合法化的行为是徒劳的，是不可能成功的。批评与阐释不再是寄生性的，人类文化创造活动的真正价值，不是已经造出的文化产品的结构或其中的意义，而是文化创造活动的不断更新的生命力本身。然而，任何标榜多元论的解构主义却是危险的。因为多种理论的大杂烩，可能导致的结果并非是文学上的辉煌，而是精神的杂乱委顿和无所适从。

　　解构方法重新定义写作和文本的意义，使写作与文本阅读产生了"认识论迁移"。深入解析传统语言在意义和形式方面的局限性和不合理性，试图使文学艺术创作和评论不在传统语言的约束范围内进行，不断地自我创造和再创造。作品与创作者的依附关系被解构，而获得完全的独立，它开始与作者的"原意"相游离，成为拥有一套自足符号而又受文化体系的整套符号影响的文本，它的阐释意义必然是多元的。在德里达看来，写作是在符号的同一性破裂——即能指与所指断裂——延时的情形下产生的。写作本身也有某种东西最终将逃避现有的体系和逻辑。

第三编 价 值 论

第七章　解构艺术论与解构的审美倾向

德里达对解释"什么是艺术"这样的本质问题并不感兴趣，和对文学的探讨一样，他更为关注西方传统上对艺术理论的结构化、总体化假设的批判。德里达在《绘画的真理》（*The Truth in Paint*）中对黑格尔、康德、海德格尔等人的艺术真理观进行讨论，并将他们对艺术的讨论视为西方美学的基础。德里达认为，从哲学家询问艺术本质的方式上，就可以看出他们已经预设了答案；德里达把"解构"作为批判传统和重建文化的基本概念而引入美学和艺术理论。在哲学思考伴随下所进行的文字解构游戏，是一种破除文本结构而进行自由阐释的创造性活动，也是一种审美活动的自由创造。

一、"海德格尔—夏皮罗之辩"与绘画的"真理"

荷兰画家梵·高在短暂的一生中画过不少鞋，那些鞋都是放在地板上的普通鞋子，看不出一点高贵的气息，甚至可以闻到马粪的味道。梵·高不惜油彩去涂抹那一双双臭鞋，翻开的皮面，鞋底的掌钉，松散的鞋带，让倦意弥散。与本文有关的画是其于 1886 年创作的，[①] 海德格尔在《艺术作品的本源》（1936）中这样论道：

在这鞋具里，回响着大地无声的召唤，显示着大地对成熟的谷物的宁静的馈赠，表征着大地在冬闲的荒芜田野里朦胧的冬冥。这器具浸透着对面包的稳靠性的无怨无艾的焦虑，以及那战胜了贫困的无言的喜悦……这鞋具属于大地，它在农妇的世界里得到保存。[②]

A Pair of Shoes

布画油画 37.5×45.0 cm；巴黎：1886 年下半年；阿姆斯特丹国立梵·高博物馆

海德格尔通过梵·高的画看出的是"劳动步履的艰辛"，"回响着大地无声的召唤"，而这些"使思想惊讶不已"的东西，就是海德格尔所说的物或器具的"存在"，是它的"真相"，也就是说从对物或器具的描绘中看到的是人对物的诗意的联想，从而可以追溯艺术作品的本源。从追求普遍真理的艺术哲学视角来看，作为个体的艺术对象，鞋子严格来讲并无实质的独特性，甚至可以被置换的，只要表现"同一的真理"即

---

① 有人解释，两只鞋子如同兄弟一般紧紧地靠在一起，暗示着梵·高和胞弟泰奥之间无价的情义，他们是那样的破烂，仿佛尝尽了人世旅途的艰辛与无奈，但他们却永远左右相依，前后相随，永不分离。

② （德）海德格尔. 海德格尔选集 [C]. 孙周兴选编. 北京：三联书店，1996. 254.

可。20 世纪 40 年代初，夏皮罗①在哥伦比亚大学的老师戈德斯坦恩（Kurt Goldstein）向他指出，海德格尔的《艺术作品的本源》中对梵·高的"农妇的鞋"的指称有讹。夏皮罗去阿姆斯特丹博物馆考证，确认所画的鞋不是任何农妇的，而是梵·高自己的鞋，是城里人的鞋。于是他去信问海德格尔，是不是《艺术作品的本源》中所说的是这一幅，看到的其实却是另外一幅？海德格尔很快回信说他没看错，是他 1930 年 3 月在阿姆斯特丹展览上看的那一幅，而且海德格尔早就说过"我们是否认为这幅画把现实事物描摹下来，把现实事物转置到艺术家生产的一个产品中去呢？绝对不是"。②于是，夏皮罗确认，海德格尔看到的是城里人梵·高的鞋。他还说这实际上是一个以"鞋"为题材的系列画的一幅，其他的画画的也是画家自己的鞋。它根本不能表达"一个农妇所穿的鞋子的存在或本质以及她与自然、劳动的关系。它们是艺术家的鞋，他当时是生活在城镇里的人"③。二人争论的焦点就是怎样看待画的内与外的关系问题。应当指出的是，海德格尔是承继了现象学传统的欧洲大陆哲学思想的代表人物，夏皮罗则是深受英美实证主义影响的学者，哲学家追求的普遍思辨和实证艺术史学者之间的矛盾无疑引起了德里达的兴趣。

德里达同意夏皮罗的阐释策略，无疑海德格尔的"画"与真理之间被阻隔了。毕竟按照德里达的文字学理论，因符号的时空延异性质，阻断了任何意义本源"再现"的可能性，艺术自然不会指向某种预定真理。同样，鞋子一旦与穿着它的人失去联系，便成为一位不在场主体的匿名的、空洞洞的支撑。海德格尔与夏皮罗双方的问题就在于都要把靴子归于一个所谓的"真实主体"，以沟通艺术与真理之间的关联。而在德里达看来，没有什么东西证实这些东西是农民的靴子，也没有什么东

---

① 夏皮罗（Karl Schapiro，1913—2000）美国诗人和评论家。

② （德）海德格尔. 海德格尔选集 [C]. 孙周兴选编. 北京：三联书店，1996. 257.

③ Karl Schapiro. The Still Life as a Personal Object-A Note on Heidegger and Van Gogh, in：*The Reach of Mind：Essays in Memory of Kurt Goldstein* [C]. New York：Springer Publishing Co., 1968. 352. 中译本见：迈耶·夏皮罗. 描绘个人物品的静物画：关于海德格尔和凡·高的札记. 丁宁译. 载：易英. 共享的价值：《世界美术》文选. 河北美术出版社，2004. 97.

西证明这些是艺术家的靴子。德里达发表了另一番看法。① 他说，这绝对不是一"双"鞋，而是两只左脚鞋，他们既不能 work 也不能 walk。细瞧瞧它们的内侧面，你就会发觉这两只全是左脚穿的靴子，不是同一双鞋。而且越瞧越不像是双旧靴，"就我而言，在所有意义上，我把这双鞋与行走挂钩，我不能肯定会论及到脚……这双鞋的名称叫行走……这双重场景（Double Session）围绕着舞蹈者的足尖旋转，'足尖（画出的）语法'，在旋转中传递能指……"② 德里达要这双鞋跳"芭蕾舞"，这又成了第三方的观点。夏皮罗对海德格尔的"误解"在于：海德格尔强调这是一双农妇鞋，即艺术作品描述的"物性"，一个载体。因为"真理"与"画"不是一方"代表"（表象）另一方，而只是"相似物"，而夏皮罗却要把鞋与现实联系起来。③ 夏皮罗像一切艺术史教授一样，将作品当成了作品，像指称物一样地来指称一幅画，使每一幅画又成为一个指称物（the solidity of a product）。④ 这是索绪尔在 20 世纪初就反对的符号观念，能指与所指之间是任意的，而把两者固定恐怕是艺术史教授的思维习惯。"指涉物"与"画"仍然在变动的"关系"中，在同一个"世界"中。而海德格尔的艺术本源思考也只指向单一的真理。那么，德里达的说法靠什么证实？要知道如果那两只鞋都只适用于左脚，就根本无法行走——德里达意识到一点，所以他称这里的"鞋子"亦成

① 年比利时超现实主义画家马格利特画了一幅名为《形象的叛逆》的画。画面中央是一个巨大的烟斗，而画面下方则写了一行法文："这不是一只烟斗"。画中存在一个明显的矛盾，就是画面形象陈述与文字陈述之间的否定关系。就此福柯于 1968 年写了一篇文章《这不是烟斗》，同德里达一样也是借题发挥，以艺术评论的方式，表达他基本思想的某些方面。

② Jacque Derrida. *The Truth in Painting* [C]. Trans. Geoffrey Bennington and Ian McLeod. Chicago：University Of Chicago Press，1987. 264.

③ 原文："they are clearly pictures of the artists's own shoes, not the shoes of a peasant". 见：Jacque Derrida. *The Truth in Painting* [C]. Trans. Geoffrey Bennington and Ian McLeod. Chicago：University Of Chicago Press，1987. 260. 当然我们不能就此错误地认为夏皮罗是赞同模仿论的，夏皮罗在另一处称"我们必须把统一性的这种概念与以下理论性概念区别开来，这就是：既然所有的形式都是表现，既然作品的内容就是作为模仿和表现结构的形式的意义，那么内容和形式就是同一的。"夏皮罗. 论统一性及其他审美标准. 载：M·李普曼. 当代美学. 北京：光明日报出版社，1986. 216.

④ Jacque Derrida. *The Truth in Painting* [C]. Trans. Geoffrey Bennington and Ian McLeod. Chicago：University Of Chicago Press，1987. 355.

为某种拜物教或者造物，马克思、海德格尔、弗洛伊德都会从中会得出截然相反的看法。像弗洛伊德会从两只鞋中读出两性关系乃至女权主义，似乎左鞋像女性而右鞋或许像男性[1]，"所有这些解释都是作品中溢出的多余部分，或者说，增补的部分"[2]。这双鞋的状态或描绘方式是陌生的，它令人不安，这双被弃的鞋子与任何穿着者无关，它不适于任何一双脚，它是匿名的[3]，仅仅保留着形式（form/figure）。被海德格尔搞错的梵·高的画是用一种残缺，来向我们传达一种"正缺着"的意欲完整的东西。

德里达引用印象派画家塞尚（Paul Cezanne, 1839—1906）在1905年10月23日给朋友伯纳德（Emile Bernard）的信里承诺：我应该用绘画向你说出真理，我欠你绘画中的真理，我画了画但还欠着你真理，我将向你说出它。[4] 德里达针对这句话提出的问题是：绘画中的真理可以用这种表述方式表达吗？言语或绘画能够揭示真理吗？塞尚的承诺是不是一种反讽？是不是一种不可能的承诺？与以上相对应的艺术理论就是：艺术表现事物（模仿论）？或者真理（理念论）？还是艺术真理就是艺术自身？德里达认为，塞尚在这里向我们透露的是，绘画（如同文学一样）是一个叫做"许诺"的执事行为，言事并不是其终极目标。德里达从这个诺言中归纳出多重意图：所揭示真理自身是充足性的，而被归还的或揭示出来的真理应处于无蔽状态，通过绘画可以表现出绘画领域中的真理和绘画的真实情况，然而事实上，"是什么东西使一件艺术品成其为艺术品？回答看似简单：阻抗。一件真实的艺术品是一种阻抗行为，或更确切地说：真实的艺术是对某些东西的阻抗"[5]。无法确定的

---

① Jacque Derrida. *The Truth in Painting* [C]. Trans. Geoffrey Bennington and Ian McLeod. Chicago: University Of Chicago Press, 1987. 267.

② 尚杰. 德里达 [M]. 长沙：湖南教育出版社，1999. 267—268.

③ Jacque Derrida. *The Truth in Painting* [C]. Trans. Geoffrey Bennington and Ian McLeod. Chicago: University Of Chicago Press, 1987. 265.

④ Jacque Derrida. *The Truth in Painting* [C]. Trans. Geoffrey Bennington and Ian McLeod. Chicago: University Of Chicago Press, 1987. 271.

⑤ （荷）西贝兰特·凡·库伦. 反映：德里达论凡高的带鞋带的旧靴与莱奥塔德论杜尚的大玻璃画 [J]. 世界美术，1994（2）.

归属意味着对多样记忆的唤醒，绘画将自己的意义悬搁起来，绘画在展示一种可能性的同时又自我地消解，意义处于不断的失落之中，如同符号的延异。

问题的关键在于，德里达看画强调的是，所画的鞋和真实的鞋之间的差异在语言的差异中被抹去了。也许，德里达对这幅画的解释要突显的正是这种差异的存在，只不过他是用语言和形象之间的对立来达到的。他提醒我们，画面上的鞋并不是一双鞋的实际存在，而是一个鞋的艺术符号或艺术再现（德里达在这里用了三个近义词 repesentation，expression，reproduction）[①]，如果艺术是通过符号起作用并通过模仿而产生影响，它就只能在一种文化体系中产生效果，艺术理论就会成为民俗理论。"内心"印象与"感觉"印象相对立，我们对"内心"印象的认识是基于它给符号赋予力量这一事实。美学经过了符号学阶段，甚至经过了人种学阶段。美学符号的效果只有在文化体系中才能确定。[②]

由此我们引申出一个重要的美学问题，在艺术中，被表现的对象与表现物之间并非是一个统一体。艺术的再现把实物的某些侧面呈现出来，在这种呈现中，画家必有所强调又有所省略，突显了某些现实中被我们忽视的东西。更重要的是，艺术家在其再现中传达了某种他对再现事物的看法，这是我们直接观看实在物本身所没有的。所以，再现并不是简单的摹写客观事物，而是包含了更多的东西，正是这更多的东西才使得再现有其必要性。

二、对海德格尔艺术真理观的批判

一方面，海德格尔的诗学思考使语言脱离了工具的意义，成为一个表达本真之言的本体概念，给了德里达直接启示，另一方面，海德格尔之所以强调农妇在实存体验中与大地的密切斗争，是因为要以现象学的

---

①　Jacque Derrida. *The Truth in Painting* [C]. Trans. Geoffrey Bennington and Ian McLeod. Chicago：University Of Chicago Press，1987. 287.

②　（法）德里达. 论文字学 [M]. 汪堂家译. 上海：上海译文出版社，1999. 299.

方法，将问题还原到艺术作品本身，找到艺术品的本源。其现象学方法可简单分为三步：将艺术品视为物，即 beings；通过还原，艺术作品不是一般的 beings，而是工具、器物；回到艺术作品本身，作为艺术品是真理的发生地，是世界与大地的抗争；作为本真存在，艺术是存在"真理"的自行置入。海德格尔对具体作品没兴趣，他要考虑的是所画的器具是一种硬被压到"其中"的"之外"（inside turns itself inside out）①的东西。在海德格尔看来，如果把梵·高所画的鞋子当做日常生活中的鞋，我们就永远无法发现其中存在为自身揭蔽而展示的真理，只有当我们面对这幅画的时候，我们才进入了一个不同于日常世界的另一个世界之中，才能发现艺术的真理。很显然，器具一旦被纳入艺术的框架，它的功用特征就被超越了。这样就达到了海德格尔要完成的"美学"向"艺术品的存在论"的转变。海德格尔对于传统美学的批评，其主要目的在于解构美学，转而探索艺术品的存在学意义。海德格尔在《艺术作品的本源》一文的后语中说道：

美学把艺术作品当做一个对象，而且把它当做 aisthesis 的对象，即广义上的感性知觉的对象。现在人们把这种知觉称为体验。人体验艺术的方式，被认为是能说明艺术之本质的。无论对艺术享受还是对艺术创作来说，体验都是决定性的源泉，一切皆体验。但也许体验却是艺术终结于其中的因素。这种终结发生得如此缓慢，以至于它需要经历数个世纪之久。②

海德格尔把这种诗意称做"器具的器具存在"，是对器具中的大地之根源的"去蔽"和"保持原样"。通俗地理解，就是要想保持所谓"保持原样"或"保存"，就要按现象学立场抛去主体主观的误解、陋习性的成见，对物（客体）或"对象"采取"客观"态度，才能让"真理"接近我们。

海德格尔认为传统美学仍然停滞于存在物（ontic，属于个别存在

---

① Jacque Derrida. *The Truth in Painting* [C]. Trans. Geoffrey Bennington and Ian McLeod. Chicago：University Of Chicago Press，1987. 297.

② （德）海德格尔. 海德格尔选集 [C]. 孙周兴选编. 北京：三联书店，1996. 300.

之领域）层次，以至于无法上达存在学（ontological）层次。美学把某一艺术品视为一种感性的对象，也就是一种感性所面对的存在者，但却不把它当成彰显存在的媒介。过去认为，一个能引起美感的事物，如一幅画或一朵花，都只是一个能透过我的感性经验引起我的愉悦之情的对象罢了，美学只满足于美感的愉悦，因而遮蔽了真理的彰显。对于海德格尔而言，真理却是更为原初的，至于美，只是某一种显现而已：

> 真理是存在者之为存在者的无蔽状态。真理是存在之真理。美与真理并非比肩而立的。当真理自行设置入作品，它便显现出来。这种显现——作为在作品中的真理的这一存在并且作为作品——就是美。因此，美属于真理的自行发生。美不仅仅与趣味相关，不只是趣味的对象。美依据于形式，而这无非是因为，形式一度从作为存在者之存在状态的存在那里获得了照亮。①

海德格尔的创新点在哪里？海德格尔以艺术为主体对自身真理的参照，这样一来艺术的本质便是存在者的真理本身置入作品，是要批判传统美学假定的主体性——"表现"与"再现"的真理仅仅是作为"主体性问题"而存在的。艺术作品的本质不应当从存在者的角度去把握，而应当从存在者的存在去把握（speak in painting；truth spoken itself②）。海德格尔却试图超越主体与客体的隔离，使真理溢出逻辑领域而为美的领域所共享。主体主义（Subjectism）成了现代性的主要特征，此特征在于世界作为存在者整体被主体表现为一种图像，亦即被摆置到主体之前，成为支配的对象。康德曾指出，在美感判断中存在着某些共感，正如一朵玫瑰花，你觉得美，我亦会觉得美，这就显示在美感经验中有某种可沟通性（Communicability）。不过，美感的可沟通性仍然是依据美感主体的特性来决定的，终难逃脱主体哲学的设定。因此海德格尔断言任何形式的人文主义都是形而上学的：无论这些形式的人文主义在目的与原则，实现方式与手段，以及理论形式上有何不同，他们必然一致于

---

① （德）海德格尔. 海德格尔选集 [C]. 孙周兴选编. 北京：三联书店，1996. 302.

② Jacque Derrida. *The Truth in Painting* [C]. Trans. Geoffrey Bennington and Ian McLeod. Chicago：University Of Chicago Press，1987. 282.

这一点：对合于人性的规定是来自对自然、历史、世界的根据，亦即存在者整体的既有诠释。[①]

海德格尔认为，艺术本来就是和诗同一个层次上的东西。一件真正的艺术品如同一首美妙的诗，艺术本质上就是诗。存在在诗中"捐赠"，真理在艺术作品中敞亮。这种"捐赠"，这种"敞亮"，就是"美"，如此这般形成的光亮，把它的闪耀嵌入作品之中。这种被嵌之作品之中的闪耀就是美，美是作为无蔽的真理的一种现身方式。[②] 或者说，艺术本质就是"存在者的真理自行置入作品"。对诗的阐释，海德格尔提到了语言，这对德里达影响很大，但是他自己却没有走得太远。诗人是说话的动物，人的一切活动不外是符号化的活动。其中，"诗人的活动最纯洁、真实。诗如梦，它纯然沉浸于想象之域而非圈于现存的现实，它无涉利害，超乎功利，唤出了一个与可见的喧嚣现实全然对立的非现实的梦境世界。在这里，人完全摆脱外物和他人的羁绊，完全自由，达到了直接聆听神祇心声的人神对话的境界"。在这里，"诗"使死去的语言复活，使凝固的观念燃烧，使每一个词语都成为充满神秘力量的象征，"诗从来不是把语言当做一种现成的材料来接受，相反，诗本身才使语言成为可能"[③]。由此，"诗通过词语的含意神思存在"，或者说，存在通过"诗"走进了语言。

这点就如同海德格尔在《论存在问题》一文中使用的 Sein（存在）/Desein（存在者），由此，海德格尔还是要表达他的哲学意图：存在虽然难以表达，但总得设法予以述说；一旦有所述说，已说者便已不相称于存在，因而必须予以涂抹，免得落入形迹。为此，当德里达在评述这一观点时指出，此一涂抹的叉号代表了一个时代的终结性文字，在此涂抹之下，一方面既可以解读出一个超越的能指的临在；另一方面又涂抹了该项的临在。德里达在此基础上超越海德格尔，艺术不再只是海

① （德）海德格尔. 海德格尔选集 [C]. 孙周兴选编. 北京. 三联书店，1996. 201.
② （德）海德格尔. 林中路 [M]. 孙周兴译. 上海：上海译文出版社，2008. 37.
③ （德）海德格尔. 海德格尔选集 [C]. 孙周兴选编. 北京：三联书店，1996. 319.

德格尔所言的作为一切"存在者"的"存在"的守护者，而且更是无止境地"指涉"和"能指"活动的一场自由游戏。实质上，解构活动与艺术把能指的自由游戏引向广阔的可能性领域之间有着异曲同工之妙。所有绘画中的真理（要是有的话），都是通过我们的语言赋予对象的，它并不是绘画对象中的事物特性本身所具有的，用德里达的话说"是由其补充的权力所补充的"，因而所谓真实之真理或真理之真理就不是绘画对象中的事物的确定性的特征，它已不再是原来的东西，而是一种已经出现过的东西的再出现，从而也就不可能存在可确定性的所指，如夏皮罗的现实生活中的"鞋"或海德格尔的真理，因此，我们根本无法确定艺术作品的真理在哪里。德里达称，艺术作品中的所谓意义和真理与任何传统美学的话语框架都不一致，它们并没有对绘画作品的意义作出任何规定。在如此的解构之下，海德格尔与德里达强调的既是临在又是自毁，既是文字又是删除的张力。① 我们只能像对待符号一样来对物：物总是处在一个句子里，从历时来看是并存的（paradigmatic），从共时来看字与字之间总是黏连的（syntagmatic）。艺术亦复如此，一旦创作完成或表演完毕，便立即解构，如同阿尔托的残酷戏剧。

　　我们在海德格尔身上似乎又看到了德国古典美学的影子。在主体和客体、人和对象的相对关系中看待艺术作品的本质：艺术品所"反映"的无非是那个作为对象被观看的"存在"的"真相"——"美是理念的感性显现"——只不过这个对象被说成是并不和主体真正对立、而是主客体未分化之前的共同根源而已。在《绘画中的真理》中，德里达把文本结构故意搞成了穿鞋带（entracement）的样子，每段长长短短，排列得错落有致，没有结束标点。因为他在文中说海德格尔的作品与器具之间、大地与梵·高的脚、他的鞋与他的画之间都是"穿鞋带"的关系。他认为，我们对作品的说，我们将自己摆放到作品之前，也必须是

① 如同罗兰·巴特说物总是先已被语义化（semantisation），物之外早已包裹着音、字和象，构成我们所说的意识形态；与海德格尔相反，他认为不可能到达物的根源处，我们只能用一种新的意识形态来代替旧有的意识形态，就是你力图摆脱先结构（prior structure），而这本身也是意识形态的。

这种"穿鞋带"。① 他认为海德格尔在《艺术作品的本源》中说的仍是塞尚的这个许诺：这个"许诺"就是要用绘画去打开一个深渊（abyss）：画家的撕裂（Riss）不光打开了一个深渊，画是被抛向深渊上的桥②。夏皮罗没有看到梵·高这两只左脚鞋之间的不般配，因而看不到鞋带的半解半系，城里和乡下，男和女之间的性的对立中所开启的那种隐含了作为艺术作品本源的关于真理深渊的张力，实际上并未告诉我们确定性的真理，而是设置了一种关于真理问题的陷阱。③ 显然，当海德格尔为了把自己和人本主义及与此相连的"存在主义"、"浪漫主义"区别开来，而从现象学的立场上把艺术家和主体都放到"括号"里去。海德格尔没有从艺术本身的真相来解答"什么是艺术"的问题，因为他一开始就把艺术问题形而上学化、认识论化了，人的感性的活动、实践、生产和器具的制造在他的美学中只具有次要的、往往还是否定性的意义，也就无法解决"艺术的真理"问题。

三、"框架"逻辑与康德美学

我们还是回到在《绘画中的真理》中德里达的主要兴趣所在：即艺术论述的性质——如何使文字与艺术品产生联系？美学如何能在哲学中

---

① Jacque Derrida. *The Truth in Painting* [C]. Trans. Geoffrey Bennington and Ian McLeod. Chicago：University Of Chicago Press，1987. 57.

② Jacque Derrida. *The Truth in Painting* [C]. Trans. Geoffrey Bennington and Ian McLeod. Chicago：University Of Chicago Press，1987. 36，129. 海德格尔也有类似论述：Riss "是争执者相互归属的亲密性。这种裂隙把对抗者一道撕扯到它们的出自统一基础的统一体的渊源之中。争执之裂隙乃是这个图样，是描绘存在者之澄明的涌现的基本特征的剖面图。这种裂隙并不是让对抗者相互破裂开来，它倒是把尺度和界限的对抗带入共同的轮廓之中"。（海德格尔. 海德格尔选集. 孙周兴选编. 北京：三联书店，1996. 284.）艺术家创作作品，既是将存在者带入敞开或开启中，又是将裂隙用自然质料固定起来，意味着真理得以闪现的敞开领域被固定在某种形态中。

③ Jacque Derrida. *The Truth in Painting* [C]. Trans. Geoffrey Bennington and Ian McLeod. Chicago：University Of Chicago Press，1987. 377. 原文为"In truth they would say，but doubling truth also"。

占有一席重要的地位？现在，除了海德格尔之外，为了更好地揭示"绘画中的真理"，通过理解梵·高《鞋》进而发挥自己的艺术观，德里达必须提到康德的美学理论。德里达围绕《判断力批判》中《美的分析》部分第十四节"通过引例来说明"中谈到的观点展开了讨论。

康德的《判断力批判》（1790）提出了关于美学的问题。康德的这本书探讨艺术是什么，涉及如何体验、如何判断和如何评价等重要问题。康德认为，审美的能力或判断既不是一个认知的判断（先天综合判断），也不是一个形而上学的纯粹理性判断，而是属于独特的第三种判断：它只与愉悦问题有关，不涉及《纯粹理性批判》的内容。这样，美的过程便是剥离过程，它不是一个概念，与认识的内容及其利害无关，它把这一切统统悬搁起来。或者说，为了取得愉悦，就要交出自己的认知功能，艺术欣赏过程与认识过程一点关系也没有。反之，从认识论角度，情趣也不能对认识有任何帮助，与认识表象相联系的一切都是"客观"的，谈不上是否愉悦。审美判断通常也是无利害的，或者，对利害关系不感兴趣，利害总与对象的存在关联，属于哲学或认识论管辖。审美愉悦与对象的存在不发生关系，在没有真实对象存在的条件下，仍可以发生欢愉的情趣。总之，没有事物或对象的存在，没有纯粹的主体或客体，没有利害攸关的对象。

然而，被认为是迥异于认知判断的审美判断，却沿用认知判断中现成的范畴框架来界定自身，正是说明了后者自身内部先已有缺陷存在，故而亟须借哲学的现成体系来说明审美判断的艺术性质，这是一个我们似乎早已料到的德里达的结论。因为唯有从认知的角度来考查审美判断，明知它无涉概念、目的，却又要以概念来界说，德里达抓住了康德的要害——本来是为了给纯粹的审美判断划分界限，以便和其他判断区分，结果勉为其难。不仅如此，在德里达看来，康德还以更多的二元对立关系为基础，开始他的分析，而这对关系需要引进更多的对立关系：可感知的与超感知的（sensible/supersensible）、对象与主体、自然与心智等等。对康德来说，问题在于如何连接或解决这些对立关系，而美学判断似乎可以克服这些问题："最重要的传统问题（什么是艺术？什么是美？什么是表现？什么是艺术的起源等等）其实就是框架的主题，既在本体（ergon）之内，又在真理之外，既不在内也不在外……保留着危险的状态。"① 德里达揭示了康德如何利用他对美学的观念来隐藏克服这些问题的不可能性。比如说"内与外"，康德的"美学对象"必须具有内在（intrinsic）美、价值和意义，还必须和所有外在的（extrinsic）条件有所区分，譬如它的金钱价值、生产条件或创作环境等等。康德自己也曾指出，一个孤独的人在一个荒岛上不会有任何装饰和艺术的兴趣，② 只有在社会中他才会为了把他的情感传达给别人而需要艺术；艺术决不是离开人与人的关系的某种"真理"的"生成"或"置入"作品。

因此，对象必须具备可以划分内在和外在的界线的能力，即"框架"。康德必须坚守着框架，保证它所包含的内在性，同时制造一个外在。同样，外在也必须被"框"住，依此类推，这是一种框架逻辑。康德曾解释审美判断何以并不涉及对象具体属性所激发的那种纯粹的经验快感，故而视觉艺术中，至为关键的乃是形式的美。其他特性，诸如色彩等等之所以显得重要，非为自身缘故，而是因为它们使得形式更精细一些，从而将鉴赏者的注意力引向对象本身。德里达接着转引了康德的这一段话：

就是人们所称做装饰的东西，那就是说，它非内在地属于对象的全体表象作为其组成要素，而只是外在地作为增添物以增加欣赏的快感，

---

① Jacque Derrida. *The Truth in Painting* [C]. Trans. Geoffrey Bennington and Ian McLeod. Chicago：University Of Chicago Press，1987. 9. "框架"（parergon），希腊语，愿意指偶发性或附带性的。这个问题弗里什也谈过，他曾回忆起，有一次他提前去排演他的剧本。幕拉开了，台上一个工人边打着背景的零件，边同另一个看不见的人对骂。又过了片刻，女演员穿过舞台，她打起呵欠、啃着苹果，跟工人打了招呼，就走进后台去了。这一件无关紧要的事给作家很深的印象。他得出结论："一切工作都有框框、限制、区别。如果把空画框挂在墙上，那么由它框起来的一块花纸看起来就会像图画一样……正因为如此，图画包含在画框内。画框（如果有的话）使图画从自然中划分出来；画框是进入完全是另外一个地方的入口，进入精神领域的入口……这样，就创造了一个新的世界——'精神的世界'，艺术的世界。"（苏）扎通斯基等. 论现代派文学. 杨宗建等译. 湖南人民出版社，1986. 58.

② （德）康德. 判断力批判 [M]. 宗白华译. 北京：商务印书馆，1964. 141.

它之增加快感仍只是凭借其形式：像画幅的框子，或雕像上的衣饰，或华屋的柱廊。假使装饰本身不是建立在美的形式中，而是像金边框子，拿它的刺激来把画幅推荐使人们去赞赏：这时它就叫做"虚饰"而破坏了真正的美。①

　　所谓"框架"，按常理是指对"本体"（ergon）的一种补充，是本体之外的某种可有可无的东西。作为附属物的框架只是为了强化艺术本身的欣赏愉悦，所以同文字一样，德里达说，成为历代哲学家公开排斥的对象。但"框架"难道纯粹是事出偶然吗？难道它不是从外部伸入内部，与"本体"之内在的动作一脉相通吗？框架存在说明审美判断先天缺陷存在，故必须借助哲学来补充其缺乏概念的艺术性质，或者说审美认知必须借助先验理性分析来弥补自身认识表达的不足。

　　康德声称"外在条件是偶然性的，内在本质超越这些个别状况"，德里达认为："这项不变的要求使所有关于艺术、艺术的意义及意义本身的哲学论述皆有一定的脉络可寻，上溯柏拉图，下至黑格尔、胡塞尔和海德格尔。他以'框架'的论述形式为前提。"② 框架在康德的分析中，指所有附属于艺术作品之上，又不属于它内在形式或意义的东西。框架虽然包围了作品，把作品"括号"起来，却也同时"与外界相通"（communicates with the outside），它使外界的注意力集中在作品上。新的、独特的、理想的世界，不外是现实的一部分，自然，这一部分因为划分出来而发生了变化。作者、艺术家作为"画框"的创造者并不重新创造世界，只是按新的方式来观察它。框架具有不确定性，到底它是属于艺术品的超越性价值，还是外在的偶发性事件呢？③ 框架与框的东西无关，或者，在作品之外的评注，但不涉及内容，就像康德的审美判断与纯粹理性无关一样。"框架"与外表或表象无关，我们不妨把这种

---

　　① （德）康德. 判断力批判［M］. 宗白华译. 北京：商务印书馆，1964. 64.

　　② Jacque Derrida. *The Truth in Painting*［C］. Trans. Geoffrey Bennington and Ian McLeod. Chicago：University Of Chicago Press，1987. 43.

　　③ Jacque Derrida. *The Truth in Painting*［C］. Trans. Geoffrey Bennington and Ian McLeod. Chicago：University Of Chicago Press，1987. 54.

框架与康德的审美情趣、德里达的补充逻辑联合起来考虑，实际上框架的逻辑也就是补充的逻辑。在本质与补充这对概念里，补充似乎是一个本质的附加物，补救一个它被附加于其上的东西的关键的不完整性。然而补充又是本质的实现方式，毕竟本质不完整需要补充。既然本质需要补充，那么也就破坏了二元对立试图强加于本质与补充的区分和从属地位。同样，框架可以增强审美愉悦，这种愉悦只可根据其形式，与其内容无涉，"美的形式"才是审美判断。然而框架与内外皆相通，它使作品结合在一起，然而它也是作品分裂的临界点。作品的完成和毁灭都在于它。尽管康德尽了一切努力，美学对象仍然没有确定的界线，告诉我们从何开始或者结束，以及我们的注意力必须停在何处。如果我们无法确定美学对象的界线，则"美学经验"、"美学判断"之类的范畴都无法得到保证。这是一个关于传统艺术史和哲学的基本问题，康德启蒙哲学中的二元对立关系并不能藉由诉诸艺术得以连接或解决。回过头来，德里达也批判夏皮罗只顾画里不顾画外，光看见鞋，没看见画，或光看见画，而没看见画框的里和外。

这样说到底，乃是框架的动作，给了我们一个具有某种内容或者结构的对象，之所以有可能确认哪些判断恰如其分地属于审美判断，之所以有可能区分开内部与外部、内容与形式等等，悉尽在于某个范畴框架。这个框架一方面如康德所示，是一种外在的"框架"，一种无关宏旨的后来的添加物，一方面恰恰又因为这附着性和边缘性、它担当着举足轻重的标定范畴的功能。如德里达所言，如果说美的分析的程序及尺度，皆有赖于框架的这一附着性和边缘性，那么，所有诸如内容和形式之类辖制着艺术哲学的二元对立，皆同样有赖于框架而得以立足，那么显而易见，它们必然将受制于这一较之理性分析的逻辑更为有力的框架的逻辑。据德里达观之，框架有关艺术、意义等等的每一种哲学话语，从柏拉图到黑格尔，从胡塞尔到海德格尔，概莫能外。究其实质，这是假定在艺术作品内部和外部的边界之上，有一种话语，即有关框架的话语。

上述关于框架的逻辑施加影响的结果，据德里达观之，是有关审美艺术活动的传统二元对立，无止境地发生错位。康德的美学理论，本来就是把审美活动界定在理性和非理性之间，以它作为从必然走向自由的桥梁。当康德说明这愉悦的审美性质时，德里达说，人们还是看到了一种类似理解和认知过程的演绎因式，是故有想象和知解力这两种心理因素的神秘协调，来作为审美发生的根源，而这一说明，恰又描述了审美活动中概念的匮乏。

框架作为框架也好，作为本体自身也好，其本身如同文学一样，只是一种建制，但这建制或者本质不复是一种形而上的建制，因为它既不界定框架的超验性质，也不界定它的偶然性质。框架因此毋宁被理解为一种行为或过程，一种通过设定范围来限定对象的阐释需要，"然而它是内部和外部的一种交合，这交合不是一半对一半的拼合，而是一种可被视为内部的外部"①。因此就康德而言，即是将审美判断固定在美学框架之中，而美学框架则被固定在判断理论的框架里。但问题的实质在于，固然是框架行为造就了审美对象，以至于任何一件艺术作品、皆可被认为是种被恰如其分框定的东西，如置于展厅，挂进画廊，收入诗集等等，但这是否就意味着框架本身为一自足的实体，其特质可被抽绎出来加以分析，以至衍生出某种类似文学框架、绘画框架之类的理论呢？德里达对此的答复是断然否定的，有框架，但框架并不存在。

正是德里达最省力地批判了康德对于语言的忽略，而且他还以实际行动证明了，假如致力于发展一种语言美学，一个具有康德式追求的人必大有收获。通过自己的语言哲学，德里达试图颠覆现代主体性的种种权利并恢复一种现代主义所重视的传统——以创造性的方式进入文本，以便认识语言（特别是文字文本）如何激起人的体验。

四、传统艺术真理观的消解

那么还有绘画的真理乃至艺术的真理吗？1990 年德里达为巴黎卢

---

① 陆扬. 德里达的幽灵 [M]. 武汉：武汉大学出版社，2008. 167.

浮宫美术馆导览一项画展《盲人的记忆》（*Memoires d'Aveugles*）。他把这一项目看做具有框架的性质，像是包围在他文字四周的可被穿越的边界，用意则是使人们注意那些通常被视为"外在"的事物，进而建立起横跨内与外、本质与非本质的通道。他编制的导览手册文本包括很多成分，从传统艺术观的角度来看，它也许与艺术的"本质"无关。它包括了德里达对罗浮宫要求他导览这些画展的一些想法；他对西方神话及宗教故事独眼巨人波利斐摩斯（Polyphemus）、参孙（Samson）、圣·保罗（St. Paul）等的研究心得；一些关于使眼色（Winking）、眨眼睛（Blinking）及睡觉状态的联想。它也讨论 Blindness 作为一种譬喻的象征，或是一种医学上的状态。此外，德里达也曾患一种病毒感染的面部麻痹，使他无法闭上左眼达两周，文中也提到此次治疗的过程。还有许多其他的叙述，包括他对弟弟绘图技巧的妒忌。这些论述与这项画展有关吗？它们应该放在画展"之内"或"之外"？

德里达认为，内与外的对立关系主宰着有关艺术的文字。他否认了这样的假设：文字是有关艺术内的东西，因为它们与艺术的本质息息相关。实际上，文字本身在艺术之外。在德里达看来，绘画艺术作品正像语言一样，或者说绘画本身就是一种语言，绘画艺术作品的真理和意义是不存在的，所谓的真理和意义无非是一种语言游戏，一种语言解释的差异效果，一种没有确定性的漂浮的能指和印迹，所谓艺术中的真理，并不是在作为理解对象的绘画作品中找到的，

Joseph Benoit Suvee 的 *Butades, or the Origin of Drawing*（1791）

也不在作品的创作者身上找到，它是我们的解释的一种投射，是一种语言的效果，它不具有任何原初的东西。传统艺术观认为，艺术家观察了世界，并创作了作品，似乎具有把握整个艺术过程的能力。然而艺术真

的能够把握吗？画展的首幅画作是 Joseph Benoit Suvee 的 Butades，or the Origin of Drawing（1791）。内容是描写古希腊时代，科林斯城一个年轻女子 Butades 将与爱人分离前，在墙上描绘他的身影。德里达认为，"这幅画来自一样传统，以为绘画源于记忆而非感官知觉（perception）。根据画中景象所述，平面艺术的起源与作品描绘对象的非现存或不可见状态（invisibility）息息相关……这暗示着一种盲目的存在"，也就是说，绘画起源于双重盲目状态。①

　　德里达首先认为艺术家对其对象是"盲目"的。Butades 在描绘爱人形象的时候，Butades 看不见她的爱人，她对他是"盲目"的。所有的绘画都是如此，即使画家面对模特或绘画对象作画，在描绘图形的当下，他无法看到他的对象，必然会有空隙或延误的产生，而图形的完成必须依赖记忆，而在召唤记忆的同时，艺术家忽略现存当下的对象：艺术家对其对象是"盲目"的。其次，绘画的过程是盲目的。绘画跟语言一样不能忽略痕迹的游戏作用——在场与不在场的游戏作用，看不见的游戏作用，这样一来，绘画起源于一种双重盲目的状态，兼具在场与不在场（这正是 Butades 的难题所在）。盲目状态也存在于看事物及使事物可见的审美能力中，它是审美能力的"盲点"——审美能力无法察觉盲目状态：

　　就像那些画家的再现一样，笛卡儿强调指出，他们的想象是那么"荒诞离奇"，以至于创造出一些新的我们见所未见的事物。但至少绘画中有一种元素是不可能被幻觉分解也非画家能捏造的，那就是颜色……一种无法化约既简单又真切的元素即颜色，……这个元素既非感官的也

---

　　① Jacque Derrida. *The Truth in Painting* ［C］. Trans. Geoffrey Bennington and Ian McLeod. Chicago：University Of Chicago Press，1987. 162. 德里达早在《论文字学》中也说过作家创作的盲目："作者以某种语言和某种逻辑写作，他的话语本质上无法完全支配这种逻辑的体系、规律和生命。他在使用它们时只是在某种程度上勉强受这种体系的支配。阅读始终必须关注在作者使用的话言模式中他能够支配的东西与他不能支配的东西之间的关系（作者尚不了解这种关系）。这种关系不是明暗强弱的量的分配，而是批判性阅读应该创造的指标结构。"（法）德里达. 论文字学 ［M］. 汪堂家译. 上海：上海译文出版社，1999. 229.

非想象的：它是知性的。①

因此，在德里达看来，艺术作品的真理问题不是一个确定性的问题，而是一个不可确定性的问题。在德里达看来，艺术作品中并不存在确定性的东西，说艺术作品中具有确定性的、同一性的、本质上不变的意义或真理，只不过是一种形而上学的假设，是一种理论虚构，我们可以援引德里达最早对结构主义批判所说的话，假想的中心并不存在，中心也不能以在场者的形式去被思考，中心并无自然的场所，中心并非一个固定的地点，而是一种功能、一种非场所，而且在这个非场所中符号替换无止境地游戏着。所谓的真理承诺充满了非确定性的断裂，而不具有某种唯一的、确定的、本质的东西，人们不可能像传统美学和艺术哲学那样通过模仿的对象、艺术作品的形式结构、艺术家的意图、某种本质的概念框架去确定艺术作品中的真理。

所谓绘画中的真理便成了一种可以无穷增补的东西，一种永远寄生性的东西，一种永远无限延异的印迹，因而永远不可能有其开端和终点。因此"绘画中没有真理的梦想，也就没有债务以及冒着不再向任何人诉说真理的危险，却仍然没有放弃绘画"②。艺术作品文本不是单纯的形式结构，也不是读者依靠正确的方法就能得到的语词的连续体，"文本既不是封闭于自身内的，也不是与其标题开始、结尾和作者的标示相联系的东西"，它既不是语词，也不是概念，而是在符号中弥漫着延异的语言功能，这种延异功能使绘画这一文本类型总是向意义的多样性开放。文本与绘画都是一个自我指涉系统而不是超验能指系统。其次，意义并不是视域融合中的某种认可，而是一种矛盾运动的无限延异，它既是一种差异，也是一种延迟，而不是某种一致性。意义的过程是一种游戏的差异，这意味着无论是说话的秩序还是文字的话语，符号的功能都只有在与另外的符号相互参照中才有可能实现。这样一来，美

---

① （法）德里达. 书写与差异 [C]. 张宁译. 北京：三联书店，2001. 505.

② Jacque Derrida. *The Truth in Painting* [C]. Trans. Geoffrey Bennington and Ian McLeod. Chicago：University Of Chicago Press，1987. 9.

也恰恰成了自由与解脱的过程：自由意味着对于（通过人不自觉地达到）俗世采取距离，且能在距离中任凭世界之本质自行显现，因为在自己自由的同时，亦能使其他事物在不受自我志趣控制的情况下，展现其本质，这恰恰是康德所谓的"超然"，其实亦为一种采取距离的结果，借此欣赏者能纯化自己的意向，以至于能在"纯粹观赏"之时，让某一对象显示其自身的形式。解构理论不指望建立一种新的艺术批评理论，而是向人们提供一种新的鉴赏策略，一种开放性的阐释空间。

罗森茨维格曾指出，唯心主义者把艺术视为自主的、与生活无关的东西，这主要也是因为他们忽略了语言："（唯心主义）哲学曾起源于对语言的极度信任……一旦这种信任丧失了……它便设法寻找一种代用品……于是，当它拒绝语言的时候，唯心主义哲学便开始把艺术神圣化了。"① 既然文字只是符号，所指涉之物并不必然真实存在，句子中组成元素可以依非文法逻辑的方式作联想轴的垂直替换，例如太阳的图像取代文字，那么，图像也只是符号，画作中的任何构成部分，例如物体的材质、形体，也可以如同句子元素一样，彼此相互交换，实物与符号的指涉呈现断裂的状态。德里达所指出的不仅是美感经验受制于符号的延异，他思索的最根本的问题还是人类的认知、表达与沟通的语言系统的障碍，或是符号系统的内在断裂。

五、解构的审美自由特征

在康德之前，主观趣味的观念，即情感本身以及感性所包括的偶然性、个别性、任意性等等，与具有普遍性、必然性的趣味观念之间存在深刻的二律背反。分裂于二者之间的鉴赏力以自身限制告终，或局限于乐趣，或局限于判断。在这些情况下，鉴赏力再没有任何意义。康德美学的价值，在于第三批判的伟大发现构成了一种新的鉴赏理论。对于康

---

① （美）沃特斯. 美学权威主义批判：保尔·德曼、瓦尔特·本雅明、萨义德新论 [M]. 北京：北京大学出版社，2000. 187.

德来说，鉴赏不仅仅是一种情感判断，也是一种判断的情感，换言之，即普遍的必然的情感。

康德对德里达的贡献在于：第一，发现了审美判断与认知判断之间的矛盾，作为审美判断的艺术想象力是自发的、自由的却又似乎带有自律性，然而只有理性才能提供规律的解释。然而，如果艺术想象按照概念去运作，这一判断就不再是审美的判断。康德是要在审美判断中艺术想象和理性判断，结合无目的和合目的性。第二个贡献是他关于伦理感的观点，把审美判断当成理性认识（纯粹理性）和道德实践（实践理性）的最高统一。康德的体系迫使他指出："审美判断力的这种反省，升高自己达到对于理性的适合性（却没有一个关于理性的规定的概念），表象着那对象自身由于想象力在它的对于理性（作为诸观念的机能）的最大限度的扩张中的客观的不适合性——却作了主观的——合目的性。"①由此可以确定，一种先验的既非来自纯实践理性、也非来自纯粹理性，而是来自对人的欢乐和痛苦的判断能力的一种认识关系，人们可以看到判断力批判的合目的性的观点。在《判断力批判》中，康德认为人正是在执著于自由，追求幸福，所以人才有了社会、目的和意义，人同时由于生存目的又凭借理性去规定自己的目的，这条支配着自由精神领域的道路，在康德那里日臻成熟以至于全面和谐，这一和谐将构成康德美学的主导性的命题：在自然和精神世界之间，"想象和知性"之间，情感和意志之间，合目的性总是规定出一种珍贵的有效的并且是可靠的媒介。合目的性的观点是整个反思判断理论的基础，是理解康德美学的要点。对于康德来说，审美情感存在于知性和想象的和谐之中，而全凭后者自由的游戏。然而在德里达看来，自由的审美判断一旦为目的的框架所束缚，就不是真正的自由，尽管如此，我们仍可在康德的"美是无目的的合目的性"与德里达的符号嬉戏之间可以找到审美的契合，语言游戏、生命游戏都是一种无目的的合目的性，能指受时空延异的限制不再指向所指，符号活动也就没有了它的真理目的，它就是活动本

---

① （德）康德. 判断力批判［M］. 宗白华译. 北京：商务印书馆，1964. 111.

身，因而它又是一种合目的性。

康德的美学理论本来就是把审美活动界定在理性和非理性之间，故而它能成为从必然走向自由的桥梁。审美情感存在于知性和想象的和谐之中，认为"美"是一种既不用概念又"采用概念"的具体存在，美的这种特性使美具有比一般逻辑概念更优越得多的自由，也使美因此而更接近人的本质。但康德忽略了语言在人类行为中的绝对关键的作用。语言的关键意义就在于，就艺术对事物的整合而言，它能够把不同的事物连接起来并保持其不同的特点。它把许多作用于不同方向的力量联结到一起并同时维护其各自力量的存在。然而，艺术作品中的语言既是向心的又是离心的：

语言并非沟通主体与客体的桥梁。所谓作为桥梁的语言，是人们的虚构，是人们出于自身的愿望并采用一种语言学的工程学而虚构出来的东西。但是，从人类和语言自身的悠久历史来看，人的这种工程学工作并无多么大的功效。语言具有自身的生命……如诺瓦利斯所说："没有人意识到语言的特殊性；它只指涉它本身。"①

德里达的解构充分重视语言与人类的关系，从而为我们提供了一种超越了唯心主义的独特思想方式。德里达不仅继承超越了康德的哲学思想，而且他的思想能够帮助我们理解人类行为构成体验的结构方式。语言产生于人的大脑，但是，它又是一个外在于人类的存在物，作为人类所渴望的一种绝妙的外在储存信息的方式，德里达没有系统地阐述过美学，但是我们可以通过解构的效应发现其中的美学特征。德里达批判了康德对于语言的忽略。所有艺术中的真理（要是有的话），都是通过我们的语言赋予对象的，它并不是绘画对象中的事物特性本身所具有的。德里达称，艺术作品中的所谓意义和真理与任何传统美学的话语框架都不一致，它们并没有对绘画作品的意义作出任何规定。在如此的解构之下，海德格尔与德里达强调的既是临在又是自毁，既是文字又是删除的

———————————

① （美）沃特斯. 美学权威主义批判：保尔·德曼、瓦尔特·本雅明、萨义德新论 [M]. 北京：北京大学出版社，2000. 192.

张力。所谓艺术中的真理，并不是在作为理解对象的绘画作品中找到的，也不是在作品的创作者身上找到的，它是我们的解释的一种投射，是一种语言的效果。正是上文所引康德所称的审美判断力没有一个关于理性的规定的概念，作为一种"非概念"，"美"本身具有更多的自由性。

　　解构的自由性又来自于索绪尔强调的语言任意性。"语言"不是一种"指谓"的"工具"，其意义不只限于"所指"，而"能指"本身成为人为的、自成体系的结构系统。"能指"与"所指"之间的关系是人为的、任意的、约定俗成的，而不是模拟的、派生的，从而是独立的结构。"语言"的独立性，引出了"文字"的依附性，因为在索绪尔看来，"文字"无非是"语言"的外在表现和记录。索绪尔这种贬低"文字"的看法，受到德里达的批评，他指出，索绪尔弱化能指的外在性的用意就是要在纯粹语言符号的系统和系统中的各种关系实践中排除一切非心理的东西。但是，如前所述，各种传统符号论都借助于表面缺席的心理因素掩盖同样缺席的思想观念及其价值内容对于符号的宰制关系。在文字的痕迹结构中探索差异化创作过程的时候，德里达同时也受到启发，看到了走出文字范围的可能性，找出文字差异化同非文字的物体存在间隔化和差异化的相互关系，侧重强调"写"和"文字"的独立性和重要性，而把索绪尔的论述重点"言语"移向"语言"。"语言"的独立性引出了作品的独立性。同样，作品不是"模仿"、"复制"、"描写"逻格斯，独立性表现在它也是一种语言自为的状态。

　　第三，最主要的是来自于尼采的自由美学。首先，尼采重新发现狄奥尼索斯的感性力量，追求美的自由与生活的统一。也就是说，是尼采发现，古希腊以来，"理性"压制和改造了语言的修辞机制，抑制了审

---

　　①　德里达强调绘画艺术作品正像语言一样，或者说绘画本身就是一种语言。我们不能据此以为，绘画艺术作品的真理和意义无非是一种语言的游戏，一种语言解释的差异效果，一种没有确定性的漂浮的能指和印迹。理解德里达的关键在于了解框架被理解为一种行为或过程，一种通过设定过界来限定对象的阐释需要的认知特征。

美感性传统。在《悲剧的诞生》中他主张"艺术代表人生最高的任务和真正具有形而上学意味的活动"，存在只能够被合理地证明为一种艺术现象，从他的早期作品《悲剧的诞生》到他最晚出版的文本之一《偶像的黄昏》，尼采把明显属于古希腊前苏格拉底时代非常重要的狄奥尼索斯文化，与明显属于苏格拉底的理性以及与较为理性的阿波罗神相联系的早期古希腊悲剧相对照。尼采在《悲剧的诞生》①里系统考查了古希腊艺术发展和衰落的过程，他认为，"苏格拉底所提倡的对于知识的推崇，埋葬了古希腊生气勃勃的艺术创造。尼采指出苏格拉底是理论乐观主义者的原型，他相信万物的本性皆可穷究"，认为知识是认识一切的力量，深入事物的根本，辨别真知灼见与假象错误。从苏格拉底开始，概念、判断和推理的逻辑程序，就被尊崇为位于其他一切能力之上的最高级活动。在尼采看来，"苏格拉底所体现的那种贪得无厌的乐观主义求知欲，不但使近代科学疯狂地失去理性地奔向他自身的极限，使科学在乐观主义的波涛汹涌中触礁而陷入危机，同时使希腊的悲剧和艺术陷入绝望，走向崩溃和衰落的边缘"。正是在古希腊艺术衰落的历史教训中，尼采看到了将酒神唤醒，并使之与日神协调并行的必要性和可行性，尼采指出："以酒神精神为指导的悲剧文化，不但是高于单纯追求真理的科学知识理论，而且是拯救人类历史和生命的主要力量。"② 为了创造和实行艺术形而上学，尼采严厉批判传统美学，同时也批判传统文化的基本原则和西方传统道德原则。对尼采来说，美的问题并不是单纯的艺术创造理想和创造原则，也不只是美学理论和文学艺术理论的垄断课题，而是实际生活的问题，是贯穿于人生的生老病死各个阶段和各个活动领域中的实际活动原则。他说："艺术是生命的最高使命和生命本来的形而上学活动。"③ 尼采本人实践了这一原则。

---

① 不妨设想德里达所称的"解构不是什么"与尼采"悲剧的缺陷"之间的关联，伟大的作品都是悲剧性的，悲剧性的根源之一就是人类理智的局限性，哈姆雷特"to be or not to be"就是极好的例子。

② 高宣扬. 后现代论 [M]. 北京：中国人民大学出版社，2005. 428－429.

③ （德）尼采. 悲剧的诞生 [M]. 周国平译. 桂林：广西师范大学出版社，2002. 前言.

其次，认识论的审美化。康德在《纯粹理性批判》中，在"超验的审美"的标题下表明，审美因素对我们的知识来说是根本的。根据康德的"思想方法革命"，我们知道事物的先验性完全是因为我们自己将它输入万物之中，而我们首先输入其中的是"审美的"框架，作为直觉形式的时间和空间。唯有在空间和时间中，客体才能首先为我们把握。我们的认知和现实所能达到的限度，一如这些直觉形式的延伸程度。就此而言，美学作为这些直觉形式的理论，换言之，作为超验的审美理论而非艺术理论，对于康德来说，就成为认识论的基础所在。康德清晰且有力地告诫我们，要注意真理、现实和知识的审美成分。他为我们指出了认知的基本审美特征，给我们的认知阐明了一种审美成分的基本意义。正是从康德开始，美学——超验的美学而不是某种艺术理论——成了认识论的基础所在。对美学与认知的能力的掌握一起得到扩展，没有美学，就没有认知。自康德以来，我们已接触到了全部知识的形形色色的审美基础，接触到了认知的审美基础。尼采的认知的审美——虚构性质将这一康德基础推得更远。

尼采表明，我们对现实的叙述不仅包含了基本的审美因素，而且几乎整个就是审美性质的。现实是我们产生的一种建构，就像艺术家通过直觉、想象等形式予以实现的虚构手段。认知本质上是一种隐喻性的活动。如果说胡塞尔的"主体间"理论有融合主客体之意，但是未脱"无世界的人脑"之嫌，那么杜弗海纳的"类主体"（quasi-subject）实际上已把客体纳入了主体经验的范畴。新批评和结构主义、解构主义的思想家承先启后地完成了消解主客对立的认知论主干线。巴特早期的"零度写作"比较明显地凸现了克服认知主客体论的自觉过程。本体论的变位是西方传统美学向感性学演变的重要环节，须知本体论的第一性是西方传统美学的基石。感性学的蓬勃发展，本身也是传统本体论思想的改造与克服主客对立的认识论。

此外，尼采影响德里达的第三个重要方面，就是他的语言反传统观点。尼采并不像传统文学家和思想家那样，只是将语言当成表达思想的符号工具。他认为语言从根本上说是一种象征性的和寓言式的符号系统，任何语言都只是多种可能的思想观点表达的象征。因此，透过任何一种语言的表达形式，不管是表达者或者是接受者，都可以表达多方面和更多层次的思想内容，而且任何语言表达形式都不只是停留在一种静态的凝固状态中，更不是限制在由某个主体所决定的特定意义封闭体系之中。任何读者在阅读中都不能停留在语言文字的字面结构，而是要发现和不断理解语言结构的寓意。在《风格问题》中，德里达说，尼采一会儿将女人归结为"撒谎的形象或力量"，一会儿将女人说成为哲学的和基督教的"真理的强权"，最后，又将女人当成在这种双重否定之外，女人被认可和确立为肯定的、掩饰的、有艺术想象力的狄奥尼索斯的力量。①

显然，在德里达看来，尼采论述女人和酒神所采用的上述含糊不定的文风和修辞本身，就是对传统形而上学，特别是对强调正反二元对立的黑格尔辩证法的讽刺和否定。尼采在上述论述中，有意地同黑格尔相对立，拒不使用"肯定"和"否定"的无止境对立统一形式，也不打算像黑格尔那样通过"正题"和"反题"的综合达到所谓"扬弃"（Aufhebung）的目的。与黑格尔相反，他论述女人不是为了揭示女人的什么"固定的本质"或"稳定的特征"，而是通过对女人的多种多样表现的含糊不定的陈述，表达在各种各样可能条件下女人所可能呈现的样态。

德里达认为，尼采在上述论女人的含糊性和矛盾说明中，表现出作为一种生命形态的女人，应该以某种可变化的符码组成形式生存于现实世界中；一点也不需要按照传统形而上学的要求，让女人变成僵化的"正"、"反"和"合"的牺牲品，也不应该使女人成为传统逻辑归纳和化约的产物，变成为某种具有固定性质和同一性特征的生存者。在尼采和德里达对于思想含糊性和存在多质性的表述中，一方面表现出论述对象和被表达目标本身的多样性和变化性，另一方面也表现出作者本身的

---

① （法）雅克·德里达. 风格问题 [A]. 载：刘小枫编. 尼采在西方 [C]. 上海：上海三联书店，2002.

思想自由的无限性和不确定性。表达思想创造活动的符号差异化过程以及作为思想对象或符号差异化过程所指涉的客观存在本身，都始终保持其本身的生命力，保持了审美的自由特征。①

在这一基础上，德里达糅合康德、尼采和索绪尔等人的观点，强调表达思想创造活动的符号差异化过程以及作为思想对象或符号差异化过程所指涉的客观存在本身，都始终保持其本身的生命力，保持了审美的自由特征。德里达对于后现代主义的发展所作出的重要贡献，不只是在于提出"解构"的重要原则和基本策略，而且在于将对于传统文化的批判和解构立足于新的美学重构的基础上，使人类文化的重建，变成为以审美认知探寻为主要内容的人类精神自由创造活动。

---

① 希利斯·米勒为解构主义进行辩护的《大地·岩石·深渊·治疗：一个解构主义批评的文本》一文中，把批评家分成了两种类型：苏格拉底式的"敏慎型"和狄奥尼索斯式的"盲乱型"。"盲乱型"的批评家并不是放浪形骸，百无禁忌地鄙视理性。就一个问题的论证过程而言，米勒认为事实上没有谁比德曼更严密，更富有理性。然而正是逻辑无能为力之际，适是它洞察文学和语言的真话之时。解构批评因此效力于揭示文本中盲乱的非理性因素，证明它们怎样能够驳倒据信为这文本展现的每一种立场。〈美〉J·希利斯·米勒. 大地·岩石·深渊·治疗：一个解构主义批评的文本. 当代外国文学. 1999（2）.

第八章　解构的宗教性伦理倾向

在德里达看来，符号必然是消解本源又指涉他者的双重运动，由于印迹活动的非封闭性，导致其必然要指向他者，亦即在延异系统中必须借助指涉他者来表达自己。那么就文字学的社会意义而言，正如德里达于 1994 年 Villanova 大学圆桌会议所言，解构没坚持自己的多样性，而是坚持异种、区别和分离。但是，为了同他人建立联系，这些都非常必要。德里达在 20 世纪 80 年代以后，明显地转向宗教和伦理学，如在《死亡的赠礼》（*the Gift of Death*）、《割礼忏悔》（*Circonfession*）、《友爱的政治学》（*Politics of friendship*）等论著、论文《信仰和知识——单纯理性限度内的宗教的两个来源》（Faith and Knowledge：the Two Sources of Religion at the Limits of Reason Alone）和一些访谈中都不同程度地触及他者、礼物、宽恕、死亡、绝境、没有宗教的宗教等问题，这些著作体现了"宗教问题的复杂性、多面性、非同质性或发散性，而且暗示了这一问题可以以不同方式出现在不同语境中。这样做既暗示了一种自身的张力，也展示了一种解构的力量"。① 但西蒙·克里齐里在《解构主义的伦理学》一书却认为，解构主义是伦理学，但这并

---

① 汪堂家. 汪堂家讲德里达 [M]. 北京：北京大学出版社，2008. 179.

不意味着有一种解构主义的伦理学，伦理学不能源自解构主义。[①]

一、后现代伦理中的"他者"

德里达关于责任伦理最初的论点，是自由提问的必要性和保护作为伦理学基础的东西，[②]"我所说的解构权即一种无条件提出批判性问题的权利，它针对的不仅是人的概念的历史，而且包括批评概念的历史、提问的方式及其权威、思想的质疑形式"[③]。在《文学行动》第一篇阿特里奇的访谈中，德里达将文学看做一种"如果"，一种自由的、无条件的虚构，似乎文学相当于一种作为无条件呈现性言语行为的文学概念，这种言语行为既非立足于事先存在的建制化的基础上，也非立足于发出该言语行为的"我"的权威之上。德里达定义文学的方式与他在更为晚些的演讲中定义大学的方式大致相同，如德里达于 2001 年在复旦大学所作的演讲《Profession 的未来或无条件大学》。对德里达来说，无条件性是指研究性大学免受外部干涉的一种假设性自由："大学制度……与欧洲现代意义的所谓文学根本联系起来的东西。这种欧洲现代意义上的文学指的就是那种公开言说的权利，甚至是有权说不的权利。"[④] 而这种不可能的无条件性的发生，或者是（大学中）"思想的无条件独立依赖于一种特殊的、异常的行为"将产生"事件"或者"偶发事件"，即"整体性他者"。

德里达在《论文字学》中指出，索绪尔的言说把文字当成一种寄生的和残缺的再现过程。由于文字所具有的距离、不在场和容易引起误解等特性，人们以为可以借助言说本身建构一种理想的沟通方式——人们

① 陈晓明. 德里达的底线 [M]. 北京：北京大学出版社，2009. 337.
② （法）德里达. 书写与差异 [C]. 张宁译. 北京：三联书店，2001. 130.
③ 杜小真 张宁编译. 德里达中国讲演录 [C]. 北京：中央编译出版社，2002. 109.
④ 杜小真 张宁编译. 德里达中国讲演录 [C]. 北京：中央编译出版社，2002. 109－110.

想象中的听者足以在总体上确切地把握说者的思想。实际上，索绪尔在讨论文字的过程中，一直贯穿着一种压制性的伦理，这恰恰说明了透过逻格斯中心主义语言观反映出其伦理观的要害问题。德里达在《论文字学》中引用索绪尔的论述：文字总是充满着"危险"，它不仅常常会"装扮"成语言，有时甚至会企图篡夺言说的地位，"文字的暴虐"总是阴险刻毒的。[①] 索绪尔从古希腊以来的逻格斯中心主义始终对文字采取的一种强烈拒绝态度，文字的暴力据说是对文字所具有的对言语的纯粹在场的"暴虐"。从道德角度理解，从柏拉图以来的这种夸大言语，贬低文字观念的首要目的，就是强化"意义"在场，将意义作为现存秩序的根基，换句话说，就是为了社会的利益和道德的既定秩序而贬低文字。然而，既然文字本身是一种语言属性，它就会不断再现出来，不断构成威胁，德里达直接指出："之所以存在文字的原始暴力，是因为语言首先就是文字。"[②] "延异"就是要揭示语言最终意义的不断被延缓、不断由它与其他意义之间的差异得到标示的状态，从而表明"意义"永远都是相互关联的，永远不可能自我完成，也不会有一种固定意义的存在。语言不是海德格尔所称的"存在的家"，既然语言不在场，"人"的本质就不再是逻格斯二元对立的神秘主义的"非人化"本质（被稳定的社会道德秩序牵制）。那么，第一，所有的意义都是相对的，意义的界定必须依赖于它所对立的他者，所以结果把意义束缚到一长串的差异和被排斥的事物之中。第二，在自我和他者之间，他者通过言说行为有所呼唤、有所祈祷、有所提问，而对此回应就意味着一种无条件的责任。

　　回溯西方思想史，哲学家们使用了一系列术语和概念——诸如理念、逻格斯、目的、太一等组成特殊的希腊传统，德里达看到，在这些术语之间有一个系统的关联点，那就是它们都指向一个终极，亦即自明的真理，哲学是一系列可靠地返回起源地的精神迁回，以无穷循环回到

---

　　① （瑞士）费尔迪南·德·索绪尔. 普通语言学教程［M］. 高名凯译. 北京：商务印书馆，1980. 58.

　　② （法）德里达. 论文字学［M］. 汪堂家译. 上海：上海译文出版社，1999. 50.

自身。胡塞尔《几何学的起源》就代表了一个以言语为中心的理性的显著例子：无偏见的先验主体知觉直观纯粹的对象结构（即现象），在纯粹自我显现一刻的理解中立刻关闭了所有的思想历史，转向起源。另一方面，从文艺复兴的人道主义、帕斯卡尔"人是思考的主体"、康德"物自体"把思维与存在割裂、尼采的超人意志，发展到存在本体论把人的存在作为人的本质，把人分裂为本来的（自我）和非本来的（大众、他人），都是把"自我"及其思想灵魂当做世界的根本，集中考虑"我"的理解、焦虑、经验、思维等等。至于"我"的界定，康德的道德律令具有代表性：道德行为属于理性支配意志的活动，在这个领域，人成为只接受自己理性的命令、完全由自己主宰的"自由主体"，道德领域是以"自律"，即以自我规定为特征的超验的自由的本体世界：道德实践借助信仰的力量到达认识领域无法到达的物自体。这种信仰的原动力来源于人类心灵对于绝对统一体的持续不断的追求。这个"我"不是活生生的个体的人，而是超验的"我"。德里达就是要揭示这种逻格斯中心主义的假设，否认"我"可以借助于语言，在与他人交流之时，完整意义就会"呈现"在我们的意识之中的想法；逻格斯中心主义的二元对立思维模式以孤立的主体理解关于世界的精确认识，对于理解者与理解对象（精神对象）之间关系的强调很有效地排除了伦理学关系的多样差异性空间。

　　德里达认为，无论"延异"还是"意指行为"，都是经由文本或者主体的"间性"，隐约通向一个"他者"。德里达强调："解构总是深切关注语言的'他者'。批评者视我的著作为宣布语言之外无一物、我们被囚禁在语言之中，这经常让我惊讶。事实上，我要说的刚刚相反。对逻格斯中心主义的批判，最为重要的乃是寻找'他者'，以及'语言（以外）的他者'。"① 但是对于"文本间性"或者"主体间性"而言的

---

① R. Kearney. *Dialogues with Contemporary Continental Thinkers* ［M］. Manchester：Manchester University Press，1984. 123.

"他者"，只是由不同的文本或主体相互充任的，因而所谓的"他者"存在于"文本"之间或"主体"之间，彼此并无等级差异。换句话说，语言的延异与他者关联了起来。

当列维纳斯（Emmanuel Levinas，1906－1995）把他者提升到一个远比"自我"更为原始的基础时，也就抵制了希腊传统的统治。列维纳斯认为，在希腊以来的"自我"为中心的认识论之外，还有一个不为人类所意识的"他者"世界。过去的哲学都是用"自我"抑制"他者"，消除异质性达到统一，这是典型的西方暴力哲学。而列维纳斯的"他者是伦理的源点，他人与他者在列维纳斯那里是有差异的。他人可以是他者，但他者绝不可等于他人。他者强调的是外在性，是相异性。他人是相对于自我而言，他者是相对于同一而言"①。而"他者"是一个比"自我"更原初的世界："他者这里应属于某种比仍然暗含在他人概念的这种主体性（即客体性）哲学于其中展开的区域更深层也更具原初性的区域。"② 对列维纳斯来说，伦理学有高于本体论的优先权，也就是说，伦理学不是哲学中处理人和人、人和他们周围世界关系问题的次要分支，人也并不先于他们的相互关系而存在，恰恰是由这些关系所构成的。因为"脸"——列维纳斯的一个重要概念，可理解为他异性——发起一种要求对他者的尊重的超越和自由的经验，这种尊重是首要的伦理命令，也是非暴力的"化身"。德里达评论说，这种命令不是康德式的，它是直接的，不是通过某种一般概念或法则（在康德的意义上）的尊重。在审视社会的、法律的和宗教的系统背后寻找它们的基础的意义上，他者也许可以被看做一种向最初原则的回归：用德里达与"源文字"相关的词来表达就是"文字之前的"伦理学。

然而，列维纳斯却走向了绝对他者的差异性，把他者作为"整体的他者"，如同把自我当做一个整体，否定自我，张扬"他者"，就从一个

---

① 汪堂家. 汪堂家讲德里达 [M]. 北京：北京大学出版社，2008. 275.

② （法）德里达. 书写与差异 [C]. 张宁译. 北京：三联书店，2001. 221.

极端走向另一个极端。在《暴力与形而上学》中，德里达认为，尽管列维纳斯使我们战栗，但列维纳斯仍然无法挣脱西方哲学传统，也就是说，列维纳斯的他者仍旧是西方哲学话语中的东西，他不可能超越西方哲学话语。那么什么是德里达所理解的他者？传统伦理学以自我的自主性为出发点，并以此界定自己的行为准则及其与他人的关系："无论是理论意向性还是需要的情感性都不能穷尽欲望的运动：因为它们都以同一之整体性与一致性中自我完成、自我满足、自我满意作为意义和目标。"然而在意识、情感、理智之外，还有人永远无法满足的冲动和欲望："欲望则相反，它受到他者那种绝对不可还原的外在性的召唤，而且它必须无限度地与这个它者保持不切合性。"① 这样，自我本身就源于"他者"。焦点从"自我"转向了"他者"，这样一来，自我与"他者"的伦理关系成了世界意义的本质，压制性二元对立的哲学变成了伦理关系的哲学，从而消弭了同质化的希腊传统。如果说自我是现代的一个虚构，是经验和语言构成的社会建筑，"他人恐怕不能像另一个自我，即自我的现象那样，通过并为了一个借助间接呈现式的相似原则操作的单子主体来构成"，② 所谓他者就是交换不可能的特殊对象。所有的他者作为他者，对自我的非根源性显现都是未知的，不可能到来的，是超越性的无限继续："无限（地）（他者）不能成为对象，因为它是言语，是意义与世界之源。所以任何现象学都无法描述和解释伦理、言语和公正的。"③ "放弃了他者（并非断奶式地与他分开，而是在忽视他，即认知他，同化他并吸收他的同时，放弃了那与他发生关系并尊重他的东西），就等于自闭在一种孤独之中（这是一种与自我的牢不可破并完全一致的关系的糟糕的孤独），就等于去压制伦理的那种超越性。"④ 生命就是关系，这才是伦理道德的基础，从道德伦理角度，康德把实践理解

---

① （法）德里达. 书写与差异 [C]. 张宁译. 北京：三联书店，2001. 156.
② （法）德里达. 书写与差异 [C]. 张宁译. 北京：三联书店，2001. 181.
③ （法）德里达. 书写与差异 [C]. 张宁译. 北京：三联书店，2001. 182.
④ （法）德里达. 书写与差异 [C]. 张宁译. 北京：三联书店，2001. 153.

为"道德实践",而德里达声称"对他者的尊重"是"唯一可能的伦理律令"。

　　然而如何实现与他者关系的达成？德里达引用列维纳斯的话说:"如果可以占有、把握并认识他者的话,那么他者也就不会再是他者了。占有,认知,把握都是权力的同义词。"[①] 什么是与绝对他者的相遇呢？由于语言具有的"延异","自我"和"他者"之间意义的交流稳定媒介就被打破,意义总是被"延异"。那么这种相遇既不是再现也不是限制,更非同一的概念关系。自我与他者不允许某种关系概念凌驾于其上,也不允许被某种关系概念整合。因为语言总是已经被给予了他者,他无法在他者身上自我关闭同时又包含之。"事实上伦理学在实际生活和历史中不可能依赖于那种先验中立化过程,也不可能以任何方式屈从于它。无论是伦理学还是世间的其他东西皆是如此。先验中立化过程是原则上的,它在意义上与一切事实性及一般的事实存在不相干。它事实上既不在伦理学之前也不在伦理学之后,也不在别的任何东西之前后。"[②] 这就意味着,我们的信念乃至信仰总是具有一些危险的局限性,这些危险性可能把我们引向歧途,而使我们偏离正义的绝对标准,除非我们不断努力地对这些局限性进行思考,不断地走向总是存在于我们视野之外的一个他者——与神秘超验相联系的体验。对那个无法预期的他者致以的欢迎,"每一个他者"的他异性扰乱了种种自足自满的统一性的封闭体。当"他者"也非是其所是的时候,自我和他者的关系总是永远处于即将到来的达成,在经验和语言中尊重他者就是使与"在者"之关系(伦理关系)不至于受制于某种与在者之"存在"的关系(认知关系):"在既保持了距离又中断了一切整体性的某种凝视和言语中与他者面对面,这种作为隔离的共存先于或者超出了社会性、集体性、共同体,勒维纳斯把它称做宗教。它开启了伦理。而伦理关系就是一种宗教关系,他指的

①　(法)德里达. 书写与差异 [C]. 张宁译. 北京:三联书店,2001. 154.
②　(法)德里达. 书写与差异 [C]. 张宁译. 北京:三联书店,2001. 211.

不是某种宗教，而是宗教本身，即宗教的那种宗教性。"① 沿着这条思路，德里达于 20 世纪八九十年代直接讨论了一系列伦理或责任问题本身。本文限于篇幅，只涉及德里达关于亚伯拉罕的讨论。

二、德里达对弥赛亚主义的批判与对弥赛亚性的诉求

"以撒的牺牲"是克尔凯郭尔《恐惧与战栗》中论及的问题。《圣经·创世纪》（22：1—3，9—14）中说，亚伯拉罕面对上帝要求的极端"牺牲"，一定要牺牲自己钟爱的儿子以撒，而回答"我在这里"。如何看待这种行为？德里达认为，"克尔凯郭尔坚持认为……亚伯拉罕是凶手"，而且以撒的牺牲也确实"最不可能在我们的时代重演"。由此德里达从"以撒的牺牲"联想到当代现实世界中"为了他们并不知道的理由……而牺牲的无数牺牲者"。

在德里达看来，悖论性在于当亚伯拉罕听到耶和华的召唤时，他心甘情愿地遵循耶和华这一可怕的命令，超越了任何法律之上的牺牲行为，竟然使得亚伯拉罕的后代生生不息。亚伯拉罕的故事是摆脱日常伦理和法律算计的一种象征："最终处于对生命的否定……他已经放弃了胜利，他既不期待回复也不期待回报……他知道上帝会报答他，在彻底放弃的那一瞬间，他重新获得了儿子，因为他放弃了计算。解除这一至高的或凌驾于一切之上的计算的神秘性的人绝不会作算计之事。"② 功利的权衡、理性的算计在这里没有位置。这种超越于伦理规范之外的伦理，不受传统道德或者社群中的法律所约束，只具有宗教意义。对上帝绝对的义务之所以绝对，乃是因为它无法给出自己的根据，它本身就

① （法）德里达. 书写与差异 [C]. 张宁译. 北京：三联书店，2001. 162.
② Jacque Derrida. *The Gift of Death* [C]. Trans. David Wills. Chicago：University Of Chicago Press，1995. 96—97.

是最终的根据；正因为此，它也是无法论证的，无法向公众说明的，因为不存在某个先于它本身的前提。这种依从在德里达看来是出于绝对的义务，"他将其表达为某个人以对绝对他者应负的责任的名义超出应对诸他者应负的责任"，也就是说，为了某种绝对的东西（与上帝之约）而去放弃或牺牲另一些非绝对的东西（个体生命，日常的伦理、道德、法律约束）：最终亚伯拉罕被赐予许多子孙，成为许多民族的祖宗（即亚伯拉罕这个名字的含义），而上帝成为亚伯拉罕和他的子子孙孙的上帝——这就是福音书中的"天堂的经济学"。

按照这一叙事逻辑，亚伯拉罕的牺牲显然美化了基督教中基督牺牲的观念。基督教为人类提供了最为纯粹的行为依据，就是说，人们可以不使用自己的理智判断就能决定自己的行为规范，保罗说"上帝挑选世上愚笨的，叫有智慧的羞愧"，[①] 尽管这与人类的理智能力形成明显悖论。亚伯拉罕对上帝的服从是信仰的义务，而不是道德的义务。设想如果一个社会将杀子视为符合伦理道德的合法行为是无法想象的。它产生于一个完全神秘的来自上帝的信息，这一信息对于亚伯拉罕来说不具有日常伦理学的价值。德里达认为，杀死儿子，我们不会不谴责以什么神的命令或者宗教义务为自己辩护的人，同样，"无论牺牲于伊拉克政权，还是牺牲于谴责伊拉克政权不尊重法律的国际联盟"，"当那些伦理或者人权话语所指涉的邻舍"遭到牺牲时，"并没有什么道德或法律能够审判这些为了避免自己牺牲的他人的牺牲"，"看上去不可容忍的谋杀岂不正是世界上最普遍的事件？社会不仅参与不计其数的牺牲，实际上还组织这样的牺牲的经济、政治和法律事务的柔化功能，其道德话语和良知的柔化功能，都是以实施这种牺牲为前提"。[②] 德里达在《信仰和知识——单纯理性限度内的宗教的两个来源》中解释道，"宗教"观念的历史早就说明，并没有什么统一的"宗教"，人们只是对这个普遍化的

---

① 圣经·哥林多前书 1：27。

② Jacque Derrida. *The Gift of Death* [C]. Trans. David Wills. Chicago: University Of Chicago Press，1995. 85—87.

名词怀有一种同一性的幻觉，是忽略具体内容和具体差异的抽象化思考的结果，把连同宗教机构、制度、规则等等想象成铁板一块的同一系统并名之为"宗教"。具有讽刺意味的是，恰恰是借"宗教"之名行个人之实、信仰之实和民族之实，构成了西方的历史，罪恶、拯救、牺牲、正义、屠杀、性别等等方面的问题莫不与这个抽象的名称相联系。

在先验层面上，上帝作为一个"大写的他者"，他的绝对的义务压倒了对其他人的义务，排斥了小写的他者，而小写的"他者"们几乎成了为现世道德所牺牲和抛弃的"异己者"。事实上，如果符号意义的界定必须依赖于它的被排斥的他者，取决于系列差异和被排斥的事物之中，那么上帝也是延异、非词、非概念、非一物，并不是先于使一切意义成为可能的超验物。对德里达来说，我们对其负有责任的"他者"是我们对其具有道德义务的任何人——即没有任何例外的每一个人，而不是唯一的"上帝"。"'他者'的奥秘无论在于语言还是信仰，都只能得到相当有限的理解和描述，是为'全然的他异性'"①。对上帝的责任感召唤被界定为来自第一原理和逻辑必然性的自明的召唤，将不得不处于自相矛盾的符号和算计的危险中。显然基督教凭借将他者与一个特殊的概念表述等同起来，使人性范畴绝对化，但又无法摆脱功利算计，那么基督教内部就包含了自我颠覆的因素亦即极端差异性的因素。上帝代表责任吗？德里达指出，当我们发现我们自己在道德上对另一个人负有责任时，这就是我们所有人的情况。我们如何排列这些责任和义务，衡量彼此之间关系的价值观念就取决于我们自己。德里达从"以撒的牺牲"联想到现实社会中"为了他们并不知道的理由……而牺牲的无数牺牲者"，每一个牺牲者的"独一性"，每一次都是"独一的"，这就意味着指向他人的责任感与无责任感的一种相互作用——如果与他人的关系服从于简单的经济学交换，如果与"全然他者"的关系是先行由一种封闭

----

① 杨慧林. 从"差异"到"他者"——对海德格尔与德里达的神学读解［A］. 许志伟主编. 基督教思想评论 第1辑［C］. 上海：上海人民出版社，2004. 183.

的经济学或同一东西有限的循环交换决定的，那种人类自由就预先被否定了。在大写他者和小写他者之间，德里达认为始终有一种"延异性与相似性的游戏"，即"上帝与邻人的相似，作为上帝的无限他异性和作为他人的无限他异性之相似"。在德里达看来，"绝对的独一性"其实正是"来自人与他人之关系的绝对的他异性"。也就是说，承认每个人的差异就是承认每个人的独一无二，承认每个人的独一无二就要放弃"上帝的他异性"和"他人的他异性"之区别，所以"将他异性联系于独一性"意味着"普遍性与独一性个案之间的协定"。① 这样，德里达相信"每一个他者都是上帝"（Every other（one）is God）或者"上帝是他异性的"（God is every〈bit〉other）。后一种置换"是将上帝界定为无限的他者、全然的他者和他异性的"，前一种置换则是说"每一个他者、每一个他人都是上帝，因为他或者她是像上帝一样的全然的他者（wholly Other）"。② 总之，"这两个独特的'他者'正如同一个'他者'"。

　　针对"何种条件下责任心是可能的"这个提问，德里达回答说，在善忘记了自身的条件下，善就能存在于一切算计之外："在善忘记了自身的条件下，运动才能成为放弃自身的赠礼的运动，因而也是充满无限的爱的运动。只有无限的爱能放弃自身，并且只有成为有限的，成为具体的，才能去爱别人，才能把他人当做一个有限的他人来爱。"③ 我因响应了某个他者的号召而变得不能响应其他他者的号召，我不牺牲某一他者就不能完成对任何他者的责任。在德里达看来，决不能将这种牺牲看成是正当化（justifier，视为正义）的东西："我让某个人优先于他者，将某个人（某个他者）作为他者的牺牲，这种事决不能正当化。"因此在我的特殊性上，将我与他者的绝对特殊性结合起来的东西立即将

　　① Jacque Derrida. *The Gift of Death* [C]. Trans. David Wills. Chicago: University Of Chicago Press，1995. 83—84.

　　② Jacque Derrida. *The Gift of Death* [C]. Trans. David Wills. Chicago: University Of Chicago Press，1995. 87.

　　③ Jacque Derrida. *The Gift of Death* [C]. Trans. David Wills. Chicago: University Of Chicago Press，1995. 50.

我投入绝对牺牲的空间乃至危险之中。此外，因为还有无数的他者们，有他者们那数不清的一般性，所以相同责任、一般而普遍的责任（克尔恺郭尔所说的伦理性立场）一定将我与那些他们结合……所有的他者是整体性他者……我刚一进入与他者间的关系，刚一进入与他者的视线、要求、爱、命令、号召间的关系，我马上就会知道如下的情况，即我只有靠牺牲伦理，换句话说，即使对所有他者也用相同的方法，在相同的瞬间只有靠牺牲把响应的职责派给我的东西才能响应某个他者的号召、要求、责任以及爱。我赠送死，我违背契约……①

"整体性他者"是在不显现自身的情况下表露于我们心中的那种完全不可接近性，尽管别人对我提出了一个无条件的要求。德里达担忧的是，在接受一个救世主（而不是一个救世主义）的时候，我们错误地赋予一个特定历史时期的思想和经验作为绝对价值接受下来，但是在事实上，他们仅仅作为一个有限的文化叙事，这一文化本身也需要解构。

在德里达看来，信仰是一个普遍结构，它应不断地推动解构去修正制度，并阐明更好未来之可能性，"他正在走出犹太基督宗教的'制度'之外，用他的文本性理论来建立一种在保留弥赛亚动态的同时把上帝'去位格化'的解构信仰"②。德里达在《马克思的幽灵》中区别了弥赛亚主义和弥赛亚性，弥赛亚性所指的是作为经验的普遍结构，作为面向未来的不能被结构的期待，不是我们可以与之相遇的人及其价值观念，而是任何可能的人的思想或经验的难以接近的界限的伦理价值。"经验"意味着碰到他者，遭遇一些我们无法预料、预见的事情。这种经验结构揭露现在的可能性和解构性，也在揭露现在的诸多权力的可变更性。这个有限的结构包含着绝对的差异性，一种不断超越的超越性，高于功利算计和罪恶，承受牺牲的心胸是开阔和崇高的，就像德里达谈到"宽

---

　　① Jacque Derrida. *The Gift of Death* ［C］. Trans. David Wills. Chicago：University Of Chicago Press，1995．68．

　　② 琳达·M·马卡蒙．德里达、利科和基督宗教的边缘化——出场的上帝可以被拯救吗？［J］．现代哲学．2007（1）．

恕"时所说，"使宽恕变成为一种不能还原为赠与的经验的经验"，①"只有达到了这样的宽恕，才算真正的宽恕"自我的构造，就在于不失去这个超验和崇高的维度，同时，又不沦落到算计和没有差异的同一中去。"在纯粹宽恕内部的张力上存在的无限正义观念，是不可经验的，但却可以被期待。""我们在此受到有关名词的所有问题以及'以……之名'（如基督教，笔者注）所进行的一切事情困扰：……光到处都支配着昨天人们还天真相信、屈从、甚至对立于宗教的东西，而今天应该重新思考光的未来"②。

在《圣经》中，上帝处处被宣布和经验为既出场又缺席，德里达称，救世主不可能以肉身的形式到来，要是他的到来作为历史时间中的一个事件，那将是一场灾难。其结果是关闭了时间和历史的真实架构，封锁了希望、欲望、期待和许诺，简言之，封锁了未来的结构。弥赛亚主义预想特定的救世主的显现，预想到作为历史成就之终结的所有救世主降临说，王立新教授曾提出，弥赛亚主义根本的核心论点，是耶稣基督一次被钉十字架的行为，就完成一个永恒的承诺，也就是一，一就是永恒，这恰恰是基督教逻格斯观念的核心。与之相比，弥赛亚性迟早要来，这个理念是永恒的"未来"，是总在迫近，但永远不能此在的他者，是多次反复临在的值得信赖的关系。一旦"你把弥赛亚结构归结为弥赛亚主义，那么你就是在削弱普遍性，这会带来重大的政治后果。然后，你是在多种传统中相信了一种传统，相信一个关于被选民族、给定文学语言以及给定原教旨主义的观念"，所导致的极端后果便是仇恨、暴力、压制以及战争。③ 这不仅是一个宗教问题，更是一种伦理责任问题。在人类的历史上，正是各种具体的弥赛亚主义导致了十字军东征等等暴力

---

① 杜小真，张宁编译. 德里达中国讲演录 [C]. 张宁译. 北京：中央编译出版社，2002. 4.

② （法）德里达. 信仰和知识——单纯理性限度内的宗教的两个来源 [J]，见：道风：基督教文化评论 [C] 20 (2004)，香港：道风书社，2004. 29.

③ 琳达·M·马卡蒙. 德里达、利科和基督宗教的边缘化——出场的上帝可以被拯救吗？[J]. 现代哲学. 2007 (1).

战争事件，具体的弥赛亚主义与普遍的弥赛亚信仰之间的区分，首先是一种政治上的、宗教性的、伦理性的区分，德里达就是要将普遍的弥赛亚信仰从各种排他的独一神论信仰的弥赛亚主义中区分出来。

德里达成功地说明了人不可能具有对于伦理责任的客观知识。德里达捍卫的民主、宽容、差异和多元的价值观和我们的生存环境中的自由追求息息相关。德里达对西方伦理基本观念的解构，并非要放弃所有传统或提供一个绝对抽象的乌托邦，而是要使伦理观念重新获得它们的现实能动性。德里达要重新在启蒙的自我利益中为公共的善寻找基础。莫尔特曼在《宗教思想史》序言中曾说，宗教具有不可化约的神圣因素，我们似乎也可以替逝去的德里达说，这个世界的个体、群体间也具有不可通约的神圣性。主体是在与差异和他者的关系中构成的，没有自在自为的透明主体，也没有一个纯粹的他者，意义和主体间的关系总是在外在性的符号编织上不断产生和被替代的。从德里达的"延异"与"他者"推导出一种"非宗教的宗教"或许有些夸张，特别是国内外学者刻意强调德里达"全然他者"（wholly other）与神学家卡尔·巴特的联系，不过，"我"与"他者"的关系确实关联着德里达所说的"责任"，绝对"他者"本身就具有形而上的意义。这种伦理精神同时也具有了启蒙的实质："必须永远有公开运用自己理性的自由，并且唯有它才能带来人类的启蒙。"[①] 哲学或神学的历史如果没有对人类自由的根本肯定就不可能产生意义，这就是说，爱和善要想具体化，就必须是超验的，而不是仅仅依赖于个体满足的欲望。事实上，他们必须有赖于不满足，一种对超越于可以被给予的东西之外的东西的欲望——也是对不可算计的东西的欲望。"另一种'信仰自由'……曾尊重作为个别性的无限相异性的距离。而这种尊重，一旦进入任何作为对自身重复的关系的宗教，一旦进入任何社会或共同的关系，就还是宗教，即作为迟疑、克

---

① （德）康德. 什么是启蒙运动. 见：理性与启蒙——后现代经典文选 [G]. 东方出版社，2004. 3.

制、距离、分离、断裂的宗教"。① 解构就是要解除把信仰与知识混为一谈的倾向。同样，公正地对待异质性，不仅是哲学上的要求，也是美学、文学方面的伦理要求。正如杨慧林先生所言，从德里达的"延异"与"他者"推导出一种"非宗教的宗教"或许有些夸张，然而"我"与"他者"的关系，确实关联着德里达所说的"责任"；他甚至将这种"责任"界说为"无节制的（excessive）"，并认为"否则那就不是责任。"②

三、当代文化视野下文学对弥赛亚性的诉求

事实上，当代基督教的发展，到了德里达，确实有一个转向，那种形而上学的本体论神学体系显然是终结了。正如曾庆豹先生所说的，Differance 本身就是一个（终末）神学意味十足的词，无限推迟的意义就像犹太终末神学对弥赛亚延迟到来，并在信仰的含意下保持对他的期待。③ 基督教文化或西方文化的真正转型是从 20 世纪六七十年代开始的。之所以这么说，是因为此后西方思维方式发生了根本的变化。这次转型起因是两个上帝的死亡：一个是尼采对外在上帝宣布死亡，一个是人心中上帝的死亡，这是后期的现代派作家象戈尔丁、福克纳宣布的。接下来西方的文化走向何方，又是一次新的历史抉择，所以被上帝抛弃的情绪才会导致"黑色幽默"等一些绝望派的出现。刘建军先生曾指出，尽管存在主义、解构主义断送了传统基督教文化赖以存在的思维基础，但是也为西方文化转型奠定了一些重要的观念，一个是强调在场的具体关系，没有什么人的在场关系之外的所谓"逻格斯"；一个是人的自身意义都是在具体关系中体现的，是临时性的存在，一个是世界没有

---

① （法）德里达. 信仰和知识——单纯理性限度内的宗教的两个来源，载：道风：基督教文化评论 [C] 20（2004），香港：道风书社，2004. 29.

② 杨慧林. 从"差异"到"他者"——对海德格尔与德里达的神学读解 [A]. 许志伟主编. 基督教思想评论 第 1 辑 [C]. 上海：上海人民出版社，2004. 183.

③ 道风：基督教文化评论 20 [C]，香港：道风书社，2004. 16.

主客观的分离，只有主体间性。如何形成主体间的和谐平等的关系，对今天基督教的发展影响也是决定性的。①

　　要是把当代西方文学与德里达解构之后的基督教文化精神联合起来考查，就首先要分清"宗教"与"宗教精神"的分野，按照西美尔的说法，宗教是一种独立的建制实体，而宗教性，也是宗教精神，则是一种"社会精神结构"，后者对阐释后现代境遇中的文学现象很重要。信奉宗教和信奉宗教精神不是一回事。这种精神不仅在宗教系统中，而且在文学、艺术、哲学等系统内都有所体现。如果说基督教徒信奉的宗教内涵是永恒上帝、美好天国、渴望救赎，那么基督教精神的信奉者则是对人世间美好和谐的人际关系以及永存的公平正义的化身。我们用这种眼光去看近几十年来的西方文学，就会发现，很多作家作品尽管没有涉及基督教，但是在这些作家创作的时候，仍然表现出了与宗教倾向一致的极大相似性，或者说表现出浓厚的现代宗教精神，它的主要体现就是在文化"境遇"中发现人的解脱拯救之路。过去后现代以前的作品或强调客观决定论，或强调主观决定论，但是我们看后现代的作品，往往是人和他所在环境在精神层面无法达成的，这是造成社会极度不和谐和人与人之间态度冷漠的原因。

　　从一些典型的后现代作品来看，如巴勒斯（William S. Burrough，1914—1997）的《简单的午餐》（*Naked Lunch*，1969）和其后的系列作品表现了内心世界与压倒一切的政治制度之间的冲突。1961年出版了约瑟夫·海勒（Joseph Heller，1923—1999）的反战小说《二十二条军规》（*Catch-22*，1961），它不再用自然主义的方式描写第二次世界大战，而是把二战描写成了一个与当代美国相合的既怪诞又荒谬的狂想，显示在特定境遇中人无法与他人、社会乃至正义、秩序达成有效的关系。"第22条军规"既像基督教早期的"上帝"，又是一个圈套（军规就是Catch）。肯·克西（Ken Kesey，1935—2001）的《飞越杜鹃

巢》(*Fly Over the Cuckoo's Nest*，1962)把美国视为统治一切并配备有疯人院的权力机构。我们还可以举更多的例子。此时的小说家们或许会为一种对历史、制度以及规范的不定性的反抗意识而茫然不知所措；不过他们也许会指向比这更阴暗的事物：制度本身渗透到自我的最深层，人道主义变得不再可能，生活变得荒谬不堪。这些主题贯串于20世纪60年代早期的作品中——可以说，20世纪下半叶以来，西方文学思想越来越走向一种类宗教的精神。尽管有些作家宣称自己不是基督教徒，有些作家宣称自己是基督徒，他们都不是在宣传基督教的思想情感，而是思考当代人类共有的价值体系。他们没有采用基督教题材，也不是要表达基督教感情，而是显示和基督教文化价值相似的取向。

以冯尼格 (Kurt Vonnegut，1922 — 2007) 的《第五屠场》(*Slaughter house Five*，1969)为例。冯尼格把科幻小说与现代历史造成的痛苦之间的关系昭示了出来，这部作品的场景在战时遭受飞机滥炸的德累斯顿城和想象中的特拉尔法马多星球之间来回转换，作者把他在这部小说中所取的态度称之为"绞架下的幽默"，这实际是对于自我被社会的、历史的世界所击败而作出的一种具有悲剧色彩的反应。在这些作品中，历史往往不是被看做一种无法规避的进步，而是被当做充满痛苦和精神失常的场所。对于具理性和智性的历史的这种怀疑态度导致一种对世界本体的嘲弄感和内心深处的一种无序感，导致了对人物的漫画化，对所谓的"事实"或是现实的幻象化以及对世界无以命名的嬉戏。把历史本身表现为虚构不是为了要把它弃之一边而是要整个儿推翻它，新想象出来的结构，而是面对世界现实的丑恶，而且与之争论抗衡。这种文学虚构世界缺乏的，同时充盈的正是类似基督"救赎"的精神。一旦这种外在上帝和内在上帝的幻想破灭了，20世纪六七十年代的西方又是一次新的历史抉择。人们渴望社会秩序和精神秩序，不得不又借助于基督教的思想文化资源。

人需要一个外在的确定而永恒的价值来支撑、把握自己的每一个可消逝的生存瞬间，因而，永恒是人因惶惑于自身的虚无而创设出的理想。值得注意的是，悖论、两难、荒诞，并不单是理性带来的直接后果，恰恰相反，理性在意识上与其说是力图消除它们，不如说是揭示它们的，因而理性不得不用强制、压抑、非升华的满足甚至升华、净化的许诺来造成这个世界的秩序与和谐。然而，理想的许诺在流血和不流血的战争中成了泡影。破灭的启示使人清醒，他自己必须无依托地承担起自己的缺陷和暂时性，认定不朽的虚妄和缺陷的真实，从而把自身的精力从遥远得不可企及的理想天国赎回，以肩负无望的命运。像加缪笔下的西西弗斯，即便被神判定受终生绝望之苦，也敢跨过绝望而把生命灌注到顽石的滚动之中。滚动的顽石恰好冲破了理性的完善与永恒，它使每一个无望的瞬间都充盈着勃起的生命。脱离现实关系的极度的理性建构恰恰是人不自信的软弱表现，"正如神灵本来不是人类理性迷误的原因，而是人类理性迷误的结果一样"①。

今天的后现代主义改变了在认识论上把握上帝的方式，强调感觉"上帝"的真，尊重感觉的真理而不是事实的真理。后现代批判的最终目标，是要在世俗的与邻人的友爱交往、与超越性精神结构的结合和从自我中心到现实关系中心的转化中，达到个体达成和他者达成的平衡统一，破解暗含权力意志的逻格斯，形成一种真正对等的关系。一些研究也表明，存在这样一些心理机制，通过这些机制，人们能看到或经验到他所希望的东西。刘建军先生曾强调，人因为自身的不完整性和外在永恒的完整性之间，可以建立一种和谐的、互补的和超越现实关系制约的精神关系，这种关系的有效达成，就是今天西方人心中的"上帝"的含义。要强调主体的不完整，彼此之间存在差异以及两者之间的平等，人和上帝的联系便成了在场的关系结构，一种平等对话机制和满足人类共有价值体系的信仰体系。这才是难以言表的"the wholly other"（全然他者）的宗教精神。

---

① 　马克思. 1844 年经济学—哲学手稿 [M]. 刘丕坤译. 北京：人民出版社，1979. 54.

副　编

第九章 《荒原》：现代派文学对解构的体现

荒原的主要内容是干旱之地千里，没有生机，喻示人类旧有的信仰理想、思维结构破碎而新的尚未诞生，精神虚无的状态。对于这种 20世纪初的思想状况，"艾略特坦白地说，他那时对人类一切事物都有种空虚感，而对于迷失在自我中的人来说，严守宗教戒律与沉溺于性欲是缓解空虚感的两种方式。"①

一、风信子：欲望的伦理

"You gave me hyacinths first a year ago；
"They called me the hyacinth girl." (the Waste Land，*Line* 35—36)
我们首先来分析作品涉及的情欲问题。诗人反复呈现了文化史中的"性"（情欲）意识。艾略特在 218 行注释中说诗中"所有的女人只是一个女人"，我们不妨统称为"风信子女郎"，相关的自我体验与情欲的主题就是频频表现在诗中的风信子主题。按《圣经》，原罪起因于亚当夏娃偷吃禁果，其中包含的一个基本隐喻层面就是人经受不住情欲的诱

---

① （英）彼得·阿克罗伊德. 艾略特传 [M]. 刘长缨、张筱强译. 北京：国际文化出版公司，1989. 40.

惑："世间有各种各样的犯罪，都会引起主的愤怒，然而性欲乃是一种愈演愈烈的火焰，怎么也扑不灭，只能任其烧成灰烬。一个人如果沉迷于淫欲之中，那就无可救药，只能被欲火焚毁。"① 根据圣·奥古斯丁的教义，"本源之罪就包含在生殖的规律之中：性欲为恶……通过性欲而产生的肉身是罪恶的肉身。"圣·奥古斯丁曾这样断言，"自从人类堕落以来，两性的结合就一直伴随着性欲，因此它将本源之罪传播给人们的子女。"② 性欲在所有的禁欲主义宗教文化中都被当做罪恶之源和灾祸之因："从宗教角度看，诅咒被倾进了爱的各个方面，因为爱产生原罪，而正是原罪毁坏了世界。"③ 用尼采的话说，由于情欲诱惑带来的反抗成了原罪，成了对上帝的不敬，而追求满足则成了俗人的欲念，"罪恶，这种杰出的人类自我亵渎形式，被创造出来，用于使科学、文化、人的一切提升和高贵成为不可能的事"④，人的本能也被否定。

性是一种自然现象，并不是文化的产物，它没有给文化创造留下空间。笔者认为，西方文学传统中关于性的主题，多数并非性活动本身，而是以可能的幸福、向往和企盼为内涵的原始伦理愿望，对情欲的合理节制可能就是实现道德和自由完善的途径；其代表的是人的存在状况的基本体验，是思考人的存在合理性的重要方式。从人类偷吃禁果开始，就开始争取获得自由的反抗，这种先天赋予的（强加的）原罪是不存在的，人应该不断争取自己的自由地位。弗洛姆指出，《圣经》中人被逐出天堂的神话景象生动地反映了人与自由的基本关系。⑤ 这个神话把人类历史的开始与行为选择等同起来，尽管它的重点在于首次自由行为及由此而生的痛苦。伊甸园没有选择、自由，没有思考。人违反了上帝的禁令，从代表权威的教会角度看，这在本质上是罪恶的，但是，从人的角度看，这却是人的自由的开始。违背上帝的命令意味着把自己从强迫

① 圣经后典·便西拉智训 [Z]. 张久宣译. 北京：商务印书馆，1987. 168.

② （美）约瑟夫·布雷多克. 婚床 [M]. 王秋海等译. 北京：三联书店，1986. 33—34.

③ （荷兰）约翰·赫伊津哈. 中世纪的衰落 [M]. 刘军等译. 北京：中国美术学院出版社，1997. 129.

④ （德）尼采. 反基督 [M]. 陈君华译. 石家庄：河北教育出版社，2003. 142.

⑤ （美）弗罗姆. 逃避自由 [M]. 刘林海译. 北京：国际文化出版公司，2002. 23.

状态下解放出来，意味着从无意识的前人类生命存在状态中走出来，跃升到人的阶段。作为一种不服从的自由行为的原罪的发生也蕴含人对自由、对人的本质的追求，成为人类理性的开端。

那么古典观念向现代观念的转变首先应该表现在对无意识领域的情欲的态度上，这是与以黑格尔为顶峰的古典思维传统最为明显的区别。尼采说："什么是获得自由的标志？——不再自我羞愧。"① 诗中《火诫》与《水里的死亡》两节都和情欲有关。火是情欲之火，西方文化传统中常用自然暴力中对人类威胁最大的"火"来喻性欲，弗洛伊德称"生火及烧火有关之事都含有性的象征，火焰代表男生殖器，火灶或火炉则代表女人的子宫"，② 水也是情欲的大海。我们看劳伦斯《查太莱夫人的情人》结尾，以情欲之火取代圣灵："你与我之间的那把熊熊之火，便是我的'圣灵降临'。人们往日所信的'圣灵降临'是不太对的。'我'与'上帝'这无论如何是有点傲慢的。但是你与我之间的火，那便是可持的东西了！"这里劳伦斯鲜明地表达了基督教文化用抽象理念否定人的肉体和现实经验存在，要在性爱之火里寻回失落已久的自我。性本能是生命的本能，但是人类的性爱如果不加约束就会失去控制，使得人类关系所组成的脆弱结构受到严重的破坏。

从中世纪走出的人"新获得的自由成了诅咒，他摆脱了天堂甜蜜的束缚，获得了自由，却无法自由地治理自己，无法自由地实现个性。"③ 艾略特在《荒原》中所写的现代两性关系几乎都是不正常的、动物性的，几乎没有坚实的感情基础。从"夏天来得出人意外"开始，点出在中欧这个地点，上流社会没有根的人的空虚生活：只有空虚的两性情欲。《对弈》、《火诫》赤裸裸地描写了不正常的两性关系。《对弈》这个典故的背景是描写邻居设下了圈套以便促成暧昧的男女关系。这一节的头十行借用的是克莉奥佩特拉女王的爱情故事，把客厅的妇人比做在西德纳河上初次呈现在安东尼面前的克莉奥佩特拉。但是第87行，"奇异

---

① （德）尼采. 快乐的知识［M］. 黄明嘉译. 北京：中央编译出版社，1999. 194.
② （美）弗洛伊德. 精神分析引论［M］. 高觉敷译. 北京：商务印书馆，1984. 123.
③ （美）弗罗姆. 逃避自由［M］. 刘林海译. 北京：国际文化出版公司，2002. 24.

的合成香料"泄露了秘密，这个雍容华贵的主妇不过是一位百无聊赖的上流社会的女人，屋中的豪华只不过反衬女主人生活实质上的空虚。《对弈》中我们看到荒原上两种生活的侧影，处于社会两极的两个女子：一个是身处富丽堂皇居室中的女人，另一个是下层的丽儿，她被两个伦敦朋友在酒馆里谈论着。这两个女人都是幻灭而悲哀的，对于这两个女人，所谓的"爱"成了难题：一个情绪不好，扬言要冲到大街上去，在她和坐在室中陪她的情人或丈夫之间没有真正的共感。她终于绝望地追问：

　　你是活的还是死的？你的脑子里竟没有什么？（126 行）

　　她在她的生活中看不出什么意义——除了单调的惯常行为：

　　十点钟供热水。

　　如果下雨，四点钟来辆不进雨的车。（135—136 行）

　　而另一个，已经堕过一次胎，现在当丈夫退伍的时候，害怕又生孩子，客厅的神经质和贫民窟的堕落是现代世俗社会生活意义荒芜的象征。

　　《火诫》中诗人先写情欲之火造成的堕落情景，这包括三个场面：一是泰晤士河的今昔对比，昔日贵族小姐举行庄严婚礼的地方，今日却成堕落之所，这里的仙女就是城里老板们后代的女伴，曾在这里度过几个夏夜，也不知道除了野餐之外还做了什么荒唐的事情；二是士麦那商人邀另一男子共度周末；三是女打字员与满脸酒刺的青年之间有欲无情的性关系。那位小职员和女打字员平稳慵懒地做完一切，没有风信子女郎的纯洁，没有安东尼和克莉奥佩特拉的痴迷，没有特里斯丹和依瑟的热烈，也没有翡绿眉拉的痛苦与悲戚。按第 253 行作者自注，歌尔斯密在《威克菲尔牧师传》中被引诱的奥利维亚的歌中说："当美人儿做了失足的蠢事/发现男人的负心已经太晚，/什么魔符才能使她消愁，/怎样才能洗刷她的侮辱？/唯一的妙法既为她掩饰，/又在众目下使她躲过羞耻，/还能为她的恋人带来悔恨，/伤他的心——那就是寻死。"诗人把歌尔斯密的诗从主题、情调和节奏的性质上都作了改动，精彩地传达出对同一行为的两种截然不同的概念，女打字员做了一件"失足的蠢事"，但她没有被骗之感，因为她没有幻觉，她不期望什么，因此也没有失掉什么，完全是一幅冷漠平淡的旁观者的情形。她机械地用手理理头发，并拿一张唱片放在留声机上的这一动作，表示那件事对她是毫无所谓的。翡绿眉拉通过痛苦而获得歌喉，因被奸污而有了"不容玷辱的声音"（101 行）。这女打字员当然不是被强奸的，但也没有神圣不可侵犯的乐音——只有留声机上的现代世俗的乐音。神圣的"爱"失去了其美丽的光环，完全变成了受自然的需要操纵的"自然主义"情欲——一种繁殖行为，一种表现生命力的方式，变成缓解空虚感的虚无形式。

此外，艾略特在诸多注释里解释其引用了文化史中许多女人的名字，艾略特间或暗示她们的不同行动和命运：四句押韵的瓦格纳小诗描写青年的纯洁爱情，但是风信子女郎"望着光亮的中心看时，是一片寂静"；瓦格纳歌剧中的爱情主题也落空了：男主人盼望的心爱女子没有到来，牧童报告"荒凉而空虚的是那大海"。翡绿眉拉遭强暴并被杀变成了夜莺，克莉奥佩特拉和安东尼陷入情网而不能自拔，终于身死国灭；奥菲莉亚也是爱情不能如意，落水而死；狄多为特洛亚王子伊尼亚斯遗弃而自杀。艾略特似乎又在指出，人类与生俱来的放纵情欲的原罪之苦，并不能通过时间的补偿和历史以另一种形式的改观而减轻。我们看到，一方面，贴瑞西士神奇的预见未来的能力，把人类历史的过去、现在及未来紧紧联系了起来，预示着人类历史构成一种不断的循环，隐含作者以他的名义寻求单一的话语体系，但艾略特又在第 218 行注释中说他"只是一个旁观者（spectator），而并非一个真正的人物（character），却是诗中最重要的一个角色（personage），联络全篇"，到底是 spectator，character，还是 personage？现实世俗经验的多声部造成他成为不伦不类的怪物，使他"年老的男子却有布满皱纹的女性乳房"。由此，艾略特在第 19 行提出的全诗主题决不是偶然：偶像已经破碎，"礁石间没有流水的声音"。"荒原"成为神性解构后的人类生活本身，也体现了诗人对现实精神状况的焦灼。由此才有诗开头的语句：

四月是最残忍的一个月，荒地上

长着丁香，把回忆和欲望

参合在一起，又让春雨

催促那些迟钝的根芽。

冬天使我们温暖，大地

给助人遗忘的雪覆盖着，又叫

枯干的球根提供少许生命。(《荒原》，赵萝蕤译)①

二、荒原：二元对立的消融

Burning burning burning burning

O Lord Thou pluckest me out（the Waste Land，Line 308～309）

对于艾略特而言，这种质疑最终只有依靠他的信仰才能对之加以理解和忍受，他必然要把人类文明社会最深刻的怀疑主义与最深厚的信仰联结起来。《火诫》最后以东西方圣哲谴责"情欲之火"的短句结束，规劝人们要节制情欲之火。"火"在艾略特笔下不仅象征着恶欲、死亡，它同时更象征着生命之再生。这乃是净化之火②，它可以烧尽一切罪恶，使人们从自己造成的荒原上解脱出来。艾略特给出了这句诗的注释："仍见圣奥古斯丁的《忏悔录》。把东西方苦行主义的代表并列，作为诗中此节的顶点，并非偶然"，如果我们把这个注释"和第一个关于杰西·韦斯顿的注释相参照，这个注释鼓励我们相信诗中有一种严整的秩序……暗示圣奥古斯丁和佛陀是一个更伟大计划的肇始。然而我们最终未被告知计划是什么，或许东西方换喻的并置可以被象征性的理解为这首诗的一个隐喻。作为替代，第309行的注释提供了一种新的信仰，这种信仰在于读者重建已经模糊了的深层历史里的共通性传统。"③ 艾略特如何理解这种共通性传统与基督教的关系呢？

---

① 同一块土地上的同一个时令与之相对照的是：当四月带来它那甘美的骤雨，/让三月里的干旱湿到根子里，/让浆汁滋润每棵草木的茎脉，/凭其催生的力量使花开出来；/当和风甜美的气息挟着生机，/吹进树林和原野上的嫩芽里/……（《坎特伯雷故事》，黄杲炘译）

② 《圣经》中主要涉及"火"的章节：上帝从天上降火毁灭所多玛和蛾摩拉（创19：24）、惩罚以色列人（民11：1）、耶利哥城（书6：24）；上帝在火中降临传十诫（出19：18）；天上有火焰要报应不信的人（贴后1：8，来12：29，启20：15）；在审判的日子，上帝会用火来焚烧这地（彼后3：7）。

③ Jo Ellen Green Kaiser. Disciplining the Waste Land, or How to Lead Critics into Temptation [J]，in：*Twentieth Century Literature*，1998（Spring）. 23.

我们知道，当社会出现信仰上的"断裂带"时，往往产生"荒原现象"。换句话说，荒原就是旧的精神传统濒临死亡而新的思维结构尚未诞生时的状况。在西方文学传统中，荒原作为和现实相对立的诗性空间，作为人类放纵欲望、背弃上帝的命运写照，始终是重要的时代精神强化的象征形式，从各个历史时期来看，比较典型的历史时期是古罗马晚期、16 世纪后期到 17 世纪初文艺复兴带来的人文主义危机以及新教（在英国特别是清教）兴起时期、19 世纪末 20 世纪初。① 在这些历史发生转折和动荡的时期，产生了基督教以及大批与基督教精神密切相关的作品，如《神曲》、《失乐园》、《天路历程》和《荒原》等，都试图为人们所处的时代指出拯救的道路。此外，从欧洲中世纪以来的文明进程中还交织着几个方面的精神要素：一方面宗教本身不断地适应历史需求而改变自身内涵，另一方面西方人在追求自由的过程中对《圣经》中某些因子的利用或克服，作为追求人文精神的理性依据，"一是出现在宗教内部的对人积极追求至高精神能力肯定的文化因子；另一个是表现在世俗文化中的强调人的情感和欲望合理性的积极文化因子"② 并不矛盾冲突，艾略特非常敏感地把握了这两点，如同赫伊津哈指出中世纪人"那满蕴激情而又狂暴不羁的心灵，总是摇摆于涕泗纵横的虔诚与冷漠无情的残酷之间，跌宕于崇敬与傲慢、沮丧与嬉戏的矛盾之中。他们不能离开最严厉的规则与最严格的形式主义。情感需要稳定不变的传统形式。离开了这种形式的规范，激情和残暴就会损害生活。"③

毋须否认，任何人都需要一定的精神信仰来指导自己的精神生活，尽管这一信仰除宗教外可能还是道德、政治或者哲学信仰，本文的论述限于篇幅仅涉及宗教信仰。罗马晚期产生的基督教力图让人们相信，上帝是至高的神，是拯救人类的力量，具有超自然的造物性和普遍的启示

---

① 徐葆耕先生在《西方文学：心灵的历史》中也明确提出关于荒原的三个时期，观点略有差异。

② 刘建军. 演进的诗化人学——文化视界中西方文学的人文精神传统 [M]. 长春：东北师范大学出版社，1998. 192.

③ （荷兰）约翰·赫伊津哈. 中世纪的衰落 [M]. 刘军等译. 北京：中国美术学院出版社，1997. 43.

性。上帝以神力创造了宇宙与人，并赋予其秩序。那么人们的信仰就是
不断向上追求理念，符合秩序，以接近上帝。基督教人文观念试图说
明，上帝是一种使世界秩序化的有效方法。更重要的是，基督教一开始
就确立灵与肉、善与恶、天堂与地狱的二元对立关系，建立一种二元对
立为主的逻格斯中心主义的思维模式，与后来西方各种思维方式具有同
构性。在但丁的《神曲》中，我们看到，《神曲》给人们提供了严整而
明晰的世界图景：地狱（九重）、炼狱（七重）、天堂（九重），每个人
都可依据自身的情况在这个图景中找到自己的准确位置和拯救自己的方
式。理性引导人们从地狱、炼狱逐步提升到天堂。在《荒原》中艾略特
一再向我们说明，现代人仍生活在但丁的荒原中。艾略特在第 63 行注
让我们参看《地狱篇》第三章、在第 64 行注要我们参看第四章。两章
描写的是现代荒原上的两类居住者：一类是完全世俗化的人，一类是没
有获知信仰是什么的人。艾略特在《荒原》第 324－325 行暗示耶稣在
彼拉多面前的受审，"他曾是活着的现在死了"（328 行）。对于不信奉
他的人，他是在一种特别的意义上死了。那些无信仰者既然是荒原上的
人，他们并不是真正活着："我们曾是活着的现在也快要死/稍带一点耐
心"（329－330 行）。

　　基督教确立的人的个体的二元对立及其最终走向基督教天国的目标
可能性，到了但丁已经有了微妙的变化：基督教一开始就有两条原则，
一是上帝规范人，二是人追求精神自我完善和发展，使自己同化于上
帝，而后者在《神曲》中开始逐渐占据主导地位，个人自我意识的觉醒
预示了后来的马丁·路德、加尔文的宗教改革，也使得弥尔顿的《失乐
园》吸收宗教改革运动关于个人价值和信仰自由的思想成为可能。尽管
文艺复兴以后摆脱蒙昧主义的个人诞生了，"对于国家和这个世界上的
一切事物作客观的处理和考虑成为可能的了。同时，主观方面也相应地
强调表现了它自己；人成了精神的个体，并且也这样来认识自己"，①
然而到 16 世纪末，文艺复兴无节制地放纵人的情欲理性，社会风气浮

---

① （瑞士）雅各布·布克哈特. 意大利文艺复兴时期的文化［M］. 何新译. 北京：商务
印书馆，1979. 125.

华奢靡导致当时欧洲人的个人自信淡漠了，早期人文主义的理想开始消退，浮士德的爱情追求的破灭其实就是歌德对文艺复兴放纵人的情欲的否定。一方面，马丁·路德和加尔文等人从宗教内部开始用个人的理性去论证古老信仰的某些教义，接纳了文艺复兴的个人传统，强调个人与上帝的直接关系，解除了教会对人的禁锢，褪去了宗教的蒙昧主义色彩，认为宗教信仰完全是个人的事情，每个人都应该自由地用理智和良知来指引自己对上帝的认知，提高个人的价值。另一方面，在十七、十八世纪大批作家还是在利用宗教意识来克服现实的危机，在作品里把摆脱名利、情欲等对灵魂构成威胁的因素与圣徒追求、圣徒历程同构起来。第三，17世纪的理性主义、18世纪启蒙思想的革新，打破了传统统治的权威，导致人们开始放弃一直被公认的公式，但这并不过多地影响欧洲人的基本信仰，而是继续保持这种思维结构，"试图用每个人的个人体会去论证他们所信仰的一切东西"，尽管他们"提出了一种能够使人容易攻击一切旧的东西并为一切新的东西铺平道路的哲学方法，以及普遍推行了这种方法"。①

　　最典型的例子，就是在近代启蒙运动精神的指引下，歌德在《浮士德》中提出了西方文学有名的"浮士德难题"。歌德代表的是文艺复兴以后近代人的心灵生活及其内在的问题："近代人失去了希腊文化中人与宇宙的谐和，又失去了基督教对一超越上帝虔诚的信仰，人类精神上获得了解放，得着了自由，但也就同时失去依傍，彷徨、摸索、苦闷、追求，欲在生活本身的努力中寻得人生的意义与价值。"② 怎样使个人欲望的自由发展同社会道德所必需的控制和约束协调一致起来？从哲学上讲，就是康德所探讨的自然欲求与道施律令之间的矛盾。歌德的浮士德面临的正是这种两难心态——"紧贴凡尘的爱欲"与"先人的灵境"之矛盾，他的追求是两者结合的"新鲜而绚烂的生命"。《浮士德》与《神曲》的区别又在于：上帝分化他的对立面，人身上也分化出对立面，虽然同样是二元对立的逻格斯，但是浮士德等多强调人不断追求进取的

---

① （法）托克维尔. 论美国的民主［M］. 董果良译. 北京：商务印书馆，1988. 520－521.
② 宗白华. 美学与意境［M］. 北京：人民出版社，1987. 66.

过程源于自身的矛盾，而不是外在引导。本原从上帝变成了人自身善恶的矛盾体，①显示出现代文学向内转的端倪。

我们在《荒原》中依然可以依稀辨识出二元对立关系：水（情欲）与火（禁欲）的关系，在对风信子主题的认识中，艾略特意识到这种存在于人类精神结构史中的个体生活经验、心灵结构对传统的超验建构的意义世界的不断抵触和对抗。这里我们可以分析出：第一，从精神传统的发展传承来看，以黑格尔为顶峰的古典传统哲学一直用一种理性的逻格斯规定存在，显然这与基督教确立的二元对立形成同构关系，是用存在遮蔽"存在者"。第二，以上三个荒原历史阶段，都与人的自我放纵有关，在每个阶段都积极地进行规范，然而，在这个（文学家和思想家）宗教意识规范人的情欲的同时，又接纳了人的自我意识发展的要素进行自我改造，平衡二元对立的关系。第三，艾略特"偶像已经破碎"其实指明了在 19 世纪末 20 世纪初的二元失衡，理性的逻格斯再次遭到消解，"个体与其文明的现存联系松弛了。在个体看来，文化过去是为他生产和更新当时流行的价值标准和社会机构的抑制系统……而现在，现实原则的压抑性力量似乎不再为被压抑个体复兴和再生了"，①艾略特把基督教理念作为存在原则，"艾略特也许已经背叛了他的现代派的同道者，倒退到人类早年的信仰阶段：皈依天主教，尽管它是现代主义力图摈弃的丑恶旧世界的一部分"，②同时也痛苦地承认了人的自由本能的存在原则，这种原则与叔本华、尼采与弗洛伊德为代表的现代思潮用意志和快乐来规定存在——由自己的逻格斯、满足的逻格斯遥相呼应。正如马尔库塞指出的："……主客体对立关系的哲学仍然保留着两者调和的形象。超越性主体的无休止劳动，结果造成了主客体的最高统一，这就是存在于其自我实现中的'自在且自为的存在'的观念。满足的逻格斯与异化的逻格斯是矛盾的，而推动着西方形而上学内在历史的，正

---

① 刘建军. 两面神思维与〈浮士德〉辩证法思想的深化 [J]. 东北师大学报（哲学社会科学版）. 1998（4）.

② Marina MacKay. Catholicism, Character, and the Invention of the Liberal Novel Tradition [J], in: *Twentieth Century Literature*, 2002 (Summer). 223.

是想使两者握手言和的努力。"① 这种握手言和的极大落差是历史上思想荒原"干旱"的根本因素，艾略特在《荒原》中也预示了现代派的最大困惑：试图摆脱外在的限制，但是又不能恢复人的本性——传统人文主义缺乏合理依据，这也预示着逻格斯的二元对立无法一劳永逸地达成，也必然预示着后现代主义对这种二元对立的逻格斯中心主义进行彻底清理。

结果，《荒原》所提供的世界图景是模糊而混乱的，人们从中无法探寻出世界运行的图景，这种模糊和混乱是近代基督教与近代理性在西方走向衰落的标记。偶像已经破碎（22 行），堂堂的殉道堂将因修建电车道而被拆毁，巍峨的宗教圣殿因现代化而被夷为平地（264 行）。艾略特故意展示了人们生活在一个世俗化的世界，一个毫无宗教意义的世界——

她们在苏打水里洗脚/啊这些孩子们的声音，在教堂里歌唱！（201－202 行）

帕西法尔在找到圣杯以后为基督濯足，为纪念这件事情，他命令孩子歌唱，以表示天真与谦卑的美德。博尔特太太母女用苏打水洗脚，却为了美容和长寿。而这恰恰也揭示了企图以神圣纯洁的宗教信仰和禁欲主义来挽救坠入欲海的"荒原"上的芸芸众生，这种拯救也许最终是无力的，正如罗曼·罗兰所说，这种赎罪的宗教信仰，只适合于没有牙齿的人。

三、分殊化困境

Why then Ile fit you.　Hieronymo's mad againe.
Datta.　Dayadhvam.　Damyata.　(the Waste Land，Line 431—433)
这样，我们就愈加清晰地看到了艾略特的思维方式与感觉方式的发

---

① （德）马尔库塞. 爱欲与文明——对弗洛伊的思想的哲学探讨［M］. 薛民，黄勇译. 上海：上海译文出版社，1987. 79.

展过程：把怀疑主义①与理想主义结合在一起，把人的情感因素与宗教神学因素纠葛在一起，认识到人类经验的局限性，同时也企图让它们组成一个完整的整体以领悟绝对真理的存在，这对一个陷于此岸却寻求彼岸、为感情所折磨却想抑制感情的人来说，的确能带来一些安慰。"对于饱受浪漫主义侵害的艾略特、庞德和华莱士·史蒂文来说，高雅的诗歌艺术提供了避难所，以逃避由工业革命和资本主义经济带来的庸俗不堪"，②《荒原》融解了一切认识论的概念和传统道德——书中引用了 58部经典作品中的只言片语，《荒原》最后一部分以系列典故结束，在这些典故中，艾略特添加了自己的诗句："这些碎片抵御着我的毁灭。"无论是从某种先验的理性原则出发，还是从活生生的人的存在出发去寻找精神的伊甸园，都充满历史的悖论关系，如同乔·恺撒所言："对于艾略特而言，诗歌是超越个人情感表达以生成整体人类经验的最好方式，以连接历史上伟大作品与现代文化基质。无论如何，在个体经验分裂的时代，共通的传统昭示着社会因分殊化而失去的东西，而不再起整体化作用。"③ 所以，艾略特还是像在《但丁》中强调的："如果这一刻不能在一个更大的经验整体中保持活力，那么它就会变得毫无意义；这一时刻在一种更深沉、更宁静的感情中生存下来。"④

　　人本身在自然中与在社会中所感到的最大不同在于，自然人因感到自己是万物中的一种而喜悦，享受到的是一种虽然渺小却自由的乐趣，而在社会中，社会现实力图把文化转化为自然，让它看起来像自然本身

---

① Perl 指出，艾略特的怀疑主义方式是包容性的而不是排他性的，怀疑主义习性促使艾略特去延展一些概念，诸如传统、古典主义，克服诸多根源雷同、观点相异的观念的差异性；Perl 也看到了这种濒临后现代主义的现象，称之为"有条件的妥协"。见：Jeffrey M. Perl, *Skepticism and Modern Enmity：Before and After Eliot*. Johns Hopkins University Press, 1989. 这些重要观点参见该书书评：Graer Smith. Eliot the Skeptic and the War between *Moderns and Postmoderns*, in：*Sewanee Review*, 1998 (Spring). 305—307.

② Kent Maynard. An "Imagination of Order"：The Suspicion of Structure in Anthropology and Poetry [J], in：*Antioch Review*, 2002 (Spring). 224.

③ Jo Ellen Green Kaiser. Disciplining the Waste Land, or how to Lead Critics into Temptation [J], in：*Twentieth Century Literature*, 1998 (Spring). 22.

④ （美）T. S. 艾略特. 艾略特诗学文集 [G]. 王恩衷编译. 北京：国际文化出版公司，1989. 85.

一样单纯和永恒，人因服从集体自然化秩序的宿命（无论是基督教信仰的秩序还是理性的秩序）而感到自己的平庸，从而走向服从、约束，社会文明愈来愈使人以一种僵死的形式生活。一旦上帝（或者说逻格斯）并不在世界上活动，在每一个具体境遇的理解上，才有多种可能性，新的可能性才能够使其发挥作用的多种力量达到统一。只有如此，对"荒原"的领悟才能产生新的超越性，并与过去之历史因果力量处于某种张力之中。文艺复兴以来的人文主义似乎把人类从宿命的"自然"秩序特别是宗教中解救出来，但是其确立的关于"自我"的价值和人类的尺度缺乏一个稳定、坚实的基础。这个问题显然是西方资产阶级近代精神文化向现代转型最基本的问题。

《荒原》展现了一个现代诗人与天主教徒的冲突：对秩序极为偏爱与对混乱又极为敏感的高度平衡形成了《荒原》的真正文化史价值。我们可以发现，在《荒原》中传统社会的"有形宗教"、即以教会为制度基础的信仰体制已经丧失了，即使耶稣复活（他就是那第三人），但是人们不认识他，甚至怀疑他的存在："谁是那个总是走在你身边的第三人？"（360行）耶稣在本诗里没有显现，只有幻觉扩大为一个颠倒了的世界的恶梦幻景。以教堂、教义为中心的宗教已经丧失了其原初的超验意义，换句话说，在这种仪式化的人类行为模式中，已经找不到什么客观"意义"。要改变这种状况，就要宗教世俗化。从某种意义上说，宗教恰是人类因对现实不满而创立的，它也是人类对超越现实、超越自身、超越局限所作的努力，是人类对改变自身的命运的途径的寻求，它首先应该是人类建造的超验意义世界；作为对人的关怀，宗教就等于是象征性的自我超越。在艾略特的宗教意识中，只有那些介入这些活动（仪式）的人希望或者深信这些活动是有意义的，才会有"含义"存在，也就是以教会为制度基础的信仰体制必须向以个人虔信为基础的"无形宗教"转化，"艾略特的天主教护教论实际上没有切实地关涉宗教经验问题，相反，天主教信仰的价值在于它是一种建构贵族化体验的方式"，[①] 一切真正属于人性的东西，事实上本身就具有宗教性，而在现

---

① Marina MacKay. Catholicism, Character, and the Invention of the Liberal Novel Tradition [J], in: *Twentieth Century Literature*, 2002 (Summer). 221.

代世俗社会中这种宗教体验在艾略特身上带有强烈的精英气质。

雷霆的话"Datta"（舍予）就是献身，把自己舍给上帝，或接受宗教的引导。如今宗教理论和教义已经不太可能社会化，宗教作为超自然的力量神圣化、理论化为一种至高无上的神秘存在，并支配着自然世界和人类社会的超验作用逐渐隐退，不过，宗教却可以在一种新的基础上促进人类自我与既定社会秩序的有机融合或整合。"Dayadhvam"（同情）就是自己与外界沟通，宗教不在社会之外，而在社会之中，社会作为人的互动关系，本身就带有宗教因素："人在相互接触的过程中，在纯粹精神层面上的相互作用过程中奠定了某种基调，该基调一步步地提高，直到脱颖而出，发展成为独立的客观存在，而这就是宗教。""Damyata"（克制）意味着按照规定办事，可能也意味着克制情欲，约束自我，亦即遵守传统。社会关系"通过个体之间相互作用而形成的特殊情感内容，转化到了个体与某种超验之间的关系中，"① 从而发展成了类宗教观念的世界。雷霆说的话包括了消灾的秘密，不愿意献出自己——不愿意承担责任——是和孤立之感及行动瘫痪相关联的，而这两者正是荒原的特点。"舍予"、"同情"和"节制"正是对这一困境的逐条解答。人不能绝对地只顾自己，活着就需要信仰生命以外的一些东西。把自己奉献给自己以外的一些东西，这就是要超越人的基本的孤立处境的企图。如同托克维尔所言，"宗教的主要任务，在于净化、调整和节制人们在平等时代过于热烈地和过于排他地喜爱安乐的情感。因此我认为，如果宗教要试图完全压制和破坏人们的这种情感，那将大错而特错"。②

当现代主义的叔本华把存在的本质规定为意志时，这种意志乃是不惜一切代价追求不能满足的欲望，力图试图摆脱外在的限制。但是又不能简单恢复人的纯粹本性——存在与存在者的本质关系不能重复过去二元对立的逻格斯中心主义的老路，这个困惑在艾略特这里，首先是要改

①　（德）西美尔. 现代人与宗教［M］. 曹卫东译. 北京：中国人民大学出版社，2003. 9.
②　（美）托克维尔. 论美国的民主［M］. 董果良译. 北京：商务印书馆，1988. 544.

变宗教传统对人的抑制状态，而成为一种新的人的主动向更高层次追求的状态，指导被压抑的冲动变成了具有文化价值的奋斗动力，成为新文化的经验基础，"升华"压抑成一种文明行为。值得注意的是，马丁·路德宗教改革以来宗教本身向内转的趋向与现代派取向上在此取得了一致性：宗教也逐渐在历史中从最初拯救、威权的力量演化为至爱的力量，与世俗人文关怀联系更为密切。那么先在的精神与人的本能、人的自身本来是斗争的，在这里走向合流。从这一点出发，利于我们对现代派"自我意识"有个比较客观的把握和认识，而不是简单地把现代派界定为"无意识"的东西。恐怕弗洛姆正是在这一个意义上说，"现代资本主义的根基、其经济结构及其精神，并不在中世纪晚期的意大利文化中，而在中、西欧的经济社会形势及路德、加尔文的教义中"。① 德里达也认为："特别是关于海德格尔，他称之为的'解构'那里有一种基督教、更明确地说是路德教的传统。"解构"为的是指明：有必要去除神学中的层层沉淀，因为这些沉淀掩盖了应该恢复的福音信息的原初空白（赤裸）"，"对在任何地方产生的神圣化我都感兴趣。神圣与世俗的对立是非常幼稚的，它引起了解构的各种问题。和人们认为已知的情况相反，我们其实从来没有进入世俗时代。世俗的观念本身一部分一部分地成为宗教，实际就是基督教"，② 艾略特"在诗歌表面的紊乱中发现形式上的统一，诗歌最终愿望实际是把诸种个体化经验融合成'神所赐予人意料的平安（《圣经》菲立比书4：7——笔者注)'"。③

对于我们现代读者，阅读《荒原》的主要的困难在于我们已过于世俗化了，看不出诗人有什么新的意图。在诗歌结构与信仰结构的冲突中，艾略特的宗教意识从属灵走向世俗的向内转的过程，反映了西方两希文明以来以二元对立为核心的逻格斯中心主义的思维传统开始消解，

---

① （美）弗罗姆. 逃避自由 [M]. 刘林海译. 北京：国际文化出版公司，2002. 35.

② （法）德里达. 德里达中国讲演录 [G]. 杜小真 张宁编译. 北京：中央编译出版社. 2003. 210，214.

③ Jo Ellen Green Kaiser. Disciplining the Waste Land, or How to Lead Critics into Temptation [J], in: *Twentieth Century Literature*, 1998 (Spring). 23.

这种超越先验客体合法性与传统人文主义分殊化①，开启西方近代文化向现代文化转型。艾略特最终是一个坚持自然本性和传统价值的诗人，是位试图创造秩序与和谐的作家，其借助于阐述超越于个人有限经验之上的"绝对秩序"的存在以及为这一秩序提供了思想和历史框架，认识到要用秩序和权威来遏制人类精神虚无的趋势，这恰恰也是艾略特最终没有彻底摆脱逻格斯思维困境的要害所在。艾略特拒绝了宗教和社会的二分（把宗教视为一种既定的神圣秩序、与世俗秩序判然有别的东西），把"宗教（性）"作为一种个体内在的超越性而提出，看到在人际关系的互动中把超越的宗教性特征看做社会构成的基本要素，在开创现代文学观念那里有积极的意义。这既是宗教人文因素的现代体现方式，也是对资本主义文明发展过程的精神反思，正如弗洛伊德在《一种幻觉的未来》中指出的，宗教幻觉的消失大大加快了人类物质进步和思想的进步，同时，宗教有效抛弃了它的破坏性成分，并常使人在遇到痛苦和罪恶时得以良心自慰。宗教仍然保持对和平和幸福的坚定期望，它的"幻觉"就仍然要比致力于消除这种幻觉的科学具有更多的真理价值，特别在消除个人绝对意志方面。艾略特的天才就在于，把他个性中的破坏性倾向塑造成大于他自己的东西，从而抵制它们的能力。

----

① 这个词是德语，来自德国宗教社会学家卢曼（N. Luhmann）著作《宗教教义与社会演化》，他认为现代社会的首要问题不再是寻求新的统一性，而是化约因个人分殊化导致的人际关系复杂性。这种分殊化主要是社会功能系统、交往行动、认知和期待等意义、情感层面的非统一性。

第十章　德里达的解构与现代宗教社会学重构①

德里达的"解构"和"播撒"质疑一切以终极价值和超验神学、中心话语权力或主体中心权力为核心的意识形态；在现代主义批判法权宗教和后现代主义质疑一切先验体系的双重境遇下，我们不妨从宗教的社会性、人文性、超越性和社会的"宗教性"四个方面重新理解宗教入手，探讨现代宗教社会学如何重立宗教价值、重试基督教内在超越；其中"宗教性"的提出，显示现代宗教社会学积极重构个人与社会秩序之平等关系的新特征。

一、德里达的"去魅"

现代西方社会是一个摧毁传统控制的"去魅"时代，是一个理性化解除宗教魔咒的时代。然而在现代自由社会背景下，重构个人与社会秩序之关系显然不能排除宗教的因素，正如英国哲学家怀特海的名言："提出一种世界观，也就提出了一种宗教。"

在历史发展进程中，人类不断地建构个体与社会秩序之关系模式。马丁·布伯在《我与你》第二卷的结尾处，把他所反对的两种超越观譬

---

① 此部分曾单独发表，载东北师大学报（哲学社会科学版）2004年第4期。

喻为两幅世界图景：其一是用至大无边的永恒宇宙来吞没个体人生，让个体通过把自身的有限性投入到宇宙的无限过程中来获得自我超越，实现不朽。我们可以认为，这是客观决定论阶段，社会是主体，这个阶段的特征是人类崇拜外在事物，人尽可能地追求内外的合一，尊重外在规约。其中，最重要的关系就是人之"我"与上帝之"它"的关系。在这一阶段没有人能够怀疑，位于这一过程自身之外的"存在"基础的合法性。其二是用至大无比的"我"来吞没宇宙及其他在者，把居于无垠时间流程中的宇宙当做"我"之自我完成的内容，由此铸成"我"之永恒。这是传统人文主义的主观决定论，人是主体，个体占有超越的位置，所有社会都只是承认有归属的个人。这就导致在社会的功能系统中，日益强烈的分化引致个体的处境的孤独化。人本主义传统很容易让人认为人的根本特征是个人主义，是自由和欲望。从这种观点看，只有当社会提供的结构能够为人提供更多机会来追逐自己的欲望、践行自己的自由时，该社会才是正当的。以上两者代表了传统追求超越以"获救"人生的两种根本态度。

按照德里达的理论，这些模式都是在一个根本原则，一个支配性的力（潜在的神或先验主体）控制下，这些终极的、真理的、第一性的东西构成了一系列的逻格斯。在德里达看来，西方的思想史即是逻格斯中心主义的历史，它的原型是将"存在"定为"在场"。"在场的形而上学"意味着词语可以通过它们的意义而追溯它们的客体；能指总是一种原初所指的再现，这就是先验所指神话。这种在场的存在史最致命的要害是假定存在是由一系列的现在状态构成的。这些状态既是整个世界最基本的组成部分，又是我们理解整个世界的基础。然而事实是：某种事物要么是在场的，要么就必定是缺席的，那些被视为在场和既定的东西，都只有在从未在场的差异和关系的基础上，才获得自己的同一性，这就意味着本源（先验客体和先验主体）应该遭到清理。由此看来，传统个人与社会关系模式的建构中，所存在的客观意义或真理（上帝）或者先验主体，只不过是人思维着的精神创造的神话。尽管存在史不断地发展，但在德里达看来，上帝作为终极的在场只是在表面上死去了，其实它已经被置换成多种文化形式，其中最重要的也许就是人的绝对理性，解构"有必要去除神学中的层层沉淀，因为这些沉淀掩盖了应该恢复的福音信息的原初空白（赤裸）……我并不指责或否定任何什么东西，而是力图辨明：在解构再次肯定记忆并尊重记忆的遗产的时候，是什么使进行着的'解构'避开它所承继的记忆"。

既然摧毁了西方逻格斯中心论本源"在场"之断言，从而也就否定了任何整体性体系存在的可能性。在德里达看来，我们栖居的世界是一个语言的世界，这首先排斥了柏拉图以来语言映照一种客观和独立的实在的观点。只有语言才能通向一个"实在的"世界，语言不可能与那个"彼岸"世界相符。接受索绪尔"在语言中只有差别，没有肯定的词语"的主张，德里达建立了其"差异性"的哲学基本原则，认为语言符号并不是由一一对应的能指和所指构成，符号系统也没有固定的结构，却更像各成分相互交织流通的网；任何符号和其他符号一起"具体文本化"，没有一个能从这张网上挣开。符号的意义完全任意，而不是基于某种可假定为有序而具有确定性的实在。由此，任何内在结构或中心的存在也就不存在。意义成为一种区分关系，这种区分在符号自身中游戏，任何秩序建构仅仅能以它自己的功能为基础。

解构主义从语言学理论上勾勒出了我们时代的一个典型特征，勾勒了这个时代的解构性的意义：开放以及向往着另外事物的解放。我们应该注意隐含在德里达的语言哲学分析中的解放性力量及其与西方根深蒂固、虔诚追求理性的人文传统的内在关系。"解构主义的全面努力，其理想效果是释放那些如今已吸纳在真理的华而不实的形象中的那些能量。根据德里达的观点，有人可能要说，每一种对在场或所指的认同都认可稳定性的幻象，却消除了人类的活力。我们也可以说，差异，除了其他事情以外，还可指德里达的解构理论努力去释放的那些权力。"[①]以索绪尔为代表的现代语言学派观点从根本上破坏了解构主义以前个人与社会关系模式的根基：既然不是语言映照世界，而是世界由语言划分，那么主体在符号系列中建构。要在世界上或经验中找到意义的保证

---

① （美）马克·爱德蒙森. 文学对抗哲学——从柏拉图到德里达 [M]. 王柏华，马晓冬译. 北京：中央编译出版社，2000. 88.

就是忽视我们对这一世界的经验是由语言构成这一事实，同样，假定某一个体是意义的权威也就是无视主体性自身是推论性建构的理论。这种破解与否定必然预示个人和社会关系的重新认定：上帝隐退，主体已死后的"主体"是什么？处于社会关系中的个人主体在此已经不是作为消极否定的丧失，不是作为来自原本自我的否定而体验的，而是作为绝对不能向自我回收的"完整他者"、他者的他者，作为向继续是他者的他者移行，作为呼唤，作为赠送被肯定。所谓"播撒"就是不能向自我回收的他者体验，就是不能集结于一者的多者体验，就是语言中的体验。解构以多种方式建构的自我取代现代主义的自我。符号系统的不稳定性必然提示作为一个整体的社会人类关怀，社会的利益不可能只靠个人而获得。后现代主义具有这样的特点，也势必要求放弃所有（包括传统基督教）霸权主张，使他人具有根据其选择的意义系统塑造其生活的平等权利。和德里达、福柯等人的主张相近，卢克曼的社会学理论也主张社会是非个人性的。卢克曼在《无形的宗教》中认为，自我意识之塑造的私人化也许是现代社会最具革命性的品质，这就为个人提供了某种虚幻自主感，个人的自我认同（特别是道德）成为一种私人现象。这种分殊化（卢曼）是现代化的前提，也是现代化的后果，它使得现代社会的结构秩序和意义秩序远比传统社会复杂。宗教社会学正是从这个立足点出发，试图建立既保持现代社会的自由观念，又不失社会共同体的和谐的新模式。

二、宗教社会学重构

　　既然传统宗教的立足点已遭解构，新的宗教社会学理论要解释现代社会的形态特征，对现代社会改造进行理论探讨，就必须对宗教重新释义。何谓基督教本质？从社会理论的角度讲，马克思、韦伯、西美尔、涂尔干、卢克曼等人都有自己的解释。首先承认对基督教的理解的多重层次，才有利于我们今天对宗教社会学的新基点有所把握。

　　笔者认为，基督教理解的第一个方面是其社会性方面。主要是指基督教社会的形成及在诸民族社会中的传入和发展过程。在特定的历史阶段，教会、教义成为维持社会的尺度和体制。这种"宗教"具有独立建制实体和教旨旨趣，是一种犹如艺术、科学那样的文化形式，或"有些类似于罗马时期或现代意义上的国家"。① 这种形式化教会宗教从文艺复兴开始不断受到挑战，特别在其与政治经济明显分割之后，迅速衰退。现代社会中政治和经济领域的自我合法化、个人的自我（特别是伦理）认同成为一种私人现象的自我合法性，使得法权宗教在传统意义上所行使的合法性功能丧失了意义。

基督教理解的第二个方面是其对人的关注的性质，其在神学、哲学、文学艺术中都得以表达。基督教从西欧中世纪开始成为一种体系较为严密的文化现象以来，"虽然从表面来看，这一文化形态是与以'人'为核心的文化形态根本对立的。但其实质，仍然是人的借助于幻想把自己的本质异化为上帝、神灵并对之加以膜拜顶礼思想意识的反映"。② 恩格斯曾深刻指出，像一切宗教一样，"在这种反映中，人间的力量采取了超人间的力量形式。在历史初期，首先是自然力量获得了这样的反映。而在进一步的发展中，在不同的民族那里又经历了极为不同和极为复杂的人格化"。不久，最初仅仅反映自然界的神秘力量的幻象，"又获得了社会的属性，成为历史力量的代表者。在更进一步的发展阶段，许多神的全部自然属性和社会属性都转移到一个万能的神身上，而这个神本身又是抽象的人的反映"。③ 综观欧洲社会精神和文化发展史，我们确实可以看到人的本质对象化过程，即人的本质的先自然力量化，继而神化，再而物化的发展阶段性。欧洲中世纪占据统治地位的基督教文化形态，在其表面上显示着与人的根本对立的同时，在文化深层，实则是继承着古希腊罗马以来最基本的认识模式和思维形式。也就是说，它的深层本质，实则仍是对人的关注，是对古代将人的本质和力量对象化为

---

① （德）西美尔. 现代人与宗教［M］. 曹卫东译. 北京：中国人民大学出版社，2003. 6.

② 刘建军. 论西欧中世纪文化中的变革因子［J］. 东北师大学报（哲学社会科学版），1997，（2）.

③ （德）马克思，恩格斯. 马克思恩格斯全集：第3卷［M］. 北京：人民出版社，1972. 354－355.

自然的力量的一种提升和发展。人在中世纪神学那里，实际上获得了更多的社会属性。它表明中世纪欧洲人日益脱离了自然的羁绊而转向人的精神生活和社会生活，人的精神生活的社会目的性进一步增强。不管表面上基督教文化与人表现出了多么强烈的对立，但其本质仍未脱离对人的关注，这实则说明着基督教本身从根本上就具有着强大的异端文化因子——对人关注、对人本质关注的文化因子。明确了这一点，我们才能够理解为什么文艺复兴时期许多人文主义思想家只把批判的锋芒指向反动教会而并不否定宗教本身，这与其说他们是打着宗教的旗号反宗教，不如说他们正在试图挖掘真正的基督教精神。

　　基督教理解的第三个方面是其作为一种超越性的人类学思维结构。由于宗教的人类学基础存在于人类自我超越的能力之中，我们不能简单地把宗教等同于人性，我们需要把宗教的人类学根基和社会功能问题作为相互分开的问题来处理。毕竟世界上"存在着自我超越的各种形式，与之伴生的象征世界也彼此大不相同，即令它们的人类学根源完全一致"。①在西方传统社会中，规则的普遍性主要是通过一整套文化规范而建立的，而文化规范之被社会成员普遍接受，则在很大程度上取决于以神圣和世俗的划分为基点的宗教传统。德里达的"文本之外，别无他物"，否认了这种体系先验前提的存在，也就意味着当下"现实"不再是先天给予的，而是被制造出来的，是在世界中明显的诸种客观事实的相互关系运作中，用社会习俗和个人的或者人与人之间的幻想生产出来的。它不再被经验为一种有序而固定的等级制度，而是一种相互连接的多种现实的网状物。一方面，德里达的理论使我们认识到，人类通过将现实综合在一个单一价值体系中而理解所有现实的能力是非常有限的，甚至是错误的，毕竟诸多社会形式在多重历史权力结构和知识框架中运转。知识和权力结构的不断变换，便实现现实模式不断再合成。另一方面，我们也得承认一切理性都无法理解的、神秘而不可言喻的向总体迈进的超越性意识的存在。坚持对这两种方式的功用和可能性有一种清晰

---

　　① （美）彼得·贝格尔. 神圣的帷幕——宗教社会学理论之要素［M］. 高师宁译. 上海：上海人民出版社，1991. 204.

的认识，不等于回到非理性主义中去，相反，这打开了通往真正理性态度的道路。这样一来，放弃传统宗教超越领域，不再把人类进步解释为通向上帝之路，我们怎样确立一种新的体验去洞察人类孤立与交流等根本问题？如何呈现个体的人体验终极时他对现实的（不是焦虑或嘲弄的）直觉？也许像马克斯·韦伯所坚持的，现代科学的世界观不足以取代宗教，社会和个体生活的意义问题仍然是宗教问题。若如此，就势必要对宗教超越性提出新的解释，把世界意义、人生意义等所谓终极问题，转移到单纯个体性的位置上。这种理论重构是现代宗教社会学面临的共同问题：宗教转型后能否成为意义共识的基础？这就涉及到基督教理解的第四个方面："宗教性"的提出。

作为对人的关怀，基督教信仰经历了 18 世纪的理性主义、19 世纪的马克思主义、20 世纪的个人自由主义，已经发生了很多微妙的变化，但是不论宗教可能还是些别的什么，它首先应该是人类不断建构的超验意义世界，以解决个人与社会关系问题。卢克曼在《无形的宗教》中认为，人类有机体有能力通过构造客观的、有道德约束力的、包罗万象的意义世界，从而超越自己的生物性。结果，宗教就不仅仅成了社会现象，而且事实上还成了典型的人类学现象。具体说来，宗教本身要求人的象征性的自我超越。一切真正属于人性的东西，事实上本身就具有宗教性，而且在人的范围内，非宗教性的那些现象，都是以人的生物构成中与其他动物共同的那一部分为基础的。一旦这样理解，新的宗教超越性就完成了从"有形宗教"即以教会为制度基础的信仰体制向以个人虔信为基础的"无形宗教"过渡。西美尔在《现代人与宗教》中指出，宗教是一种社会形式，不在社会的彼岸，"如果我们从与其说处于它们的彼岸，毋宁说就在它们此岸的各种关系和旨趣中寻找到某些宗教契机"，不在社会之外，而在社会之中，社会作为人的互动关系，本身就带有宗教因素："人在相互接触的过程中，在纯粹精神层面上的相互作用过程中奠定了某种基调（Ton），该基调一步步地提高，直到脱颖而出，发展成为独立的客观存在，而这就是宗教"。所谓宗教契机就隐含在这样生活的种种关系中："一定的情感张力，一种特别真诚和稳固的内在关系，一种面向更高秩序的主体立场——主体同时也把秩序当作是自身内的东西。"社会关系"通过个体之间相互作用而形成的特殊情感内容，转化到了个体与某种超验之间的关系中"，从而发展成了宗教观念的世界。① 由此，西美尔提出了"宗教性"与"宗教"相区分："'宗教性'是一种'社会精神结构'，体现为某种人际行为态度，他们往往是自发形成的情绪状态、灵魂的敞开状态、作为与超越域相遇的前提的体验形式，并不具有客观的建制形式。"② 德里达也认为："对在任何地方产生的神圣化我都感兴趣。神圣与世俗的对立是非常幼稚的，它引起了解构的各种问题。和人们认为已知的情况相反，我们其实从来没有进入世俗时代。世俗的观念本身一部分一部分地成为宗教，实际就是基督教。"③

三、面向未来的"宗教性"

"宗教性"的提出对建构个人与社会秩序之关系有何意义？卢克曼曾指出，在把宗教的特定历史表现形式等同于宗教本身这一假设之下，对现代工业社会中教会宗教进行研究，似乎证明宗教正在普遍衰落，当代世界正变得日益缺乏"宗教性"，这类研究的问题是，在试图回答个人自主性和社会整合的关系问题以前，已事先假定两者之间有不可弥合的冲突。宗教社会学思想家们承认，现代社会的一个基本问题是分化，统一的生活意义上的社会法权式规定，历史地表明与现代社会的自由结构不相容，文化的意义等级秩序结构已不再需要为社会整合提供价值基础，同时，这种自我合法化使得宗教在传统上所行使的合法性功能、元叙述丧失意义。那么现代社会的首要问题，不再是寻求新的统一性，而是化约因分殊化导致的复杂性。于是宗教就在此承担了化约的特殊角色。现代人不再信传统的宗教，但现代人又仍需要宗教，这是包括西美尔在内的现代宗教社会学思想家对宗教的现代性问题作出的基本论断。

---

① （德）西美尔. 现代人与宗教 [M]. 曹卫东译. 北京：中国人民大学出版社，2003. 3—9.

② 刘小枫. 编者导言 西美尔论现代人与宗教 [A]. （德）西美尔. 现代人与宗教 [M]. 北京：中国人民大学出版社，2003. 8.

③ 杜小真，张宁编译. 德里达中国讲演录 [M]. 北京：中央编译出版社，2003. 214.

鉴于现代社会的分殊化，新的社会理论已不宜于再提供一个元叙述，那么对基督教神学的改造就要认清现代社会中意义分化，从而定义自己的新语义功能。

西美尔认为，宗教教义可信性的丧失，根本原因是人的内在需求在现代社会发生了变化，这是启蒙文化的后果，它使"人类文化状态和新的内在需要一起站在空白的零点上"。① 启蒙文化使信仰的超验教义内容变得不可信了，但这又首先是因为信仰主体和信仰对象（超验内容）的分离。信仰对象（超验内容）被指责成抽象的规定性以后，就被当做幻想排除了，只剩下信仰主体孤零零的憧憬（宗教需求）。主体文化与客体文化的分离，是现代文化的特性。卢曼指出，宗教系统与社会系统的分化，最重要的是宗教与道德的分化；现代社会固然还是一个道德社会，但是区分善恶的标准已无社会一体化的共识性，只有利益群体的共识性。共识不是教义，共识成为教义，或教义成为共识，都是危险的。这样只剩下意义对社会经验和社会行动起一种赋形作用："卢曼把意义在社会系统中的地位与核糖核酸、脱氧核糖核酸在有机系统中的地位作了类比。在这个意义上，意义是经验与行动的代码……是社会系统的基本元素：诸社会系统通过使用意义建立自身的选择性……而且，根据卢曼的这一概念，意义不可能脱离构成它的诸系统。在这里，我们再度遇到了一种排除终极、无基设的所指物的开放性。"② 作为社会系统选择性的基础，意义构造了一个既包含可能性又包含现实性的世界，而且这个世界既在系统内部建立起来，又在环境中建立起来。意义构建了系统与环境的复杂性，从而使经验与行动的选择性能够建构一个与环境相对峙的系统。③

那么，在这样的现代意义观下，如何具体实现马丁·布伯的"我——你"关系？在拒斥了神秘主义和出世思想之后，布伯反复说明：

---

① （德）贝耶尔. 论卢曼的宗教社会学［A］.（德）卢曼. 宗教教义与社会演化［M］. 刘锋，李秋零译. 北京：中国人民大学出版社，2003. 126.

② （德）贝耶尔. 论卢曼的宗教社会学［A］.（德）卢曼. 宗教教义与社会演化［M］. 北京：中国人民大学出版社，2003. 13.

③ （德）卢曼. 宗教教义与社会演化［M］. 北京：中国人民大学出版社，2003. 65.

只有充分介入世俗生活并使之神圣化之日，就是同"永恒的你"相见之时，"倘若你穷究万物及限在之生命，则你趋近无底深渊；倘若你无视万物及限在之生命，则你面对无限空虚；而倘若你圣化生命，则你与无限生机之上帝相遇"。① 西美尔进一步指出，宗教关系作为一种社会关系，是个体之间互动形成的情感转化为个体与某种超越体的关系，而非一种安慰性幻想的社会倒影，因为个体自觉依赖于某个普遍的高级集体，并期望在集体中得到升华与拯救，他同集体之间可以说既有差别，又有认同，所以"个体的宗教实存形式和社会实存形式之间表现出相似的结构"，也就是说个体与上帝的关系（依附感）同个体与社会共同体的关系（依附感）很相似，社会作为人的互动关系，本身就带有宗教因素。卢克曼在《宗教的人类学条件》中也说明，个体必须总是生活在"社会预制的"解释范式或"文化"之中，文化作为意义体系，具有超越性和道德性，并因此成为宗教的基本形式。这样，宗教作为社会的一种超越性形式，宗教不在社会的彼岸，不在社会之外，而在社会关系之中，成为解决人的关系的一种实在因素，同时宗教关系的整合提供了个体与超越体的关系的契机。西美尔指出：宗教的功能就在于提供了社会整合性的绝对形式。"所谓整合性，不外乎是指多种因素彼此相连，休戚与共"，"上帝的观念的内在本质在于，把各种各样彼此矛盾的事物相互联系并整合起来……宗教整合性简直就是社会整合性的绝对形式"。②

　　和其他宗教社会学家一样，卢曼把宗教抛在社会分化与社会整合的紧张关系上，"我们就必须假定，沟通结构的变化即使不是使宗教有必要适应新手段的重要变化，至少也是造成这种结果的变化之一"。③ 卢曼在《上帝的指令是自由的形式》中指出，上帝并不是置身于超越的彼岸，而是置身于充满差异的彼岸，包括区分与不区分的彼岸。上帝是"非他"，对上帝来说，一切区分都被超越了。日益强烈的分化引致个体

---

① （德）布伯. 我与你 [M]. 陈维刚译. 北京：三联书店，2002. 68.

② （德）西美尔. 现代人与宗教 [M]. 北京：中国人民大学出版社，2003. 119, 13.

③ （德）卢曼. 宗教教义与社会演化 [M]. 刘锋，李秋零译. 北京：中国人民大学出版社，2003. 12.

的处境的孤独化也表明不能在功能系统上分化地生存，换言之，如今个体性必须通过外在而不是内在生存。宗教救赎目的不是个体性的，而是社会的交往——沟通系统不可或缺的，也就是说，宗教要为先验个体之社会化提供沟通中介。宗教的功能就是要提供一个意义系统，对其他社会系统构成一种参照点："社会关系形式经过不断的凝聚和脱俗，发展成为一个宗教观念世界；或者说给宗教观念世界注入了新的因素；换个角度看，也就是说，通过个体之间相互作用而形成的特殊情感内容，转化到了个体与某种超验观念之间的关系当中。"①

为达到普遍的、客观的语义的超验意义与非普遍性的、单纯个人的语义相和谐，卢克曼认为，个体在参与行动中会参照别人的审视，然后内化客观意义体系，其实也就内化了指涉神圣世界的宗教表象，卢克曼称之为个人的主观"终极"意义系统或者个人宗教性。此世行为与天命规定的设定性关联被打破之后，个体的内在性便渗入宗教语义的超越意蕴，那么新的类超验知识建构应该考虑更多个体切己的现实的处身性。西美尔的"宗教人"不是要在自身之外建立一种神性领域，靠外在信仰来对自己的生命起作用，而是在个体生命的灵魂开始活动的那一刻。他指出，对现代人的焦虑和不安，重要的是寻回作为生命的内在形式规定的"宗教性"，"宗教把自己从其实质性和对超验内容的依附性中解脱出来，恢复或发展成为生命自身及其所有内容的一种功能，一种内在形式……整个问题也就在于……能否把这种生命本身当做一种形而上学价值，以便可以轻而易举地用它来取代超验的宗教内容"②，成为个体自决（自律、自由）的生命意义的体现。正如刘小枫指出的，"基于现代的自由理念，他实际主张一种自律（autonome，即自由）的主体信仰与神律（theonom）的客体形式相融合的宗教文化，既摆脱异律

---

① （德）西美尔. 现代人与宗教 ［M］. 曹卫东译. 北京：中国人民大学出版社，2003. 9.

② （德）西美尔. 现代人与宗教 ［M］. 曹卫东译. 北京：中国人民大学出版社，2003. 54.

（Heteronomie）的精神束缚，又不坠入无维系的单子式个体状态（Anomie）"①。一旦上帝并不在世界上活动，在每一个具体境遇的理解上，就有了多种可能性，新的可能性能够使发挥作用的多种力量达到统一。当这种新的可能性实现了的时候，旧有的价值尽管被保留了，却被保留在一个还包括了其他价值的更大的统一体之中，同样，个人的认同及其传统中的根基并没有被排除，却有了扩大和转变。

宗教作为社会主体的人实现自我解放进而走向现代化的精神束缚，其意义等级结构秩序结构已不能按其传统给社会整合提供价值基础，但它所具有的独特精神超越结构功能，又能够给人以精神慰藉和心理支持。为此，西美尔等人拒绝了宗教和社会的二分（把宗教视为一种既定的神圣秩序、与世俗秩序判然有别的东西），采取把宗教问题与现代社会问题关联起来的办法，把"宗教性"作为一种个体内在的超越性而提出，看到人际关系的互动中把超越的宗教性看做社会整合的基本要素，在回应后现代理论那里有积极的意义，而且我们也不能回避现代资本主义精神与基督教传统的密切相关性，除了马克斯·韦伯《新教伦理和资本主义精神》指出这点，托克维尔也认为："宗教的主要任务，在于净化、调整和节制人们在平等时代过于热烈地和过于排他地喜爱安乐的情感。"② 此外，这也是宗教人文因素的现代体现方式。由此，我们既对这种宗教功能说有个理性的认识，又看到其对德里达解构努力的理性回应。当代神学思想正从后现代主义启迪中探寻神学的新发展，并在与后现代主义碰撞中产生新创意，形成彼此吸纳共辟新径的局面，其积极回应和直接参与，在一定程度上纠正了后现代主义的纯批判和否定性质。道路是不同的，但达到目标的可能性却是相同的，这个目标最终可以被世俗地理解为与邻人的友爱交往、与超越性精神结构的结合或从自我中心到现实中心的转化，达到个体达成和他者达成的平衡统一，破解暗含权力意志的逻格斯，形成了一种真正对等的关系。

　　① 刘小枫. 编者导言 西美尔论现代人与宗教 [A]. （德）西美尔. 现代人与宗教 [M]. 北京：中国人民大学出版社，2003. 31.

　　② （法）托克维尔. 论美国的民主 [M]. 董果良译. 北京：商务印书馆，1988. 544.

后　记

在书稿杀青之际，不能不说从德里达思想中获益匪浅。如何自觉地探索民族传统与西方交流的关系，在与西方文化的交流中最终找到现代与传统结合的道路，是我们时代的重要课题。而做到这一点首先要对西方文明有个深刻的认识——德里达给了我们一种反思西方文明的方式，反思现代人问题性生存状态的历史根源，以深刻的伦理关怀思考西方人的思维困境。同样，我们也需要花很长的时间温习自己的伟大传统文明。尊重民族传统，并吸纳现代西方文明的思想，我们才能有更深刻的民族化作品。拉美的马尔克斯、博尔赫斯，埃及的马哈福兹，印度的泰戈尔的成就不能说不与此有关。诺贝尔文学奖对川端康成的评价是，以卓越的感受，高超的现代小说技巧，表现了日本人的内心精髓，架起了东方与西方精神的桥梁；对马哈福兹的评价是，融合了阿拉伯古典传统、欧洲文学灵感和个人的艺术才能，开创了全人类都能欣赏的阿拉伯人的叙述艺术。处在社会发展十字路口的拉美和东欧，在文化领域已经形成了一种兼容并包的特征，特别是拉美文学爆炸产生了一大批赫赫有名的作家：博尔赫斯、卡彭铁尔、鲁尔福、阿斯图里亚斯等等，把来自西方思潮进行整合、借鉴、创新，在植根于传统的基础上"冲突、并存、融合"，培养出一大批既是民族的又是世界的作家。

当然，研究还有许多工作没有完成。把德里达的解构思想植入一个"诗学"的框架进行研究，不能不说是一个悖论性的课题。德里达甚至认为文学作为一种稳定的建制都是虚构的。笔者不得不采取一种迂回的

策略来完成自己的理论框架构想，这一构想肯定在一部作品里无法
穷尽。

　　首先，如何清理德里达理论体系与西方人文精神传统的关系，需要
进一步深入讨论。德里达的语言学理论主张不是孤立的，解构批评的概
念框架的含义超出批评本身而延伸到意识形态以及意识形态在作为整体
的社会结构中的位置，涉及对文学的假定、语言和意义的假定，更重要
的是还涉及关于西方文化的假定的批判。哲学和文学领域的独立性和自
主性都只是幻觉（德里达称"文学是一种虚构的建制"，哲学只是白色
的神话学）。解构的关键不是根除形而上学，或否定西方思想传统，而
是要赋予解构作为一种思想方式被思考的可能性，表现对存在和本质的
权威的探讨和质疑。它不具有建构功能，"解构是……"的本体论陈述
无法抵达先验的目的，因为无论是什么，都恰是系词"be"的本体论假
设。美国学者多米尼克·拉卡普拉说过，在德里达的著作中，我们可以
分辨出两种相互关联的过程：解构和播撒，解构是对文本中那些威胁到
作者的公开目的和意图的力量进行分析。得出这个结论并不难，这个结
论也未必重要，重要的是，如何去看待这种解放性力量和西方根深蒂固
的、虔诚追求理性的人文精神传统的关系，才是我们今天德里达解构主
义乃至后现代思想研究的要义。

　　其次，德里达的诗学体系本身是在追求自由中的文化解构，尚没有
进入到重新建构的阶段。德里达把语言的延异、文学的虚构现象、文化
中人的自由必然性与对逻格斯意识形态的批判紧密结合了起来。世界的
秩序化是思想理性化和语言逻辑化的结果，西方文化的发展与这一过程
紧密相连。[①] 由苏格拉底和柏拉图所奠定的逻格斯中心主义和语音中心
主义原则，更使西方人把对语言的逻辑化为形式的理性主义列为首位，
甚至产生某种迷思。以西方语言文字为基础而发展起来的西方文化，越
来越朝着远离自然、甚至反自然的方向发展。西方文化从现代主义到后
现代主义的发展过程中，由上述倾向所产生的矛盾和危机越来越尖锐，

---

　　① 刘意青教授曾提到，国外一些学者认为，后现代的文论多元现象实质是犹太传统对
希腊哲学的逻格斯中心主义和抽象思维的叛逆行为，从弗洛伊德到拉康和德里达，还有哈罗
德·布鲁姆等人的文学理论都体现和延续了希伯来的认知传统。（刘意青．《圣经》的阐释与
西方对待希伯来传统的态度．外国文学评论．2003（1）.

使西方文化界中一部分敏感的思想家和艺术家首先意识到：西方文化的反自然性质主要来自西方语言思维本身的局限性。应该说德里达是在重新思考文学"真理"与文学"建制"、文学本身之间习以为常的既定关系，而解构它们的方式便是使真实性和再现媒介之间模糊不定。德里达通过语言的分析挖掘了逻格斯中心主义，既是西方文明之核，又是西方人的基本思维模式，也解析了西方思想史对语言的错误理解。德里达如何界定人的诗学？德里达告诉我们，最重要的是分析语言：因为人类用符号建构了一个世界，对任何事物的分析就是对语言的分析。这种倾向被学术界称做 20 世纪的语言转向。与传统哲学相比，这样的转向蕴涵着极大的危险和争议，它首先把关注的对象从内容转向形式（结构主义），然后又转向内容与形式相统一的解构主义。德里达受过精神分析学说的影响，避开诸如创造、灵感或形式美等虚假的概念所造成的障碍，并且引入一种辩证的研究，一方面发扬了语言无限延异的自由特征（人创立语言也拓展了自己的想象空间），一方面也发现了诗的想象自由植根于人类的必然性中。想象不是寓于其他一些功能中的一种功能，文学自由的想象是发现现实中矛盾和一些反命题的重要策略，解构诗学的全部目的恰恰在于此。

　　种种迹象表明，传统文学概念的各种界定方式和阐释途径在后现代文本面前都陷入了一种悖谬性的境地之中，原因恰恰在于事实上文学的客观建制是不存在的，为文学下定义的问题，往往变成人们决定如何阅读的问题，而不是判定所写作品之本质的问题。过去把文学作品的价值并不在其本身，它意谓某些人在特定境况中依据特殊标准和按照给定目的而赋予价值的任何事物。然而，随着现代文学创作的多样化，所有这些阐释文学性的途径和线索都逐渐失去了理论的有效性。后现代文化对现象与本质、感性与理性、逻辑与隐喻等一系列二元对立的背反恢复了文学的诗性之维——文学既不是道德情感表现的工具，也不是与现实世界全然无关的符号体系。德里达理论的主要价值在于发现既有理论体系所存在的共同问题，但是还没有具体着手建构。

　　第三，解构诗学所拥有的启发性伦理价值有待更多的挖掘。解构不是一种"虚无主义"的纯粹否定性的运动，不是在否定意义的可能性，只是将通常伴随它的一些基本假设打上问号。对德里达来说，解构具有一种肯定性的冲动："它引发肯定性的行动，与承诺、责任、投入及政治参与也息息相关。"我们想象自由，当诉诸于权利来保障自己的自由的时候，我们生活中有太多的人恰恰没有去思考，为什么我有这些权利？当代哲学家麦金太尔（Alasdair Macintyre）的论断无疑会是恐慌性的：根本就不存在什么人权或自然权利，它们纯粹是"虚构"，"相信这种权利与相信独角兽或巫术是一样的"。从 1776 年美国革命《独立宣言》、1789 年法国革命的《人权和公民权宣言》到 1948 联合国所通过并发表的《世界人权宣言》，权利的观念通过一次又一次的公共行动而逐渐地深入人心、深入我们的日常话语。也正因为它是一个由人类实践所开创的符号性造物，其存在论根基永远是"无"，但是我们能说这是一种虚无主义吗？同样，是不是柏拉图、亚里士多德、黑格尔、T. S. 艾略特等重要人物研究了文学艺术，写出了作品，我们就说有了"诗学"？某种程度上说，读者对文本的阅读也是需要负责任的一种阅读伦理行为，任何阐释都是有意义的，也是片面的，不能成为最终的结论。但是，也只有怀有终极真理追求的态度，文本的阐释才具有价值。恐怕诗学不是自明的生物学——人类学事实，而是一个符号性的创造——作为文化意义上的真正的自由想象，因为它是从"无"中创造出全新的事物，努力挖掘理性的局限——那种局限无法靠因果链来说明，也无法用柏拉图实在性之范畴来作解释。文学理论根本意义上确是一个"虚构"（符号性造物），它是由人们前赴后继的不竭的创造性实践来使它"存在"、并不断推进。同时因作为符号性造物的理论之"虚构"性，我们永不会有一个关于诗学的终极体系。迄今为止我们所有的文学理论，先天地就是缺乏的和不充分的。

　　正如几年前去世的法国哲学家德里达对"正义"这个符号性造物的阐述一样，权利永不应被"存在论化"为一个自我在场的实体，即以某些肯定性的特定内容，将其在存在论层面上固定化。它永远是一个进行时状态的实践，一个公共行动（创造、辩论、抗争……）。文学也是如此，文学是一次行动。站在这一角度理解，就会发现解构不可能成为一种具体的方法论。后来批评流派偏偏错误地把它理解为一种方法论。因为错误理解解构主义强调"一切皆是文本"，凡是文本就逃脱不掉"修辞性"，作为与意义本源脱节以后、独立存在的文本即可被人进行永无止境的阐释。解构主义的批评不能变成"咬文嚼字"的词源学训练，仅仅在词义的任何一个环节上找到自反性的缝隙。

作为"诗学"研究，一个显而易见的争论是，为什么国内外很多研究者他们不作这样的完整的体系性的研究。作为解构主义的理论家，德里达是非常反传统的，是从语言的层面上破解二元对立的逻格斯的框架体系，很多研究者不这么做，可能大家认为，如果我能够用本体论、认识论和价值论这样的分类方法，这样的思路来研究，这是不是和德里达的理论特点，理论出发点有所冲突。"诗学"，诗学术语一个逻格斯的概念，因为有稳定中心，概念和体系，德里达要逃离逻格斯中心主义的思想体系，却又被纳入逻格斯中心主义，并且要赋予他一定的意义，能否真正的实现，甚至说，德里达有意图要建立诗学吗？我觉得这个问题是如此来看，第一，就是德里达自己的看法。在一次国际会议上，有人问过他，解构之后有没有建构，他说，解构还没有完成，他可能说将来会建构。第二，德里达自身不能完全脱离西方的话语，自己完全独立搞一套自己的话语体系，这就是德里达理论的困境，举个例子说，他关键批判逻格斯中心的最核心观念的二元对立，二元对立就是非 A 即 B，德里达发现，解构即不是 A，又不是 B，那中间状态是什么呢？就是强调关系，这个关系是在历史发展中和一个具体现实的交合点，就是在这个点当中，这个点无法接近。从我的角度理解，学术研究不可能不作结构化的尝试，作为结构化尝试，我觉得一个有效的途径就是对比研究，按照传统诗学的基本方面去研究，从本体论、认识论和价值论等方面去研究。但是这个研究有一个非常重要的特点，就是说，德里达强调认识论，和我们传统理解的认识论不一样，有个从认识论向本体论的转型。这个发生了立足点的变化，就是说需要重新界定本体论、认识论和价值论，重新给个定义。第三，解构自身与文学的审美自由、"宗教性"终极关怀有着本质的相通，从多个角度还原诗学自身的特质有着积极的理论意义和现实意义。

当然，与盛宁、王宁、郑敏、尚杰、杨大春等较早引介解构理论的老一辈先行者相比，与陈晓明、陆扬、肖锦龙、胡继华、杨乃乔、陈本益、方向红、周荣胜、朱刚、包亚明、丁尔苏、程锡麟等等学者已有的卓越研究成果相比，本研究取得的进展难免惭愧。在此对所借鉴的以上学者和其他在行文中——注出的学者表示诚挚的敬佩和谢意。也许正如德里达所提倡的，理论应当是面向实践开放的对象，我们应活生生地面对批评实践，理解和阐释是一个永不停止的方案，一个不能放弃的方案。

本书稿是在博士论文基础上修改而成。自当首先感谢恩师刘建军先生悉心指导——对于许许多多人来说，不是他没有进一步发展的才智，而是他没有那么多的机遇。周围许多出身农村的博士生，都有一个类似的梦和我一样：梦见自己又不得不参加高考，为某些科目长期丢弃无法再次考上大学而焦急万分。从这一点人生体验我从骨子里是佩服弗莱的，尽管我从逻辑推理上似乎不得不站到了德里达的一边而反对他，实际上他们只是推理的过程不同，目标却是一致的：在历史中对每个个体无奈命运的深刻反思。人在具体的命运困境面前，不可能没有一个精神的支柱——也许是某种精神上的神圣性观念，也许是某个具体帮助你的人。先生是我人生前进道路上的灯塔，一点一滴不厌其烦地教会了我这个学生为学，为人，特别是教会了如何把为学的思考与为人的思考的关联起来——研究的东西不能不解决现实问题。

在论文形成、开题、答辩以及书稿修改、出版过程中，北京大学外国语学院的刘意青教授、南开大学文学院王立新教授、《外国文学研究》编辑部聂珍钊教授、东北师范大学外国语学院杨忠教授、张绍杰教授、李增教授，文学院王确教授、程革教授和政法学院哲学系王兵副教授等也都提出过宝贵的指导意见，提携之情、感激之意难以言表。

感谢我的父母这些年默默无闻地为我作出的牺牲。每次电话问及家里的情况，父亲总是说让我忙好自己的事情，家里的事情不用操心。从乡村走向城市，一直读到了博士，实是愧对家人，既没有及时地承担作为长子的责任，也没有及时承担为丈夫和父亲的家庭责任。感谢我的妻子陈鸿瑶，她为了小家庭也付出了很多——诸多恩情一言难尽。但愿我能在接下来的人生中，能够偿还这笔无尽的债务。

袁先来谨识
2010 年于长春

参 考 文 献^①

德里达著作英文参考文献

［1］Derrida，Jacques. *Speech and Phenomena，and Other Essays on Husserl's Theory of Signs* ［M］. Trans. David B. Allison. Evanston：Northwestern University Press，1973.

［2］Derrida，Jacques. *Of Grammatology* ［M］. Trans. Gayatri Chakravorty Spivak. Baltimore：Johns Hopkins University Press，1976.

［3］Derrida，Jacques. *Writing and Difference* ［C］. Trans. Alan Bass. Chicago：University of Chicago Press，1978.

［4］Derrida，Jacques. Living on ［A］. In：Harold Bloom etal. *Deconstruction and criticism* ［C］. New York：Seabury press，1979.

［5］Derrida，Jacques. *Spurs：Nietzsche's styles ＝ Eperons：les styles de Nietzsche* ［M］. Trans. Stefano Agosti. Chicago：University of Chicago Press，1979.

---

① 对国内已有的重要研究成果，行文中引用文献，也在参考文献中一一列出，给读者以检索便利。行文中引文个别按英译本有改动。

[6] Derrida, Jacque. *Dissemination* [C]. Trans. Barbara Johnson. Chicago: University of Chicago Press, and London: Athlon Press, 1981.

[7] Derrida, Jacque. *Margins of Philosophy* [C]. Trans. Alan Bass. Chicago: University of Chicago Press, 1982.

[8] Derrida, Jacque. *Memoires: for Paul de Man* [M]. Trans. Cecile Lindsay. New York: Columbia University Press, 1986.

[9] Derrida, Jacque. *Glas* [C]. Trans. John P. Leavey, Jr. & Richard Rand. Lincoln: University of Nebraska Press, 1986.

[10] Derrida, Jacques. *The Truth in Painting* [C]. Trans. Geoffrey Bennington and Ian McLeod. Chicago: University Of Chicago Press, 1987.

[11] Derrida, Jacques. *Edmund Husserl's Origin of Geometry, an Introduction* [M]. Trans. J. P. Learey. Lincoln: University of Nebraska Press, 1989.

[12] Derrida, Jacques. *Of Spirit: Heidegger and the Question* [M]. Trans. Geoffrey Bennington and Rachel Bowlby. Chicago: University of Chicago Press, 1989.

[13] Derrida, Jacques. *A Derrida Reader: between the Blinds* [C]. Peggy Kamuf. ed. New York: Columbia University Press, 1991.

[14] Derrida, Jacques. *Acts of Literature* [C]. Derak Attridge. ed. New York: Routledge, 1992.

[15] Derrida, Jacques; Elisabeth Weber. *Points ...: Interviews, 1974 − 1994* [G]. Stanford, Calif. : Stanford University Press, 1995.

[16] Derrida, Jacque. *The Gift of Death* [C]. Trans. David Wills. Chicago: University Of Chicago Press, 1995.

[17] Derrida, Jacques. *Politics of Friendship* [M]. Trans. George Collins. London, New York: Verso, 1997.

[18] Derrida，Jacque. *Deconstruction in a Nutshell：a Conversation with Jacques Derrida* [C]. John D. Caputo. ed. New York：Fordham University Press，1997.

[19] Derrida，Jacques. *Monolingualism of the Other，or，The Prosthesis of Origin* [M]. Trans. patrick Mensah. Stanford，Calif.：Stanford University Press，1998.

[20] Derrida，Jacques and *Gianni Vattimo*. *Religion* [C]. Trans. Samuel Weber. Stanford，CA：Stanford University Press，1998.

[21] Derrida，Jacques. *The Derrida Reader：Writing Performances* [C]. Julian Wolfreys. ed. Lincoln：University of Nebraska Press，1998.

[22] Derrida，Jacques. *Positions* [C]. Trans. Alan Bass & Christopher Norris. London，New York：Continuum，2002.

[23] Derrida，Jacques. *The problem of Genesis in Husserl's Philosophy* [M]. Trans. Marian Hobson. Chicago：University of Chicago Press，2003.

[24] Derrida，Jacques，Jürgen Habermas and Lasse Thomassen. *The Derrida-Habermas reader* [C]. Chicago：University of Chicago Press，2006.

德里达著作中文参考文献

[1] （法）雅克·德里达. 德里达访谈录——一种疯狂守护着思想 [G]. 何佩群译. 上海：上海人民出版社，1997.

[2] （法）雅克·德里达. 文学行动 [C]. 赵兴国译. 北京：中国社会科学出版社，1998.

[3] （法）雅克·德里达. 语言的陷阱 [J]. 天涯，1998（4）.

[4] （法）雅克·德里达. 多义的记忆——为保罗·德曼而作 [M]. 苏旭译. 北京：中央编译出版社，1999.

[5] （法）雅克·德里达. 论文字学 [M]. 汪堂家译. 上海：上海译文

出版社，1999.

[6]（法）雅克·德里达. 马克思的幽灵：债务国家、哀悼活动和新国际 [M]. 何一译. 北京：中国人民大学出版社，1999.

[7]（法）雅克·德里达. 声音与现象雅克·德里达胡塞尔现象学中的符号问题导论 [M]. 杜小真译. 北京：商务印书馆，1999.

[8]（法）雅克·德里达. 他者的单语主义：起源的异肢 [M]. 张正平译. 台北：桂冠图书公司，2000.

[9]（法）雅克·德里达. 书写与差异 [C]. 张宁译. 北京：三联书店，2001.

[10]（法）雅克·德里达. 阐释签名（尼采/海德格尔）：两个问题 [J]，见：王民安，陈永国. 尼采的幽灵：西方后现代语境中的尼采 [C]. 北京：社会科学文献出版社，2001.

[11]（法）雅克·德里达. 德里达谈现象学 [J]. 张宁译. 哲学译丛，2001（3）.

[12]（法）雅克·德里达，伊丽莎白·卢迪内斯库. 明天会怎样 [G]. 苏旭译. 北京：中信出版社，2002.

[13]（法）雅克·德里达. 风格问题 [A]. 见：刘小枫编. 尼采在西方 [C]. 上海：上海三联书店，2002.

[14]（法）雅克·德里达. 德里达中国讲演录 [G]. 杜小真，张宁主编. 北京：中央编译出版社，2003.

[15]（法）雅克·德里达. 永别了，列维纳斯 [J]. 胡继华译. 世界哲学，2003（5）.

[16]（法）雅克·德里达. 巴别塔 [A]. 见：论瓦尔特·本雅明 [C]. 长春：吉林人民出版社，2003.

[17] 费孝通，（法）雅克·德里达等. 中国文化与全球化 [C]. 南京：江苏教育出版社，2003.

[18]（法）雅克·德里达，（德）伽达默尔等. 德法之争：伽达默尔与雅克·德里达的对话 [G]. 孙周兴，孙善春编译. 上海：同济大学出版社，2004.

[19]（法）雅克·德里达. 多重立场 [M]. 佘碧平译. 北京：三联书

店，2004.

[20]（法）雅克·德里达. 胡塞尔《几何学的起源》引论［M］. 方向红译. 南京：南京大学出版社，2004.

[21]（法）雅克·德里达.《友爱的政治学》及其他［M］. 胡继华译. 长春：吉林人民出版社，2006.

[22]（法）雅克·德里达. 解构与思想的未来［M］. 杜小真等译. 长春：吉林人民出版社，2006.

[23]（法）雅克·德里达等. 宗教［C］. 杜小真译. 北京：商务印书馆，2007.

[24]（法）雅克·德里达. 论精神［M］. 朱刚译. 上海：上海译文出版社，2008.

[25]（法）雅克·德里达.（法）杜弗勒芒特尔. 论好客［C］. 贾江鸿译. 桂林：广西师范大学出版社，2009.

[26]（法）雅克·德里达. 胡塞尔哲学中的发生问题［M］. 于奇智译. 北京：商务印书馆，2009.

著作参考文献

[1] Caputo，John D. *Redical Hermeneutics：Repetition，Deconstruction，and the Hermeneutic Project* ［C］. Bloomington and Indianapolis：Indiana University Press，1987.

[2] ——. *The Prayer and Tears of Jacques Derrida：Religion without Religion* ［C］. Bloomington：Indiana University Press，1997

[3] ——. Derrida and Marion：Two Husserlian Revolutions. in *Religious Experience and the End of Metaphysics* ［C］. Bloomington，Ind.：Indiana University Press，2003.

[4] Douglas，Atkins，G. *Deconstructive Reading* ［M］. Lexi：University Press of Kentucky，1983.

[5] Harris，R. and T. J. Taylor. *Landmarks in Linguistic*

Thought：the Western Tradition from Socrates to Saussure [C].
London：Routledge，1989.

[6] Ellis，John M. *Against Deconstruction* [M]. Princeton，N. J.：
Princeton University Press，1989.

[7] Kearney，R. *Dialogues with Contemporary Continental Thinkers*
[C]. Manchester：Manchester University Press，1984.

[8] Leitch，Vincent B. *Deconstructive Criticism：an Advanced
Introduction* [C]. New York：Columbia University Press，?
1983.

[9] Lucy，Niall. *Postmodern Literary Theory：an Introduction*
[M]. Oxford：Blackwell，1997.

[10] Robert Lumsden. *Reading Literature after Deconstruction* [C].
NY：Cambria press，2009.

[11] Man，Paul De. *Blindness and Insight：Essays of Contemporary
Criticism* [M]. Minneapolis：University of Minnesota Press，
1983.

[12] ——. *Allegories of Reading* [M]. New Haven and London：
Yale University Press，1979.

[13] McQuillan，Martin. ed. *Deconstruction：a Reader* [C].
Edinburgh：Edinburgh University Press，2000.

[14] Nealon，Jeffrey T. *Double Reading：Postmodernism after
Deconstruction* [M]. Ithaca：Cornell University Press，1993.

[15] Silverman，Hugh J. *Textualities：Between Hermeneutics and
Deconstruction* [C]. Routledge：New York and London，1994.

[16] Smyth，Edmund J. ed. *Postmodernism and Contemporary
Fiction* [C]. London：Batsford，1991.

[17] Wolfreys，Julian. ed. *The Derrida Reader：Writing
Performances* [C]. Edinburgh：Edinburgh University Press，
1998.

[18] Young，R. V. *At War with the Word：Literary Theory and*

Liberal Education [M]. Wilmington, Del.: ISI Books, 1999.

[19] （意）艾柯. 诠释与过度诠释 [M]. 王宇根译. 北京：三联书店，1997.

[20] （英）T. S. 艾略特：艾略特诗学文集 [C]. 王恩衷编译. 北京：国际文化出版公司，1989.

[21] （美）马克·爱德蒙森. 文学对抗哲学——从柏拉图到德里达 [M]. 王柏华，马晓冬译. 北京：中央编译出版社，2000.

[22] （法）安托南·阿尔托. 残酷戏剧——戏剧及其重影 [M]. 桂裕芳译. 中国戏剧出版社，1993.

[23] （加拿大）马克. 昂热诺等. 问题与观点——20 世纪文学理论综论 [C]. 史忠义，田庆生译. 天津：百花文艺出版社，2000.

[24] （俄）巴赫金. 文艺学中的形式主义方法 [M]. 李辉凡 张捷译. 桂林：漓江出版社，1989.

[25] （法）乔治·巴塔耶. 文学与邪恶 [M]. 陈庆浩，澄波译. 台北：国立编译馆，1997.

[26] ——. 色情史 [M]. 刘晖译. 北京：商务印书馆，2003.

[27] ——. 色情、耗费与普遍经济：乔治·巴塔耶文选 [C]. 汪民安编. 长春：吉林人民出版社，2003.

[28] （法）罗兰·巴特. 罗兰·巴特随笔选 [C]. 怀宇译. 天津：百花文艺出版社，1995.

[29] （古希腊）柏拉图. 柏拉图全集 [M]. 王晓朝译. 北京：人民出版社，2003.

[30] （德）彼得·比格尔. 先锋派理论 [M]. 高建平译. 北京：商务印书馆，2002.

[31] （英）凯瑟琳·贝尔西. 批评的实践 [M]. 胡亚敏译. 北京：中国社会科学出版社，1993.

[32] （德）恩斯特·贝勒尔. 尼采、海德格尔与德里达 [C]. 李朝晖译. 北京：社会科学文献出版社，2001.

[33] （法）查尔斯·波德莱尔. 1846 年的沙龙：波德莱尔美学论文选 [C]. 郭宏安译. 桂林：广西师范大学出版社，2002.

[34]（法）莫里斯·布朗肖. 文学空间 [M]. 顾嘉琛译. 北京：商务印书馆，2003.

[35]（德）布劳耶尔等. 法意哲学家圆桌 [M]. 叶隽等译. 北京：华夏出版社，2003.

[36]（美）约瑟夫·布雷多克：婚床 [M]. 王秋海等译. 北京：三联书店，1986.

[37]（美）哈罗德·布鲁姆. 影响的焦虑 [M]. 徐文博译. 南京：江苏教育出版社，2006.

[38] ——. 批评·正典结构与预言 [M]. 吴琼译. 北京：中国社会科学出版社，2000.

[39]（比利时）J. M. 布洛克曼. 结构主义：莫斯科—布拉格—巴黎 [M]. 李幼蒸译. 北京：商务印书馆，1980.

[40] 车文博主编. 弗洛伊德主义原著选辑 [C]. 沈阳：辽宁人民出版社，1988－1989.

[41] 曹路生. 国外后现代戏剧 [M]. 南京：江苏美术出版社，2002.

[42] 陈晓明. 解构的踪迹：历史、话语与主体 [M]. 北京：中国社会科学出版社，1994.

[43] ——. 批评的旷野 [M]. 广州：花城出版社，2006.

[44] ——. 德里达的底线 [M]. 北京：北京大学出版社，2009.

[45]（美）阿瑟·丹托. 艺术的终结 [M]. 欧阳英译. 第 2 版. 南京：江苏人民出版社，2005.

[46]（法）米盖尔·杜夫海纳. 审美经验现象学 [M]. 韩树站译. 北京：文化艺术出版社，1992.

[47] ——. 美学与哲学 [M]. 孙非译. 上海：上海译文出版社，1985.

[48]（美）爱略特·N. 多尔夫. 犹太教对道德贡献的要素 [A]. 见：基督教学术 2 [C]. 上海：上海古籍出版社，2004.

[49]（法）弗朗索瓦·多斯. 从结构到解构——法国 20 世纪思想主潮 [M]. 季广茂译. 北京：中央编译出版社，2004.

[50] 冯俊. 当代法国伦理思想 [M]. 上海：同济大学出版社，2007.

[51] （荷）梵·高. 亲爱的提奥：梵·高对生活、艺术及未来的言说 [M]. 平野译. 海口：南海出版公司，2001.

[52] （美）弗罗姆：逃避自由 [M]. 刘林海译. 北京：国际文化出版公司，2002.

[53] （奥地利）弗洛伊德：精神分析引论 [M]. 高觉敷译. 北京：商务印书馆，1984.

[54] （法）米歇尔·福柯. 答德里达 [A]. 见：杜小真编选. 福柯集 [C]. 上海：上海远东出版社，2003.

[55] ——. 词与物：人文科学考古学 [M]. 莫伟民译. 上海：上海三联书店，2002.

[56] ——. 癫狂与文明——理性时代的精神病史 [C]. 孙淑强，金筑云译. 杭州：浙江人民出版社，1990.

[57] 高旭东. 跨文化的文学对话 中西比较文学与诗学新论 [M]. 北京：中华书局，2006.

[58] 高宣扬等. 后现代哲学讲演录 [C]. 北京：商务印书馆，2003.

[59] 高宣扬. 当代法国思想五十年 [M]. 北京：中国人民大学出版社，2005.

[60] ——. 后现代论 [M]. 北京：中国人民大学出版社，2005.

[61] （德）莫里茨·盖格尔. 艺术的意味 [M]. 艾彦译. 北京：华夏出版社，1999.

[62] （日）高桥哲哉. 德里达：解构 [M]. 王欣译. 石家庄：河北教育出版社，2001.

[63] 宫宝荣. 法国戏剧百年 [M]. 北京：三联书店，2001.

[64] （德）尤根·哈贝马斯. 现代性的哲学话语 [C]. 曹卫东等译. 南京：译林出版社，2004.

[65] ——. 后形而上学思想 [M]. 付德根译. 南京：译林出版社，2001.

[66] （美）斯蒂芬·哈恩. 德里达 [M]. 吴琼译. 北京：中华书局，2003.

[67] （德）马丁·海德格尔. 存在与时间 [M]. 陈嘉映译. 北京：三

联书店，1987.

[68] ——. 林中路 [M]. 孙周兴译. 上海：上海译文出版社，2008.

[69] ——. 海德格尔选集 [C]. 孙周兴选编. 北京：三联书店，1996.

[70] ——. 演讲与论文集 [C]. 孙周兴译. 北京：三联书店，2005.

[71] ——. 在通向语言的途中 [M]. 孙周兴译. 北京：商务印书馆，1997.

[72] ——. 形而上学导论 [M]. 熊伟 王庆节译. 北京：商务印书馆，1996.

[73] ——. 荷尔德林诗的阐释 [M]. 孙周兴译. 北京：商务印书馆，2000.

[74] （英）克里斯蒂娜·豪威尔斯. 德里达 [M]. 张颖，王天成译. 哈尔滨：黑龙江人民出版社，2002.

[75] （古希腊）赫拉克利特. 赫拉克利特著作残篇评注 [M]. 屈万山主编. 西安：陕西师大出版社，1987.

[76] 洪汉鼎主编. 理解与解释——诠释学经典文选 [C]. 北京：东方出版社，2001.

[77] 胡继华. 后现代语境中伦理文化转向 [C]. 北京：京华出版社，2006.

[78] 黄其洪. 艺术的背后：德里达论艺术 [M]. 长春：吉林美术出版社，2007.

[79] 金惠敏主编. 差异 国际学术丛刊 第 2 辑 [C]. 开封：河南大学出版社，2004.

[80] （德）汉斯·格奥尔格·伽达默尔. 真理与方法——哲学诠释学的基本特征 [M]. 洪汉鼎译. 上海：上海译文出版社，1999.

[81] （英）A. 杰弗逊，D. 罗比等. 现代西方文学理论流派 [C]. 李广成译. 北京：北京大学出版社，1992.

[82] （美）劳伦斯·卡弘. 哲学的终结 [M]. 冯克利译. 南京：江苏人民出版社，2001.

[83] （美）乔纳森·卡勒. 雅克·德里达 [A]. 见：约翰·斯特罗克

编. 结构主义以来 [C]. 沈阳：辽宁出版社 牛津出版社，1998.

[84] ——. 论解构：结构主义之后的理论与批评 [M]. 陆扬译. 北京：中国社会科学出版社，1998.

[85] （德）伊曼努尔·康德. 判断力批判 [M]. 邓晓芒译. 北京：人民出版社，2002.

[86] ——. 纯粹理性批判 [M]. 蓝公武译. 北京：商务印书馆，1993.

[87] ——. 单纯理性限度内的宗教 [M]. 李秋零译. 北京：中国人民大学出版社，2003.

[88] （加）拉马尔，（韩）姜乃熙. 现代性的影响 [C]. 南京：江苏教育出版社，2008.

[89] （法）伊曼纽尔·勒维纳斯. 上帝·死亡和时间 [M]. 余中先译. 北京：三联书店，1997.

[90] ——. 生存及生存者 [M]. 张乐天译. 杭州：浙江人民出版社，1987.

[91] 李钧. 20 世纪西方美学经典文本（第 3 卷）[C]. 上海：复旦大学出版社，2001.

[92] 李振. 解构与解构的马克思主义：德里达思想研究 [M]. 上海：上海人民出版社，2004.

[93] 刘成富. 20 世纪法国"反文学"研究 [M]. 南京：江苏文艺出版社，2002.

[94] （法）克劳德·列维·斯特劳斯. 结构人类学——巫术·宗教·艺术·神话 [M]. 陆晓禾 黄锡光等译. 北京：文化艺术出版社，1989.

[95] ——. 结构人类学（第二卷）[M]. 俞宣孟，谢维扬等译. 上海：上海译文出版社，1999.

[96] 刘建军：演进的诗化人学 [M]. 长春：东北师范大学出版社，1998.

[97] 柳鸣九. 未来主义 超现实主义 魔幻现实主义 [C]. 北京：中国社会科学出版社，1987.

[98] 陆建德. 麻雀啁啾 [C]. 北京：三联书店，1996.

[99] 陆扬. 德里达——解构之维 [M]. 武汉：华中师范大学出版社，1996.

[100] ——. 后现代性的文本阐释：福柯与德里达 [M]. 上海：上海三联书店，2000.

[101] ——. 否定神学：德里达与伪狄奥尼修 [A]. 见：徐如雷 徐小跃. 宗教研究 第 1 辑 [C]. 南京：南京大学出版社，2006.

[102] ——. 德里达的幽灵 [M]. 武汉：武汉大学出版社，2008.

[103] （英）M. 罗斯. 后现代与后工业——评论性分析 [M]. 张月译. 辽宁教育出版社，2002.

[104] （英）戴夫·罗宾森. 尼采与后现代主义 [M]. 陈怀恩译. 台北：猫头鹰出版社，2002.

[105] （美）理查德·罗蒂. 后哲学文化 [M]. 黄勇编译. 上海：上海译文出版社，1992.

[106] ——. 哲学与自然之镜 [M]. 李幼蒸译. 北京：三联书店，1987.

[107] ——. 偶然、反讽与团结 [M]. 徐文瑞译. 北京：商务印书馆，2003.

[108] （德）马克思. 1844 年经济学——哲学手稿 [M]. 刘丕坤译. 北京：人民出版社，1979.

[109] （法）斯蒂芬·马拉美. 马拉美诗全集 [M]. 葛雷梁栋译. 杭州：浙江文艺出版社，1998.

[110] （美）J·希利斯·米勒. 重申解构主义 [C]. 郭英剑译. 北京：中国社会科学出版社，1998.

[111] ——. 作为寄主的批评家 [A]. 老安译. 见：最新西方文论选 [M]，王逢振等编，桂林：漓江出版社，1991.

[112] （美）尼布尔. 人的本性与命运 [M]. 谢秉德译. 香港：基督教文艺出版社，1970.

[113] （德）尼采. 悲剧的诞生 [M]. 周国平译. 桂林：广西师范大学出版社，2002.

[114] ——. 反基督 [M]. 陈君华译. 石家庄：河北教育出版社，2003.

[115] ——. 快乐的科学 [M]. 黄明嘉译. 桂林：漓江出版社，2000.

[116] 倪梁康. 面对实事本身——现象学经典文选 [M]. 北京：东方出版社，2001.

[117] （英）克里斯托弗·诺里斯. 德里达 [M]. 吴易译. 北京：昆仑出版社，1999.

[118] （美）佳亚特里·斯皮瓦克. 从解构到全球化批判：斯皮瓦克读本 [C]. 陈永国，赖立里，郭英剑主编. 北京：北京大学出版社，2007.

[119] （英）拉曼·塞尔登编. 文学批评理论——从柏拉图到现在 [M]. 第2版. 刘象愚等译. 北京：北京大学出版社，2003.

[120] 佘碧平. 现代性的意义与局限 [M]. 上海：上海三联书店，2000.

[121] 尚杰. 德里达 [M]. 长沙：湖南教育出版社，1999.

[122] ——. 解构的文本——读书札记 [M]. 北京：中国社会科学出版社，1999.

[123] ——. "延异"及文字学的"相似家族" [A]. 见：学术思想评论2 [C]. 长春：吉林人民出版社，2002.

[124] ——. 归隐之路——20世纪法国哲学的踪迹 [M]. 南京：江苏人民出版社，2002.

[125] ——. 精神的分裂——与老年德里达的对话 [M]. 上海：同济大学出版社，2006.

[126] ——. 从胡塞尔到德里达 [M]. 南京：江苏人民出版社，2008.

[127] 盛宁. 二十世纪美国文论 [M]. 北京：北京大学出版社，1994.

[128] ——. 人文困惑与反思：西方后现代主义思潮批判 [M]. 北京：三联书店，1997.

[129] ——. 思辨的愉悦 [C]. 北京：东方出版社，2010.

[130] （美）休斯敦·史密士. 超越后现代心灵 [M]. 梁永安译. 台北：立绪文化事业公司，2000.

[131] 孙周兴. 德里达的解构论与西方本体论危机 [A]. 见：现代西方本体论研究 [C]. 杭州：浙江人民出版社，1993.

[132] （瑞士）费尔迪南·德·索绪尔. 普通语言学教程 [M]. 高名凯译. 北京：商务印书馆，1980.

[133] （日）汤浅博雄. 巴塔耶：消尽 [M]. 赵汉英译. 石家庄：河北教育出版社，2001.

[134] （英国）汤因比. 一个历史学家的宗教观 [M]. 晏可佳，张龙华译. 成都：四川人民出版社，1990.

[135] 屠友祥. 中译本序言 [A]. 见：（瑞士）费尔迪南·德·索绪尔. 索绪尔第三次普通语言学教程 [M]. 屠友祥译. 上海：上海人民出版社，2002.

[136] （法）托克维尔：论美国的民主 [M]. 董果良译. 北京：商务印书馆，1988.

[137] （法）瓦莱里. 文艺杂谈 [C]. 段映虹译. 天津：百花文艺出版社 2002.

[138] 汪堂家. 汪堂家讲德里达 [M]. 北京：北京大学出版社，2008.

[139] 王宁. 德里达与解构批评：重新思考 [A]. 王宁. 文学理论前沿 第 2 辑 [C]. 北京：北京大学出版社，2005.

[140] ——. 文学理论前沿 第 5 辑 [C]. 北京：北京大学出版社，2008.

[141] 王一川. 语言乌托邦：20 世纪西方语言论美学研究 [M]. 昆明：云南人民出版社，1994.

[142] 王岳川 尚水编. 后现代主义文化与美学 [C]. 北京：北京大学出版社，1992.

[143] （美）韦斯特特法尔. 解释学、现象学与宗教哲学：世俗哲学与宗教信仰的对话 [C]. 郝长墀选编. 北京：中国社会科学出版社，2005.

[144] （美）沃特斯. 美学权威主义批判：保尔·德曼、瓦尔特·本雅明、萨义德新论 [M]. 昂智慧译. 北京：北京大学出版社，2000.

[145]（美）理查德·沃林. 文化批评的观念：法兰克福学派、存在主义和后结构主义 [M]. 张国清译. 北京：商务印书馆，2000.

[146]（德）西美尔：现代人与宗教 [M]. 曹卫东译. 北京：中国人民大学出版社，2003.

[147]（英）斯图亚特·西姆. 德里达与历史的终结 [M]. 王昆译. 北京：北京大学出版社，2005.

[148] 肖锦龙. 德里达的解构理论思想性质论 [M]. 北京：中国社会科学出版社，2004.

[149] 徐友渔等. 语言与哲学：当代英美与德法哲学传统比较研究 [C]. 北京：三联书店，1996.

[150]（古希腊）亚里士多德. 亚里士多德全集 [M]. 苗力田等译. 北京：中国人民大学出版社，1990－1997.

[151]（德）R. 姚斯（美）R. C. 霍拉勃. 接受美学与接受理论 [C]. 周宁 金元浦译. 沈阳：辽宁人民出版社，1987.

[152]（德）沃尔夫冈·伊瑟尔. 阅读活动——审美反应理论 [M]. 金元浦 周宁译. 北京：中国社会科学出版社，1991.

[153]（法）于斯曼. 我知道什么？美学 [M]. 栾栋 关宝艳译. 北京：商务印书馆，1995.

[154]（英）特里·伊格尔顿. 二十世纪西方文学理论 [M]. 伍晓明译. 西安：陕西师范大学出版社，1986.

[155] 杨大春. 文本的世界——从结构主义到后结构主义 [M]. 北京：中国社会科学出版社，1998.

[156] 杨乃乔. 悖立与整合 东方儒道诗学与西方诗学的本体论、语言论比较 [M]. 北京：文化艺术出版社，1998

[157] 杨慧林. "诗性"的诠释与"灵性"诠释 [A]. 方立天主编. 宗教研究 2008 [C]. 北京：宗教文化出版社，2009.

[158] ——. 从"差异"到"他者"——对海德格尔与德里达的神学读解 [A]. 许志伟主编. 基督教思想评论 第 1 辑 [C]. 上海：上海人民出版社，2004.

[159] 章启群. 意义的本体论：哲学诠释学 [M]. 上海：上海译文出

版社，2002.

[160] 张隆溪. 二十世纪西方文论述评 [M]. 北京：三联书店，1986.

[161] 张汝伦. 现代西方哲学十五讲 [M]. 北京：北京大学出版社，2003.

[162] 张绍杰. 语言符号任意性研究：索绪尔语言哲学思想探索 [M]. 上海：上海外语教育出版社，2004.

[163] 张祥龙. 朝向事情本身——现象学导论七讲 [M]. 北京：团结出版社，? 2003.

[164] 赵蓉晖编. 索绪尔研究在中国 [M]. 北京：商务印书馆，2005.

[165] 赵一凡. 西方文论讲稿 从胡塞尔到德里达 [M]. 北京：三联书店，2007.

[166] 郑敏. 诗歌与哲学是近邻：结构—解构诗论 [C]. 北京：北京大学出版社，1999.

[167] ——. 结构—解构视角：语言·文化·评论 [C]. 北京：清华大学出版社，1998.

[168] 中国人民大学基督教文化研究所. 诗学与神学 基督教文化学刊 第 18 辑 [C]. 北京：宗教文化出版社，2007.

[169] 朱刚. 本原与延异：德里达对本原形而上学的解构 [M]. 上海：上海人民出版社，2006.

期刊参考文献

[1] M·H·阿布拉姆斯，张德劭译. 解构主义的天使 [J]. 文艺理论研究，1995（2）

[2] G. D. 阿特克斯，戴阿宝译. 作为差异结构的符号——德里达的解构及其若干含义 [J]. 外国文学，1995（2）

[3] 昂智慧. ＜忏悔录＞的真实性与语言的物质性：论保尔·德曼对卢梭的修辞阅读 [J]. 外国文学评论，2004（3）

[4] 朱迪思·巴特勒，何吉贤译. 论雅克·德里达 [J]. 国外理论动态，2005（4）

[5] 白艳霞. 结构与解构 [J]. 文学评论，1996（6）

[6] ——. 在中国人的语言观念中有语音中心主义吗？[J]. 外国文学评论，1996（3）

[7] 包亚明. 德里达解构理论的启示 [J]. 学术月刊，1992（9）

[8] ——. 德里达解构思想研究 [J]. 上海社会科学院学术季刊，1991（2）

[9] ——. 试析解构主义的历史内涵 [J]. 探索与争鸣，1991（1）

[10] E. 贝勒，李庆全译. 解构学与解释学：德里达和伽达默尔论本文与诠释 [J]. 哲学译丛，1989（2）

[11] 理查德·伯恩斯坦，江洋. 现代性后现代性的比喻：哈贝马斯与德里达 [J]. 马克思主义与现实，2005（6）

[12] 曹山柯. 德里达文论思想中的柏拉图精神 [J]. 四川外语学院学报，2004（2）

[13] 曹卫东. 文学语言与文学本质——从哈贝马斯对德里达的批判说起 [J]. 天津社会科学，2006（5）

[14] 陈本益. 从索绪尔语言学的一个观点看德里达解构主义的危机 [J]. 中国人民大学学报，2002（5）

[15] ——. 论德里达的"延异"思想 [J]. 浙江学刊，2001（5）

[16] ——. 释德里达的"原初书写"概念 [J]. 外国文学，2006（5）

[17] ——. 耶鲁学派的文学解构主义理论和实践 [J]. 东南大学学报（哲学社会科学版），2004（3）

[18] 陈晓明. "疯狂"中的思想交锋——德里达对福柯"疯狂史"的批判 [J]. 学术月刊，2006（3）

[19] ——. "药"的文字游戏与解构的修辞学——论德里达的《柏拉图的药》[J]. 文艺理论研究，2007（3）

[20] ——. 被劫持的文学性——德里达关于"残酷"文学性的论述 [J]. 南方文坛，2007（2）

[21] ——. 拆除在场：德里达的解构策略 [J]. 当代电影，1990（5）

[22] ——. 动物、死刑与死亡的馈赠——德里达思想的后现代幽灵

[J]. 文艺争鸣，2007（9）

[23] ——. 解构的界限 [J]. 外国文学评论，1992（1）

[24] ——. 解构的伦理面向：德里达与列维纳斯 [J]. 河北学刊，2007（4）

[25] ——. 论德里达的"补充"概念 [J]. 当代作家评论，2005（1）

[26] ——. 起源性的缺乏——论德里达的"补充"与海德格尔的"在场"[J]. 浙江大学学报（人文社会科学版），2005（1）

[27] ——. 重论德里达的后现代意义及其转向 [J]. 学术月刊，2007（12）

[28] 陈永国. 德里达与解构策略 [J]. 文艺研究，2007（8）

[29] ——. 文学批评中的结构、解构与话语 [J]. 人大复印报刊资料文艺理论，2002（8）

[30] 程代熙. 雅克·德里达：解构理论纵横谈——读书札记 [J]. 文艺争鸣，1990（2）

[31] ——. 雅克·德里达：解构理论纵横谈——读书札记 [J]. 文艺争鸣，1990（2）

[32] 程锡麟. J. 希利斯·米勒的解构主义小说批评理论 [J]. 当代外国文学，2000（4）

[33] 程志敏. 解构主义文学理论批判 [J]. 四川外语学院学报，1997（7）

[34] 崔雅萍. 论美国的解构主义批评 [J]. 西北大学学报（哲社），2002（2）

[35] 戴登云. 当代学术语境与德里达思想的价值 [J]. 河北学刊，2003（6）

[36] ——. 文学中的真理与审美精神困境（上）——德里达"文学"观念解读与批判 [J]. 西南民族大学学报（人文社科版），2005（4）

[37] ——. 文学中的真理与审美精神困境（下）——德里达"文学"观念解读与批判 [J]. 西南民族大学学报（人文社科版），2005

(6)

[38] ——. 哲学话语的解读可能性——以德里达与伽达默尔之争为导引 [J]. 西南民族大学学报 . 人文社科版，2009（7）

[39] 单纯 . 论德里达的宗教思想 [J]. 国外社会科学，2004（5）

[40] 邓绍秋 . 诗化哲学与诗化宗教——德里达和禅宗美学思想 [J]. 外国文学研究，2000（1）

[41] 丁尔苏 . 解构理论之症结谈 [J]. 外国文学评论，1994（3）

[42] 杜小真 . 信仰和知识之间的宗教——德里达与宗教 [J]. 学海，2007（1）

[43] 方汉文 . 结构与解构之分野——拉康与德里达关于《被窃的信》之争 [J]. 外国文学评论，2008（1）

[44] 方丽 . "签名"的文字游戏与解构的力量——论德里达的《独立宣言》[J]. 文艺理论研究，2009（1）

[45] （德）H. -G. 伽达默尔，卡斯腾·杜特 . 解释学与解构论的相遇——H. -G. 伽达默尔与卡斯腾·杜特对谈录 [J]. 首都师范大学学报（社会科学版），2004（1）

[46] 郭军 . 德里达版本的《哈姆莱特》或解构版本的马克思主义——解读德里达《马克思的幽灵们》[J]. 外国文学，2007（5）

[47] 郭小平 . 伽达默尔与德里达的一次对话 [J]. 哲学译丛，1991（3）

[48] 韩广信 . 论德里达的诗性哲学与哲性诗学 [J]. 学术研究，2004（6）

[49] 何卫 . 在分析与解构之间 [J]. 国外文学，2007（1）

[50] 胡宝平 . 论布鲁姆"诗学误读" [J]. 国外文学，1999（4）

[51] 胡功胜 . 解构的原意阐释与误读 [J]. 文艺理论研究，2009（1）

[52] 胡继华 . 海德格尔、德里达论哲学与诗 [J]. 安庆师院社会科学学报，1992（2）

[53] ——. 苦难意识与浪子情怀——试探德里达解构哲学的精神气质 [J]. 社会科学战线，1994（5）

[54] ——. 启示经典无限可能的未来——德里达与解构批评 [J]. 安庆师范学院学报（社会科学版），2001（2）

[55] ——. 延异 [J]. 外国文学，2004（4）

[56] 胡铁生. 结构与解构：基于文本的悖论与统一 [J]. 东北师大学报，2006（6）

[57] 黄梅编译. "解构以后活路何在？"[J]. 外国文学评论，1991（3）

[58] （美）戴维·霍伊，郭栖庆译. 雅克·德里达 [J]. 外国文学，1990（4）

[59] ——，萧俊明译. 忘记本文——德里达对海德格尔的批判 [J]. 国外社会科学，1996（1）

[60] 金哲. 意志论·存在论·解构论——形而上学批判之路 [J]. 文艺评论. 2009（3）

[61] （美）乔纳森·卡勒，杨杨译. 超越阐释 [J]. 文艺理论研究，1991（1）

[62] （荷）西贝兰特·凡·库伦，龚乃绪译. 反映：德里达论凡高的带鞋带的旧靴. 与莱奥塔德论杜尚的大玻璃画 [J]. 世界美术，1994（2）

[63] R·赖恩，甘恢挺译. 后结构主义：德里达的消解 [J]. 外国文学，1988（2）

[64] 李爱云. 逻格斯中心主义双重解构下的生态自我 [J]. 外国文学. 2009（4）

[65] 李红. 德里达与耶鲁学派差异初探 [J]. 湖南大学学报（社科）2002（1）

[66] 李龙. 解构与"文学性"问题——论保罗·德曼的"文学性"理论 [J]. 当代外国文学，2008（1）

[67] 李伟. 保守的解构——关于解构理论的犹太情感渊源和神秘主义缺陷 [J]. 当代外国文学，2002（3）

[68] 李旭. 伊瑟尔与德里达文本观之哲学溯源 [J]. 理论学刊，2006（7）

[69] 李永毅. 德里达与乔伊斯 [J]. 外国文学评论，2007（2）

[70] 林秋云. 德里达的解构主义理论：外界的误解与自身的不足 [J].
外国文学评论，1998（4）

[71] 刘淳. 解构后留下什么——西方后现代艺术的尴尬 [J]. 美术，
2004（10）

[72] 刘鑫. 文字与语言——论德里达对索绪尔的解构 [J]. 清华大学
学报（哲学社会科学版），1994（4）

[73] 刘悦笛. 德里达解构"海德格尔-夏皮罗之辩" [J]. 哲学动态，
2008（8）

[74] 陆扬. 德里达、瓦蒂莫和伽达默尔：没有宗教的宗教 [J]. 社会
科学，2006（12）

[75] ——. 德里达：颠覆传统的二项对立概念 [J]. 法国研究，1991
（1）

[76] ——. 德里达的公正思想 [J]. 北京行政学院学报，2006（6）

[77] ——. 德里达的解构主义与为文之道 [J]. 语文教学与研究，
1995（6）

[78] ——. 德里达和解构主义批评 [J]. 外国文学研究，1989（1）

[79] ——. 德里达和马克思 [J]. 哲学研究，1996（5）

[80] ——. 德里达与塞尔 [J]. 哲学研究，2006（11）

[81] ——. 解构主义批评简述 [J]. 学术月刊，1988（2）

[82] ——. 历史、人文、阐释：论阿伯拉姆斯《解构的安琪尔》[J].
国外文学，1996（3）

[83] ——. 论德里达对欧洲理性中心主义传统的解构 [J]. 暨南学报
（哲学社会科学），1992（2）

[84] ——. 文学作为理性的批判——弗赖和德里达 [J]. 外国文学研
究，1999（2）

[85] ——. 意义阐说的困顿——从巴巴拉·琼生观解构批评 [J]. 外
国文学研究，1992（1）

[86] 琳达·M·马卡蒙，区欣译. 德里达、利科和基督宗教的边缘化

——出场的上帝可以被拯救吗？[J]. 现代哲学，2007（1）

[87] 安·麦克林托克，李点译. 进步之天使："后殖民主义"的迷误 [J]. 文艺理论研究，1995（5）

[88] （美）J. 希利斯·米勒，方杰译. 大地·岩石·深渊·治疗：一个解构主义批评的文本 [J]. 当代外国文学，1999（2）

[89] ——，王逢振译. 文学中的后现代伦理：后期的德里达、莫里森和他者 [J]. 外国文学，2006（1）

[90] ——，何卫华译. 文学中的后现代伦理：晚期德里达、莫里森及其他 [J]. 华中师范大学学报：人文社会科学版，2005（6）

[91] ——. 从主权与无条件性看德里达的"整体性他者"[J]. 清华大学学报（哲学社会科学版），2005（2）.

[92] A. 内哈马斯，涂军译. 真理与后果——怎样理解 J. 德里达 [J]. 哲学译丛，1989（2）

[93] D. 诺维茨，碧平译. 对解构的狂热 [J]. 哲学译丛，1989（2）

[94] 克里斯特法·诺里斯，应雄译. 雅克·德里达：语言内讧 [J]. 当代电影，1990（5）

[95] 裴程. 逻格斯、声音和文字——读德里达《声音与现象》[J]. 法国研究，1991（1）

[96] 彭公亮. 后现代主义真的能够解构真善美吗？——德里达解构理论浅析 [J]. 美术 2003（6）

[97] （美）玛丽·朴维，张京媛译. 女性主义与解构主义 [J]. 上海文论 1991（5）

[98] 尚杰. "看不见的现象"暨"没有宗教的宗教"——再读德里达《马克思的幽灵们》[J]. 教学与研究，2005（1）

[99] 佘碧平. 符号学和文字学——法国哲学家德里达与克里斯特娃的会谈 [J]. 哲学译丛，1992（1）

[100] 申丹. "故事与话语"解构之"解构"[J]. 外国文学评论，2002（2）

[101] ——. 《解读叙事》的本质究竟是什么：答申屠云峰的《另一种

解读》[J]. 外国文学评论，2004（2）

[102] ——. 解构主义在美国：评 J·希利斯·米勒的"线条意象" [J]. 外国文学评论，2001（2）

[103] 申屠云峰. 希利斯·米勒解构主义言语行为理论浅探 [J]. 安徽文学（下半月），2009（11）

[104] 沈勇. 保尔·德曼的解构主义批评初探 [J]. 复旦学报（社科），1990（1）

[105] 生安锋. 解构理论的回响与超越 [J]. 清华大学学报（哲学社会科学版），2005（2）

[106] ——. 批评的愉悦、解构者的责任与学术自由——米勒访谈 [J]. 国外理论动态，2007（1）

[107] 盛宁. "解构"：在不同文类的文本间穿行 [J]. 外国文学评论，2005（3）

[108] ——. "理论热"的消退与文学理论研究的出路 [J]. 南京大学学报（哲学. 人文科学. 社会科学版），2007（1）

[109] ——. 道与逻格斯的对话 [J]. 读书，1993（11）

[110] ——. 后结构主义的批评："文本"的解构 [J]. 文艺理论与批评，1994（2）

[111] ——. 思辨的愉悦——德里达解构主义的启示之二 [J]. 马克思主义美学研究，2007（00）

[112] B. 斯韦曼，王光荣译. 后现代主义、德里达和延异 [J]. 哲学译丛，2000（3）

[113] 威廉·斯帕诺斯作，盛宁译. 后现代主义曾经是什么意思——读《现代/后现代：20世纪艺术与思想研究》[J]. 外国文学评论，1990（4）

[114] 苏宏斌. 走向文化批评的解构主义 [J]. 外国文学评论，1996（1）

[115] 苏勇，赖大仁. 解构批评之批评观 [J]. 江西社会科学. 2010（1）

[116] 苏勇. 解构的价值与解构主义美学思想 [J]. 重庆社会科学, 2009 (4)

[117] 孙周兴. 重温德法之争 [J]. 博览群书, 2003 (11)

[118] 汪民安. 疯癫与结构：福柯与德里达之争 [J]. 外国文学研究, 2002 (3)

[119] ——. 雅克·德里达：书的终结 [J]. 外国文学, 2000 (1)

[120] 王广州. 美国解构主义理论家保罗·德曼研究述评 [J]. 国外理论动态, 2006 (3)

[121] 王宏图. 希利斯·米勒与耶鲁派的解构批评 [J]. 上海文论, 1990 (1)

[122] 王建平. 论解构主义的范化品格与文化视野 [J]. 外语与外语教学, 2005 (4)

[123] 王宁. 德里达与解构批评的启示：重新思考 [J]. 清华大学学报（哲学社会科学版）, 2005 (2)

[124] ——. 后结构主义与分解批评 [J]. 文学评论, 1987 (6)

[125] ——. 雅克·德里达：解构批评及其遗产 [J]. 江汉论坛, 2005 (2)

[126] 王泉, 朱岩岩. 解构主义 [J]. 外国文学, 2004 (3)

[127] 王淑芹. 走向中心的边缘诗学——解构主义语境下的美国文学批评 [J]. 甘肃社会科学, 2006 (3)

[128] 王晓娜. 延异、解构与修辞学——关于德里达《书写与差异·访谈代序》的思考 [J]. 外语与外语教学, 2003 (2)

[129] 王音力. 德里达的"幽灵"——从《马克思的幽灵》看解构主义的政治 [J]. 复旦学报（社会科学版）, 2004 (5)

[130] 王卓斐. "以子之矛，攻子之盾"——乔纳森·卡勒的解构主义文论思想研究 [J]. 名作欣赏, 2007 (2)

[131] 魏小萍. 解构主义与马克思主义相遇，给我们带来了什么启示——朱尔斯·汤森《德里达对马克思（主义）的解构》一文评介 [J]. 现代哲学, 2005 (1)

[132] 吴晓都. 前苏联文论家眼中的解构主义 [J]. 外国文学评论, 1992 (3)

[133] 吴岳添. 德里达现象 [J]. 读书, 1994 (7)

[134] 吴忠诚. "文学行动": 解构、再解构——德里达《访谈: 称作文学的奇怪建制》感录 [J]. 名作欣赏, 2007 (24)

[135] 肖锦龙. 补充、隐喻、重复——解构视野中的文学和现实关系 [J]. 文艺理论研究, 2008 (2)

[136] ——. 德里达的文学本质观——从《双重部分》的第一部分谈起 [J]. 外国文学评论, 2000 (3)

[137] ——. 解构批评的洞见与盲区——从希利斯·米勒的《小说和重复》谈起 [J]. 外国文学研究, 2009 (2)

[138] ——. 解构语言观"生命运动"说质疑——从白艳霞对德里达理论的诠释谈起 [J]. 外国文学评论, 1998 (3)

[139] ——. 解构主义批评之批评——从希利斯·米勒的《小说和重复》谈起 [J]. 文艺理论研究, 2009 (5)

[140] ——. 论德里达解构理论的东方性 [J]. 外国文学研究, 2003 (1)

[141] ——. 试论德里达对结构叙事学理论根基的拆解重构 [J]. 北京师范大学学报 (社会科学版), 2004 (6)

[142] ——. 试论福柯和德里达的思想差异——从《我思和疯癫的历史》谈起 [J]. 兰州大学学报 (社会科学版), 2004 (2)

[143] ——. 试谈希利斯·米勒的解构主义小说理论 [J]. 外国文学, 2005 (6)

[144] 萧莎. 德里达的文学论与耶鲁学派的解构批评 [J]. 外国文学评论, 2002 (4)

[145] ——. 解构主义研究现状 [J]. 文艺研究, 2000 (2)

[146] ——. 解构主义之后: 语言观与文学批评 [J]. 外国文学, 2003 (6)

[147] 谢琼. 解构宽恕: 语义学与现实性的区分 [J]. 文艺争鸣, 2010

(1)

[148] 谢少波. 超越语言学意义的延异——詹姆逊和德里达解构主义的对话 [J]. 英美文学研究论丛，2009（2）

[149] 徐岱. 解构主义与后形而上诗学 [J]. 文学评论，2006（5）

[150] 徐珂. 文学是什么——释德里达的"文学"观 [J]. 外国文学研究，2000（1）

[151] 徐亮. 德里达解构思想对文学理论的不洽适性 [J]. 浙江大学学报（人文社会科学版），2006（5）.

[152] 杨宏秀. 论德里达的解构运作 [J]. 南京社会科学，2009（12）

[153] 杨杰. "主客体关系解构论"质疑——对美学研究现状的思考 [J]. 内蒙古社会科学（汉文版），2004（5）

[154] 杨乃乔，卢可佳. 所指与能指的序列关系：在索绪尔与德里达之间——论在场形而上学及本体论的终极意义 [J]. 人文杂志，2003（4）

[155] 杨乃乔. 德里达诗学理论解构的终极标靶——论西方诗学文化传统的逻格斯中心主义 [J]. 社会科学战线，1999（1）

[156] J. M. 伊迪，魏志军译. 论德里达对胡塞尔的批判 [J]. 国外社会科学，1992（7）

[157] 余虹. 德里达：解构哲学化的文学批评 [J]. 外国文学研究，2004（1）

[158] ——. 解构哲学：文字的力量 [J]. 新疆大学学报（社会科学版），2004（1）

[159] 虞又铭. T. S. 艾略特诗学观中的"个人化"转向及解构特质 [J]. 文艺理论研究，2009（5）

[160] （美）巴巴拉·约翰逊，户晓辉译. 参照构架：坡、拉康德里达 [J]. 新疆艺术（汉文版），1997（1）

[161] B. G. 张，江振华译. 海德格尔的解释学与德里达的解构学 [J]. 哲学译丛，1990（3）

[162] 张沛. 德里达解构主义的开拓 [J]. 北京师范大学学报，1991

(6)

[163] 张旭春. 德里达对奥斯汀言语行为理论的解构 [J]. 国外文学, 1998 (3)

[164] 张逸婧. 隐喻与形而上学的关系——德里达和利科关于隐喻的争论 [J]. 复旦学报 (社会科学版), 2009 (5)

[165] 张志扬. 是同一与差异之争, 还是其他: 评德法之争对形而上学奠基之裂隙的指涉 [J]. 同济大学学报 (社会科学版), 2007 (3)

[166] 章国锋. 德法之争: 现代性的解构与重建 [J]. 文艺研究, 2000 (2)

[167] 周劲松. 解构的天使——阿布拉姆斯论解构 [J]. 社会科学研究, 2010 (1)

[168] 周荣胜. 德里达的印迹论 [J]. 南京师大学报 (社会科学版), 1999 (4)

[169] ——. 德里达文字学的起源 [J]. 求是学刊, 1999 (3)

[170] ——. 解构的双重性 [J]. 哲学研究, 2005 (4)

[171] ——. 论播撒: 作为解构的意义模式 [J]. 文学评论, 2003 (6)

[172] 朱炜. 论索绪尔的差异原则和德里达的延异思想 [J]. 外语学刊, 2007 (4)